suhrkamp taschenbuch 1880

Henry Green (Pseudonym für Henry Vincent Yorke) lebte von 1905 bis 1973 in London und Birmingham. Als Sohn eines Unternehmers wurde er in Eton und Oxford erzogen. Er arbeitete später in der Firma seines Vaters in Birmingham. Seine Romane erschienen zwischen 1926 und 1952.

Der alte Butler liegt noch im Sterben, da macht sich der Diener Charley Raunce schon bereit, dessen Nachfolge anzutreten. Dazu bringt er erst einmal die Notizbücher und die Whisky-Karaffe des Sterbenden an sich. Die Notizbücher geben Auskunft über die Höhe der Trinkgelder, der Whisky löst ihm die Zunge zum ersten Kompliment für das junge Hausmädchen Edith, dieser wahren »Heldin« des Buches. Bis beide ein Paar werden, vergeht ein ganzer Roman, in dem die Fortschritte und Umwege dieser Liebe genau beobachtet und minutiös verzeichnet sind.

Henry Greens Thema ist die sprachliche Kommunikation. In *Der Butler* gibt der Autor ein so liebevolles wie realistisches Bild von den komplizierten Gefühlen und Beziehungen der Menschen, auch wenn sie nicht im Herrschaftsflügel unserer Gesellschaft residieren. Dieser Teil der Gesellschaft interessiert Green denn auch nur am Rande. Viel typischer, viel wichtiger und interessanter sind Charley Raunce und die schlagfertige, selbstbewußte Edith, eine der liebenswertesten Frauengestalten der modernen Weltliteratur.

Henry Green
Der Butler

Roman

Aus dem Englischen von
Walter Schürenberg

Suhrkamp

Titel der englischen Originalausgabe: *Loving;* London 1945
Chatto & Windus Ltd./The Hogarth Press Ltd.
Unter dem Titel *Lieben*
erschien der Roman zuerst im Suhrkamp Verlag
Umschlagillustration: Ulrich Lehmann

suhrkamp taschenbuch 1880
Erste Auflage 1991

Lizenzausgabe mit freundlicher Genehmigung des
Steidl Verlags, Göttingen
Suhrkamp Taschenbuch Verlag

Satz: Steidl, Göttingen
Druck: Nomos Verlagsgesellschaft, Baden-Baden
Printed in Germany
Umschlag nach Entwürfen von
Willy Fleckhaus und Rolf Staudt

1 2 3 4 5 6 - 96 95 94 93 92 91

Der Butler

Eines Tages lag ein alter Butler mit Namen Eldon auf seinem Zimmer im Sterben, betreut von Miss Agatha Burch, der dienstältesten Zofe. Von Zeit zu Zeit erschienen andere vom Hauspersonal, brachten einzeln oder in Gruppen die passenden Gefühle zum Ausdruck und kehrten dann zu dem zurück, womit sie gerade beschäftigt waren.

Ein Name kam wieder und wieder über seine Lippen: »Ellen«. Die gotischen Fenster von Mr. Eldons Zimmer waren nackt, ohne Rouleaus oder Vorhänge. Denn es war in Irland, wo man keine Verdunkelung kennt.

Man hörte ein Männerlachen. Miss Burch zuckte zusammen, dann noch mal die Stimme. Charley Raunce, der erste Diener, sprach draußen zu Bert, seinem bläßlichen Gehilfen. Sie erkannte die Stimme, verstand aber nicht, was gesprochen wurde.

»– und dann, da ich gerad dabei bin«, sagte er, »immer die Zähne putzen, eh du was mit 'm Mädchen hast. Gehört einfach zur persönlichen Hygiene. Nur weil ich an dir Anteil nehm, wofür du mir dankbar sein solltest. Ich sag dir: übernimm dich nicht, Junge, oder du gräbst dir dein eigenes Grab.«

Der Junge sah elend aus.

»Was du dringend nötig hast, ist 'n Schluck John Barleycorn«, sagte Raunce weiter, aber der Junge sträubte sich.

»Nicht von da drinnen«, stammelte er. »Ich könnt's nicht.«

»Wieso? Du weißt doch, wo er die Karaffe versteckt hält, oder? Natürlich weißt du's.«

»Nicht aus sei'm Zimmer. Niemals.«

»Los, mach dir keine Skrupeln«, sagte Raunce. Er war von Natur blaß und sah jetzt noch blasser aus. »Der Alte hat doch nur seine ›Ellen‹ im Kopf. Der merkt nichts.«

»Aber da ist doch Miss Burch.«

»Ach so, warum hast du das nicht gleich gesagt? Das ändert die Sache. Also mach dich an deine Bestecke. Ich werd schon mit ihr fertig.«

Raunce zögerte, dann ging er hinein. Der Junge schien lauschen zu wollen, als erwarte er von drinnen einen Aufschrei. Da die Tür nur angelehnt war, konnte er hören, wie Raunce es ihr beibrachte.

»Ich bin heute nachmittag im Dienst, falls es denen einfallen sollte, die Klingel zu malträtieren«, sagte er zu ihr. »Wenn Sie wollen, sitz ich für ein Weilchen bei ihm, während Sie etwas Luft schnappen gehen.«

»Sehr gut«, erwiderte sie, »das könnte ich wirklich.«

»Dachte ich auch, Miss Burch, Sie spazieren draußen ein bißchen, das wird Sie auf andere Gedanken bringen.«

»Ich geh nicht weit. Bleibe in der Nähe, nur mal eben hinten ums Haus. Sie rufen mich doch, wenn's ihm schlechter gehen sollte?«

Charley beruhigte sie. Sie ging. Bert stand reglos, die nassen Bestecke krampfhaft in der rechten Hand. Wieder stand die Tür weit auf. Dann, als Miss Burch noch nicht ganz außer Hörweite war, wurde drinnen ein Schrankfach geöffnet und wieder zugemacht. Raunce kam zurück, in den Händen eine Karaffe mit Whisky. Die Tür blieb weit offen.

»Hör nur hin«, sagte er zu Bert, »ich weiß, so 'n sterbender alter Mann ist was Besonderes in deinem Alter, aber für mich ist dies hier mehr als nur bekömmlich. Ein wahres Elixier. Jetzt aber marsch in unser Türversteck!«

Seit den Tagen von Mr. Eldon war dies eine Art Ritual. Der Raum zwischen dieser anderen Tür und der Anrichte bot Unterschlupf. Hier genehmigten sie sich Mrs. T.'s Whisky. »Ellen«, kam wieder die Stimme, »Ellen«.

Auf ein Rascheln hin streckte Raunce den Kopf vor, während Bert, tiefer im Versteck und, weil er kleiner war, mit den Augen in Höhe der Türklinke, nur in einen dunklen Durchgang hinauslugen konnte, wo er nichts Verdächtiges sah. Aber Charley erspähte Edith, eins der beiden Stubenmädchen.

Sie stand abgewandt und beobachtete jene andere weit offenstehende Tür zu Mr. Eldons Zimmer. Als Charley hallo sagte, wandte sie sich um. Da erst erblickte er eine Pfauenfeder auf ihrem Kopf, die in ihren dunklen Haarflechten steckte. »Was hast du da?« fragte er, indem er zugleich die Karaffe bis an den Rand vorschob, als wollte er sagen, sieh mal, was ich gefunden habe.

Sie hielt in beiden Händen einen Stulphandschuh, und er konnte sehen, daß der mit heilen weißen Eiern vollgepackt war.

»Sie haben mich schön erschreckt«, sagte sie keineswegs überrascht.

»Hier, ich hab uns was besorgt«, erwiderte er und schielte dabei auf die Karaffe, die er ihr entgegenhielt. Dann richtete er sein Augenmerk, wie sie wohl schon erwartet hatte, auf die Pfauenfeder in ihrem Haar.

»Die nimmst du ab, eh dich jemand damit sieht«, sagte er noch, »und was 's das? Eier? Wozu?« fragte er. Bert streckte seinen Kopf hinter der Karaffe hervor und grinste in der Art kleiner Jungen, wenn sie ein Mädchen sehen. Sie errötete, ohne ihren Ausdruck zu verändern, und die aufsteigende Hitze erhöhte den Glanz ihrer dunklen Augen. »Sie sagen bitte nichts«, flehte sie, und Charley wollte gerade erwidern, das käme ganz drauf an, als eine Klingel ertönte. An der Anzeigetafel fiel eine Klappe. »Ich komme schon«, sagte Raunce und trat heraus, um zu sehen, aus welchem Zimmer geklingelt worden war. Bert folgte ihm wie ein Lämmchen.

Charley stellte die beiden leeren Gläser in einen Holzzuber im Spülbecken und schloß die Karaffe in einen Anrichteschrank. »Ellen«, der alte Mann rief nur noch schwach. Das lenkte Ediths Blicke zum Zimmer des alten Mannes zurück. »Also, Junge«, sagte Raunce zu Bert, »du paßt mir gefälligst auf, daß Mrs. Welch nicht aus ihrer Küche kommt und sich an unseren Whisky macht.« Die beiden Jüngeren lachten nicht, denn sie lauschten wohl nach Mr. Eldon. Es klingelte noch mal. »Okay«, sagte Raunce, »ich komm schon. Und laß mir den Handschuh da. Ich werd 'n irgendwann auf 'm Präsentierteller rauftragen.«

»Jawohl, Mr. Raunce«, erwiderte sie.

»Jetzt heißt's schon Mister«, grinste er, während er seine Jacke zuknöpfte. Als er gegangen war, drehte Edith sich zu Bert um. Sie hielt ihn kurz. Obwohl nur drei Monate älter, hätte sie nach dem Ton, den sie ihm gegenüber anschlug, gut seine Tante sein können.

»Wenn das vorbei ist, wird er eben Mister Raunce sein«, sagte sie.

»Wird Mr. Eldon denn sterben?« fragte Bert und mußte schlucken.

»Wieso, natürlich«, sagte sie und strich sich mit der Hand über die Wange.

Als Charley bei Mrs. Tennant eintrat, gähnte sie gerade. Sie sagte: »Richtig, ich habe geklingelt, nicht wahr, Arthur«, sie nannte ihn bei dem Namen, mit dem noch jeder Diener seit dem allerersten gerufen wurde, und der hatte wirklich Arthur geheißen. Alle diese Toms, Harrys, Percys und Victors, alle nacheinander wurden Arthur genannt. »Haben Sie einen meiner Gartenhandschuhe gesehen? Von dem Paar, das ich mir aus London mitgebracht hatte?«

»Nein, Madam.«

»Fragen Sie nach, ob einer vom Personal ihn zufällig gefunden hat, ja? Zu ärgerlich!«

»Jawohl, Madam.«

»Und, sagen Sie, wie geht's Eldon?«

»Ich glaube, ziemlich unverändert, Madam.«

»Ach Gott. Ja, danke, Arthur. Das wär's für jetzt. Und hören Sie: ich denke, Doktor Conolly wird gleich hier sein.«

Er ging und schloß lautlos hinter sich die Mahagonitür. Gemessenen Schritts ging er bis zu einer mit grünem Stoff bespannten Tür, die er hinter sich zuzog. Als sie einklinkte, rief er laut: »Also, Junge, sie will diesen Handschuh wiederhaben, denk dran.«

»Was für 'n Handschuh?«

»Den alten Gartenhandschuh, mit dem Edith auf Nestraub war«, erwiderte Raunce. »Heiliger Moses, sieh einer die Uhr! Zehn vor drei und ich noch nicht in der Klappe. Los, beeil dich.« Er griff sich die Karaffe, während Bert die beiden Schnapsgläser holte, die aber noch nicht abgetrocknet waren. »Gott gebe seiner Seele Frieden«, fügte Raunce in verändertem Ton hinzu. Dann legte er wieder los: »Nasse Gläser? Wo bleibt deine Erziehung? Ich bitte mir trockne Gläser aus. Jetzt aber dalli, marsch in den Türverschlag.« Wieder kam ein doppelter Klageruf nach Ellen – »und noch etwas: Mrs. T. nennt mich weiter Arthur. Doch für dich heißt's künftig Mister Raunce, verstanden?«

»Aber er is noch nich tot.«

»Hat's aber nicht mehr weit bis dahin. Hast du je bemerkt, wo der alte Mann das schwarze und das rote Notizbuch von sich aufbewahrt hat?«

»Wieso, die hab ich nie angerührt.«

»Stell dich nicht dumm. Hab ich das etwa behauptet, wie? Aber vor dir hat er sich nicht so in acht genommen. Du mußt sie so oder so gesehen haben.«

»Ich nicht, niemals.«

»Aus dir wird nie was, soviel ist sicher«, erklärte Raunce. »Manchmal könnt man an dir verzweifeln. Du hast die Stirn, mir zu sagen, die wären dir nie vor Augen gekommen, und sagst mir nicht mal, wo er sie hatte.«

»Zu was, Mr. Raunce?«

»Also, du siehst doch wohl, was vor deiner Nase liegt, obwohl ich dir allmählich jede Idiotie zutraue, wahrhaftig!«

»Ich niemals.«

»Du niemals, wie? Niemals was?« fragte Raunce. »Red nicht so albern daher. Was ich wissen will: kannst du dich nicht erinnern, daß er in 'nem billigen schwarzen oder roten Notizbuch herumstudiert hat?«

»Was studiert?« sagte Bert, durch den Schnaps mutig geworden. Das Glas in seiner Hand war leer.

»Na schön. Also du hast diese Notizbücher nie gesehen. Das wollte ich nur wissen. Aber achte gefälligst auf die Uhr. Ich werd mein altes Haupt jetzt hinlegen. Meine Siesta. Und vergiß nicht, Punkt vier Uhr dreißig weckst du mich. Dir kann man nicht mal vertrauen, daß du den Teetisch ordentlich deckst. Doch hör zu. Wenn's am Vordereingang klingelt, ist's wahrscheinlich der Doktor. Er wird erwartet. Führ ihn gleich rein«, sagte Raunce und wies mit dem Daumen auf die offenstehende Tür. Dann ging er.

»Und Miss Burch?« rief der Junge. Dann noch lauter verzweifelt, »soll ich sie holen?«

Raunce mußte es gehört haben, gab aber keine Antwort. Allein gelassen, befiel den Jungen ein Zittern.

Zwei Tage später stand Raunce im Wohnzimmer vor Mrs. Tennant, halb mit dem Rücken zu Violet, ihrer Schwiegertochter.

»Dürfte ich Sie für einen Augenblick sprechen, Madam?«

»Ja, Arthur, was gibt's denn?«

»Es liegt mir fern, Ihnen Ungelegenheiten bereiten zu wollen, aber ich möchte meine Kündigung einreichen.«

Mrs. T. konnte Violet nicht sehen, weil er dazwischen stand. So starrte sie auf seinen vorletzten Westenknopf, der etwa auf gleicher Höhe mit dem Kopf ihrer Schwiegertochter war. Raunce hatte mit lose herabhängenden Armen gestanden. Jetzt hob sich eine seiner Hände unsicher tastend, um sich zu vergewissern, daß alles in Ordnung war, und fiel, nachdem sie das festgestellt hatte, wieder herab.

»Wie das, Arthur?« Sie schien außer sich. »Gerade jetzt, wo es so steht, und dazu der Ausfall von Eldon!«

»Ohne ihn würde es hier nicht mehr dasselbe sein, Madam.«

»Das ist gewiß kein Grund. Nun ja, ich bestreite das nicht, aber ich kann mich einfach jetzt nicht nach einem andern Butler umsehen.«

»Nein, Madam.«

»Es ist eben alles nicht mehr so wie früher. Der Krieg. Und dann die Steuern und was nicht alles. Sie müssen das verstehen.«

»Ich bin mir bewußt, stets bemüht gewesen zu sein, zur vollsten Zufriedenheit zu arbeiten, Madam.«

Sie griff nach einer Zeitung, legte sie aber wieder hin. Sie stand auf. Sie ging hinüber zu einer der sechs hohen gotischen Fenstertüren.

»Violet«, sagte sie, »ich kann mir nicht vorstellen, was Michael sich eigentlich bei seiner Arbeit an dem Rasenplatz denkt. Sogar von hier aus seh ich Spitzwegerich so hoch wie Palmwedel.«

Ihre Schwiegertochter sagte nichts und schien damit andeuten zu wollen, daß alle Mühe damit so war, als wollte man mit dem Kopf gegen ein Drahtgitter anrennen. Charley rührte sich nicht. Mrs. T. drehte sich um. Da sie mit dem Rücken zum Fenster stand, konnte er ihren Gesichtsausdruck nicht sehen.

»Alsdann, gut«, entschied sie, »ich denke, wir werden Sie künftig Raunce nennen müssen.«

»Vielen Dank, Madam.«

»Überlegen Sie sich's, ja?« Sie lächelte. »Wohlgemerkt: von höherem Lohn habe ich nichts gesagt.« Sie senkte den Blick und betonte dadurch ihre Stirn, über der ihr weißes Haar allmonatlich im meilenweit entfernten Dublin blau getönt und onduliert wurde. Sie ging zu einem Tisch hinüber. Mit ihrem langen seemuschelfarben lackierten Fingernagel schob sie den Aschenbecher über die schwarze Marmorplatte, die von einem vergoldeten Delphin getragen wurde. Dann fügte sie gleichsam vertraulich hinzu: »Ich meine, in diesen elenden Zeiten sollten wir alle zusammenhalten.«

»Jawohl, Madam.«

»Schließlich sind wir hier wie in Feindesland, nicht wahr. Wir müssen das einfach durchstehen. Zumal mein Sohn draußen im Krieg ist. Also überlegen Sie sich's.«

»Jawohl, Madam.«

»Wir wissen, daß wir uns auf Sie verlassen können, Arthur.«

»Danke, Madam.«

»Dann kommen Sie mir nicht mehr mit irgendwelchen Kleinigkeiten. Ach ja, ich kann einen von den beiden Handschuhen, die ich zum Gärtnern brauche, absolut nicht finden, nirgendwo.«

»Sehr wohl, Madam, ich werde der Sache nachgehen.«

Er zog die hohe Tür hinter sich zu. Er schwang die Arme, und weit ausschreitend, so hätte man sagen können, durchmaß er den bequemen Verbindungsgang bis zu der grünbespannten Tür. Dort machte er einen Moment halt. In einer der mit Narzissen gefüllten malachitnen Vasen auf hohen, mit goldenen Putten verzierten Piedestalen hatte er einen verwelkten Blumenkelch bemerkt. Er knipste ihn mit einer Nagelschere ab und trug ihn vorsichtig in der gewölbten Hand über den dicken weichen, mit schwarzweißen Karos gemusterten Läufer und weiter über das weiße, rotgeränderte Linoleum. Nachdem er die grüne Eingangstür zu seinem Reich geschlossen hatte, kickte er die Narzisse, die matt zu seinen Füßen auf das gebohnerte Parkett gefallen war, wie einen Fußball vor sich her und weiter Meter für Meter bis in seine Anrichte, als Miss Burch, aus Mr. Eldons Sterbezimmer kommend, unvermutet erschien. Sie schniefte. Rasch nahm er die Blume vom Boden auf.

Er sagte freundlich: »Der Blumenduft läßt mir immer die Augen tränen.«

»Seit wann haben denn Narzissen einen Duft?« sagte sie schroff, dabei weinte sie.

»Ich glaubte mich zu erinnern, daß sie dufteten«, sagte er.

»Sie meinen wohl Moschus, oh, mein Gott«, sagte sie und verzog sich, in Tränen. Aber er konnte es offenbar nicht dabei belassen.

»Wie ist's denn mit Heuschnupfen?« rief er überlaut, »der kommt auch nicht vom Heu, oder? Auf einer Stelle, wo ich gearbeitet hab, war 'ne Lady«, dann verstummte er. Miss Burch hatte sich außer Hörweite begeben. »Na, wenn Sie nicht zuhören wollen, kann ich Sie nicht zwingen«, sagte er noch. Er machte Mr. Eldons Tür zu, blieb mit dem Rücken zu ihr stehen und sprach zu Bert.

»Um wieviel Uhr ist die Beerdigung?« fragte er, »und wie lang noch bis zum Essen?« wartete aber keine Antwort ab. »Paß auf, Junge, ich hab ganz dringend was zu erledigen, du weißt schon.« Dabei klingelte er mit einem Schlüsselbund in der Tasche. Doch statt gleich Mr. Eldons Zimmer zu betreten, ging er noch mal weg, um die welke Narzisse in einem Blumenkübel verschwinden zu lassen. Er hüstelte. Dann kam er zurück.

»Na denn«, sagte er, »du pfeifst mir, wenn von denen jemand aufkreuzt.«

Er schlüpfte hinein wie ein Aal in sein Abflußrohr. Er schloß die Tür, so daß Bert nichts sehen konnte. Drinnen herrschte tiefe Stille bei dem ganz mit Narzissen bedeckten Bett. Er stand mit abgewandtem Gesicht, eilte dann leichtfüßig und so leise er konnte zu dem Schreibsekretär hinüber. Er hielt den Atem an. Er hatte das linke obere Schubfach aufgezogen. Jetzt atmete er schwer. Und dann kam der Pfiff von Bert.

Raunce schnappte sich die beiden roten und schwarzen Notizbücher und ließ sie in seiner Seitentasche verschwinden. Sie paßten gerade hinein. »Schubfach zu«, sagte er laut zu sich und tat es auch. Er schaffte es gerade noch hinauszukommen. Er schloß die Tür und ließ die Totenstille hinter sich. Mit dem Rücken zur Tür nahm er sein Taschentuch heraus und hielt Ausschau.

Er erblickte Edith. Sie stand in der Tür zur Anrichte, von wo Bert ihn offenen Mundes anstarrte. Raunce betrachtete sie aufmerksam. Es war, als prüfe er ihre dunklen Augen, die Wärme ausstrahlten und doch Lichtreflexe hatten wie Pflaumen, wenn man sie in kaltes Wasser taucht. Er rührte sich nicht. Schließlich sagte sie ganz ruhig: »Hat's noch nicht zum Essen geläutet?«

»Heiliger Himmel, das Essen!« rief er mit gespieltem Erschrecken, »schon so spät, und dieser Bengel hat noch nicht mal 's Tablett fürs Kinderzimmer raufgetragen. Los, beeil dich«, sagte er zu Bert. Der Junge schoß davon. »Gott verzeih mir«, sagte er noch, »aber es gibt Augenblicke, da könnte ich 'n glatt umbringen. Na, komm zu Vati, du Schöne.«

»Ich denk nicht dran«, protestierte sie belustigt.

»Wenn du nicht willst, ich besteh nicht drauf. Aber hat dir noch nie jemand was über dich gesagt?«

»Sie sind mir ein ganz Schlimmer«, sagte sie sichtlich geschmeichelt.

»Wenn schon«, sagte er, »aber von dir ist die Rede. Mit den Augen da gehörst du in 'n Film.«

»Oh, wirklich?«

»Komm schon«, sagte er, »wenn wir was von unserm Essen haben wollen, gehen wir besser hin.«

»Nicht mit Ihnen«, sagte sie und entschlüpfte ihm. Durch die Anrichte kamen sie in den langen hohen Gewölbegang, der zur Küche und in die Dienstbotenhalle führte.

»Immer langsam«, sagte er, als er sie einholte. »Was wird Miss Burch sagen, wenn sie uns hier Nachlaufen spielen sieht?«

Als sie dann nebeneinander gingen, fragte er: »Wieso kamst du denn zum Essen mir übern Weg?«

»Was Sie nicht alles wissen wollen«, sagte sie.

»Ich weiß 'ne Menge, Mädchen, und bin damit immer gut gefahren. Ich hab an mehr zu denken als nur an Liebe und Küsse. Wußtest du das nicht?«

»Nein, woher auch, so wie Sie sich benehmen.«

»Der Kummer mit euch Mädchen ist, daß ihr alles so schwer nehmt. Also, ich hab weiter nichts gefragt als, wieso du auf deinem Weg zum Essen bei uns reingeschaut hast.«

»Angenommen, nur um Sie zu sehen«, sagte sie, indem sie sich nach ihm umwandte. Der Anblick, den er bot, ließ sie mit offenem Mund, aber nahezu lautlos kichern. Dann schlug sie sich mit der Hand auf den Mund und rannte ihm voraus. Mit einem Schwung des bunten Rocks ihrer Diensttracht war sie schon um die nächste Biegung des hohen endlosen Korridors. Das Tappen ihrer Schuhe wurde schwächer. Er ging weiter, anscheinend sehr nachdenklich. Er ging so weich und leise, daß man an ein Gespenst hätte glauben können. Doch im Weiterschreiten wiederholte er wieder und wieder für sich:

»Diesmal werd ich mich auf seinen alten Platz setzen. Es muß sein.«

Als er ankam, fand er das Hausgesinde wartend am Tisch, mit Ausnahme von Mrs. Welch und ihren beiden Mädchen, die in der Küche aßen, und Bert, der später kam. Kate und Edith saßen brav mit im Schoß gefalteten Händen vor ihren Messern, Löffeln und Gabeln. Am Kopf der

Tafel stand, leer, der Armsessel, auf dem Mr. Eldon gewöhnlich präsidiert hatte. Am unteren Ende, etwas isoliert, saß Paddy, der Lampenmann. Denn das weitläufige Haus, das zum größten Teil unbewohnt war, hatte kein elektrisches Licht.

Charley ging stracks zu dem Mahagoni-Büfett hinüber, dessen Dekor an beiden Enden aus je einem Schwan bestand, der auf seinem langen gebogenen Hals den Aufsatz trug. In der Mitte standen drei kümmerliche Farne in goldenen Worcester-Vasen. Er nahm sich ein Messer, einen Löffel und eine Gabel. Er setzte sich auf Mr. Eldons Sessel, den mit den Armlehnen, und legte sich sein Gedeck zurecht. Alle starrten ihn an.

»Worauf warten wir noch?« sagte er in die Stille. Wieder zog er sein Taschentuch und schnaubte sichtlich nervös die Nase.

»Zieht es Ihnen etwa?« fragte schließlich Miss Burch.

»Wieso? Nein, danke«, erwiderte er. Drückende Stille.

»Ich dachte nur«, sagte sie und schnuffte.

Darauf wandte er sich um, ob er vielleicht vergessen hätte, die Tür zu schließen. Sie war zu. Dabei machte er eine Miene, daß Kate vor Lachen fast erstickte.

»Ich habe nicht gehört, daß jemand sich einen Scherz erlaubt hätte«, wies Miss Burch das Mädchen zurecht.

»Ich dachte, Paddy hätte einen seiner Witze gemacht«, sagte Raunce unvermittelt heftig. Auf dem Gesicht des Mannes breitete sich ein Grinsen aus wie immer, wenn sein Name genannt wurde. Er war ungeschlacht, in Hemdsärmeln und ragte kaum über die Tischkante, weil er so klein war. Zu seinem Stiernacken und dunklem Gesicht hatte er eine dicke Mähne von grauem Haar, das ihm auch aus den Nasenlöchern sproß. Seine Augen waren blau und hell, ebenso wie das eine Auge von Charley, denn Raunce hatte zweierlei Augen, ein helles und ein dunkles, was sehr sonderbar wirkte.

Die Mädchen saßen mit gesenktem Blick.

»Kann auch sein, sie hat sich verschluckt, obwohl nichts zum Essen auf dem Tisch steht und alles in der Küche nur kalt wird«, sagte Raunce, bekam aber keine Antwort.

»Also, worauf warten wir denn noch?« fragte er wieder.

»Wieso, auf Ihren Lausebengel, daß er uns den Braten hereinbringt«, erwiderte Miss Burch.

»Sollte mich nicht wundern, wenn er im Kinderzimmer aufgehalten worden ist«, war Charleys Antwort.

»Dann besser, Kate holt's rein«, sagte Miss Burch. Und sie saßen ohne ein Wort, während Kate draußen war. Agatha machte zweimal Anstalten zu sprechen, wie er da saß, zum ersten Mal auf Mr. Eldons Platz, aber anscheinend fehlten ihr die Worte. In ihren Augen, die bis dahin matt und glanzlos gewesen waren, funkelte es jetzt wie von Tränen. Bis dann Raunce, nachdem Kate mit dem vollen Tablett zurück war, sich zum Tranchieren erhob und nach einem abschätzenden Blick auf Miss Burch sagte:

»Und hingehen werd ich auch nicht. Selbst wenn's dabei hochkirchlich zugeht. Ich will nicht zugucken, wenn sie den Sarg in die Erde versenken.«

Daraufhin schob Miss Burch den vor ihr stehenden Teller von sich und saß mit geschlossenen Augen. Raunce zögerte. Dann, während er Edith eine Portion auftat, fuhr er fort:

»Wird sowieso nicht das Letzte sein, was ich von dem Mann zu sehen kriege. Ist ja alles nur Aberglauben das Ganze.«

»Und die Sünder werden üppig gedeihen wie der grüne Lorbeer«, verkündete Miss Burch unnatürlich laut, und ihre Stimme überschlug sich, als hätte jemand sie an der Kehle gepackt. Wieder entstand eine Pause. Dann wieder Raunce, während er Paddys Teller füllte. Aber wegen einer heißen Kartoffel, die er sich in den Mund gesteckt hatte, konnte er nur mühsam sprechen.

»Warum besteht Mrs. Welch nur immer darauf, selbst für die Küche zu tranchieren. Und Köchin will sie auch nicht genannt werden. Wenn ein Braten so angeschnitten ist, kann ich auch nicht mehr viel retten.«

Die Mädchen hatten mit ihrem Essen zu tun. O'Conor machte sich geräuschvoll über seinen Teller her. Raunce setzte sich wieder. Agatha blieb weiter zurückgelehnt.

»Und wie lang ist's her, daß Sie überhaupt mal an der Luft waren?« fragte sie säuerlich.

»Lassen Sie mich überlegen. Das muß gewesen sein an Weihnachten, als ich Paddy raus in 'n Park schaffen mußte, weil er voll war.«

Der Mann grinste, obwohl sein Mund dermaßen triefte, daß er andauernd schlucken mußte.

»Immer langsam«, sagte Raunce.

Kate und Edith hörten mit essen auf und guckten mit großen Augen auf den Iren. Der Mann war ihr Hansnarr, und für die eine von beiden war er sogar mehr als nur das. Ohne Rücksicht auf Miss Burch blickte er so komisch drein, daß die beiden nur mit Mühe einen Lachanfall unterdrücken konnten.

»Fast hätt's mich auch erwischt«, sagte Raunce.

»Einem Toten Achtung zu bezeigen, hat noch keinem geschadet«, sagte Miss Burch mit bebender Stimme, und Charley antwortete ihr unverblümt:

»Verzeihung, Miss Burch, meine Gefühle sind meine Sache, aber ich darf wohl sagen: niemand hier außer Ihnen vermißt ihn mehr als gerade ich. Erst heute morgen ging ich zu Mrs. T. und sagte ihr mit Verlaub«, aber er sprach nicht weiter. Das allgemeine Schweigen machte ihn unsicher. Er wand sich ungeschickt heraus, indem er anders fortfuhr:

»Ja, ich weiß noch, wie ich mich hier vorstellte, da sagte sie: Aber Charles kann ich Sie nicht nennen, nein, hat sie gesagt, ich werd Sie Arthur nennen. Alle Ersten Diener wurden seit eh und je so genannt, seit Arthur Weavell, und der Mann war wirklich einmalig, hat sie gesagt.«

Er blickte zu Miss Burch hinüber, die errötet war.

»Und jetzt rechnen Sie zweifellos damit, von ihr mit Raunce angeredet zu werden«, sagte Miss Burch zornbebend, »und Mr. Eldon noch nicht mal unter der Erde. Aber eins lassen Sie sich gesagt sein«, fuhr sie mit erhobener Stimme fort, »von mir werden Sie nie ein ›Mister‹ zu hören bekommen, niemals, und wenn zehnmal Krieg ist.«

»Was hat denn der Krieg damit zu tun«, fragte er, dabei zwinkerte er Kate zu. »Aber lassen wir das. Jedenfalls weiß ich jetzt Bescheid.«

»Nein«, sagte sie und hatte damit das letzte Wort, »Männer wie Sie werden nie etwas wissen oder merken.«

Am nächsten Morgen betrat Raunce das Schlafzimmer von Mrs. Jack absichtlich, als Agatha Burch dabei war, den Aubusson-Teppich zu kehren.

Er trug ein großes Tablett mit einem Arrangement von drei Päckchen Löschpapier in Rosa, Weiß und Gelb, zwei Worcester-Untertassen, auf denen bronzene und vergoldete Schreibfedern lagen, zwei Flaschen mit roter und blauer Tinte und sauberen Röhrchen zum Nachfüllen der in den Tisch eingelassenen Tintenfäßchen und Stapel neuer Briefbogen, passend zu den Farbtönen des Löschpapiers.

Er legte alles auf den Schreibtisch. Als er ihr Gesicht sah, das so war wie manchmal, wenn sie ihre Tage hatte, blaß oder fleckig wie eine Garnele vor dem Kochen, räusperte er sich. Er faßte sie näher ins Auge, aber sie beachtete ihn nicht. Er räusperte sich noch mal. Dann sprach er.

»Das trifft sich gut«, sagte er freundlich.

»Ach, so?« war ihre Antwort.

»Ja, ich hatte nämlich einen kleinen Schock heute morgen«, fuhr er fort und blickte dabei aus dem Fenster auf einen wunderschönen Tag. »Ich bin ja gestern in die Butlerwohnung umgezogen, wie Sie wissen werden, denn eins Ihrer Mädchen hat das Zimmer gerichtet.«

»Ich begreife nicht, wie Sie die Stirn haben konnten«, sagte sie.

»Schon recht, Miss Burch, jeder sieht das eben anders, aber ich bin sicher, Mrs. T. hätte es nicht gern gehabt, wenn der Geldschrank eine Nacht lang unbewacht geblieben wäre.«

»Ich hoffe, alles war nach Ihren Wünschen«, bemerkte sie.

»Danke ja, ich habe sehr gut geschlafen, war überhaupt nichts auszusetzen. Die Bettlaken ordentlich gelüftet für einen richtig guten Nachtschlaf. Aber ich bekam einen kleinen Schock, als mir mein Tee gebracht wurde.«

»Tee? Hab ja nie gewußt, daß Sie als erstes einen Tee zu sich nehmen.«

»Oh, doch, ich muß meine Tasse Tee haben, und da bin ich, wie ich glaube, nicht der einzige. Ohne Tee könnt ich den Tag nicht anfangen.«

»Und war er gut?« fragte sie so zutunlich, als fühlte sie sich ihm überlegen. »Hatte das Wasser gekocht?«

»Ja«, sagte er etwas verlegen, »es war eine gute Tasse Tee.«

»Dann hatten die wohl die Kanne vorgewärmt. Das freut mich, freut mich wirklich. Weil ich Ihnen nämlich etwas sagen will«, und ihre Stimme hob sich. »Wissen Sie eigentlich, daß ich für mich keinen Tee bekommen kann zu so früher Stunde?«

»Nein? Wirklich nicht? Da ist aber 'ne Menge faul, entschuldigen Sie, wo Sie doch all die Mädchen zu Ihren Diensten haben. Ich würd sagen, da müßte man mal hinterfassen!«

»Die haben ihre Arbeit zu machen, genau wie ich«, sagte sie mit besonderer Betonung.

Er überhörte das und fuhr fort: »Also zuerst gab es mir einen kleinen Stich. Nämlich – zu dumm, es zu sagen – dieser Bursche da, der Albert, brachte mir den Tee.«

»Was Sie nicht sagen. Ich wußte gar nicht, daß er so früh auf ist.«

»Darauf können Sie sich verlassen«, sagte Raunce, und seine Stimme knarrte ein bißchen, »der ist früher auf als jeder sonst im Schloß.«

»Ich will's nicht diskutieren«, erklärte sie.

»Nein, aber wenn Sie's anders wissen, laß ich mich gern belehren.«

»Ich streite mich nie, ich bin nicht so«, sagte sie.

»Ich auch nicht«, erwiderte er. »Hat mir nie gelegen, allem zu widersprechen. Nein, ich hab ja nur an den Jungen gedacht. Es ist seine erste Stelle, und er ist gut und immer gefällig.«

»Ich sage ja nicht, daß er's nicht ist.«

»Dann leugnen Sie's also nicht«, sagte Raunce einen Ton schärfer.

»Was leugnen?« erwiderte sie. »Ich leugne nichts und niemand.«

»Is okay, Miss Burch. Ich wollt ja nur sichergehen, wie es jedermanns gutes Recht ist. Kann sein, ich hab Sie falsch verstanden. Wenn Sie's also wissen müssen, es bestürzte mich, daß mein Albert, dieses Bürschchen, mir meinen Tee brachte.«

»Das hat er doch schon immer gemacht.«

»Ja, zu Mr. Eldons Zeiten war es wohl so«, gab Raunce zu und fuhr dann fort:

»Aber dem alten Mann brachte eins Ihrer Mädchen seinen Tee.«

»Und jetzt geben Sie vermutlich nicht eher Ruhe, bis Ihnen eins meiner Mädchen Ihren Tee bringt«, sagte Miss Burch überraschend bitter. »Und zweifellos müßte es Kate sein«, fügte sie hinzu.

»Ich weiß nicht recht, was Sie meinen«, sagte er.

»So? Dann muß ich Sie fragen, wie denn die Morgenarbeit getan werden soll?«

»Genauso wie immer, denk ich.«

»Alsdann«, sagte sie darauf und holte tief Luft wie zu einem Sturm heftiger Erwiderungen, als Mrs. T. ins Zimmer trat. Der Läufer war so dick, daß man nicht hören konnte, wenn jemand kam.

»Oh, Raunce«, sagte Mrs. T., indem sie zum zweitenmal diese neue Anrede benutzte, »ich komme gerade vom Kinderzimmer. So ein Mißstand. Ich weiß wirklich nicht, was wir da tun können. Natürlich, erst kommen die Kinder, andererseits bin ich sicher, daß jeder sein Bestes tut. Aber wir müssen einfach unsere Köpfe zusammenstekken.« An diesem Punkt verließ Miss Burch das Zimmer. Ihr Rücken wirkte steif, abweisend. Mrs. T. ließ sie ungerührt gehen. Dann wandte sie sich wieder Charley zu. »Raunce«, sagte sie, »Sie wollen doch wohl nicht dieses rosarote Löschpapier dem Goldenen Schlafgemach zumuten.«

»Es war der einzige Farbton, der lieferbar war, Madam.«

Sie ging zum Kaminsims und strich mit dem Finger darüber, den sie alsdann auf etwaige Geruchsspuren prüfte. Charley räusperte sich. Nachdem sie so festgestellt hatte, daß kein Staub da war, ordnete sie die Pfauenfedern in einer Bodenvase aus emailliertem China neu an. Die Vase stand wie immer auf einer scharlachroten Matte mitten im Zimmer.

»Sie schreiben natürlich sogleich nach London wegen des Löschpapiers?«

»Jawohl, Madam, aber dies war das einzige, das Mr. Eldon bekommen konnte. Ich glaube, er wollte noch mit Ihnen darüber sprechen.«

»Nein, das hat er nicht«, sagte sie, »wäre ja auch hoffnungslos, in diesem elenden Land irgend etwas kaufen zu wollen. Aber wieso gibt es mehrere Pastelltöne in Blau und nur einen in Rosa?«

»Ich glaube, das liegt am Krieg, Madam.«

Sie lachte, dabei sah sie ihn an. »O ja, und bald werden die Geschäfte dies als Entschuldigung für all und jedes benutzen. Natürlich mache ich niemand einen Vorwurf«, sagte sie, »aber es wird allmählich hoffnungslos. Doch nun, Raunce, die Sache mit dem Essen fürs Kinderzimmer bedrückt mich sehr.«

»Jawohl, Madam.«

Sie lächelte, als müsse sie sich entschuldigen. »Ich brauche Ihre Hilfe. Alle sind so halsstarrig. Nanny beklagt sich, das Essen sei kalt, wenn es im Kinderzimmer anlangt, und Mrs. Welch sagt mir, es käme glühendheiß aus der Küche, was soll ich da glauben?«

Sie tauschten einen langen Blick. Schließlich mußte er lächeln.

»Ich bin sicher, Albert bringt das Essen rauf, sobald es ausgegeben ist«, sagte er. »Aber wenn es hilft, Madam, werde ich es die nächsten paar Tage selbst rauftragen.«

»Vielen Dank, Raunce, das ist nett von Ihnen. Jetzt habe ich Michael versprochen, bei ihm vorbeizukommen, wozu brauchte er mich wohl? Nun ja, das wär's.« Sie machte sich auf den Weg zum Obergärtner, aber sie kam nicht weit. Miss Burch fing sie in der Langen Galerie ab.

»Könnte ich Sie einen Moment sprechen, Madam?«

»Ja, Agatha?«

Miss Burch wartete, bis Raunce, der eben Mrs. Jacks Zimmer verließ, außer Hörweite war.

»Es handelt sich um Kate, Madam. Ich würde Ihnen nicht damit kommen, aber es scheint mir nicht richtig, daß so ein junges Ding ihm seinen Morgentee bringt, während er noch im Bett liegt.«

»Großer Gott, wessen Morgentee?«

»Für Arthur, Madam.«

»Wir müssen ihn jetzt Raunce nennen, Agatha. Es klingt absurd, ich weiß. Und vor allem, ich mag den Namen nicht.« Sie hatte einen leichteren Ton angeschlagen. »Ich glaube, wir werden ihn umtaufen müssen, meinen Sie nicht?«

»Und er wollte absolut nicht zum Begräbnis. Er brüstet sich sogar damit, Madam.«

»Wir hätten ihn auch nicht dabei haben mögen, oder?« sagte sie. Miss Burch schien befriedigt. »Und jetzt ist er in Eldons Zimmer gezogen und will, daß man ihm seinen Morgentee bringt?« fuhr Mrs. Tennant fort. »Vielen Dank für die Information. Vermutlich bekam Eldon seinen Morgentee von einem der Mädchen gebracht?«

»Ja, Madam, aber das war etwas anderes.«

»Ich weiß, Agatha, und mir scheint, darin sehen Sie die Schwierigkeit.«

»Sehr wohl, Madam«, sagte Miss Burch grimmig.

»Ach ja, ich vergaß, wo ist er denn«, und sie rief nach Raunce. Es kam keine Antwort. »Scheint, er ist fort.« Sie klingelte. »Ich wollte Ihnen beiden sagen«, fuhr sie fort, »es betrifft Mrs. Welch. Ihr Neffe kommt übermorgen her. Nicht für länger, denke ich, nur ein paar Wochen. Er ist alt genug, um auf sich selbst aufzupassen. Sie wird sich umbringen für den kleinen Burschen.«

Miss Burch schien nicht entzückt, sagte aber: »Ja, Madam.«

»Ein lieber Junge, glaube ich, und den Kindern wird es guttun, jemand zum Spielen zu haben. Er heißt Albert. Nein, so ein Zufall! Ja, Albert, was gibt's?«

»Sie haben geläutet, Madam.«

»Oh, hat nichts zu bedeuten, ich wollte Raunce haben. Das ist alles. Ich glaube, weiter war nichts. Ich werde ein andermal mit Raunce sprechen. Jetzt muß ich aber hinunter zu Michael.«

Der Morgen war fast vorüber, und an jenem Nachmittag, während Raunce in seinem neuen Armsessel, Füße auf dem Tisch, eifrig in den beiden Notizbüchern blätterte, war Edith oben in der Mansarde, die sie mit Kate teilte, halb ausgekleidet, dabei, jene Eier, die sie in Mrs. Tennants Stulphandschuh gesammelt hatte, in ein Marmeladenglas zu tun, um sie in einer Lösung von Wasserglas zu konservieren.

»Du willst doch wohl nicht dieses Dreckzeug dir irgendwann auf Gesicht und Hals schmieren, Edie?«

»Doch. Ist gut für die Haut.«

»Aber doch nicht von Pfauen? Edie, um alles in der Welt!«

»Pfauen sind zu nichts nütze. Sie kreischen bloß.«

»Ich versteh dich überhaupt nicht.«

Edith erklärte es ihr. »Die Eier müssen geklaut werden, wenn keine Menschenseele in der Nähe ist, verstehst du, und es müssen Pfaueneier sein. Ich weiß nicht, warum. Aber kannst jeden fragen. Das sind die wertvollsten Vögel, die seltensten.«

»Und was, wenn du auf der Haut diese Kringel kriegst, die sie auf ihren Schwanzfedern haben?«

Als Antwort wandte Edith sich Kate zu und strich ihr mit der Hand über die Wange. Sie war bis zur Taille nackt. Im Licht des von Efeu überwachsenen Fensters schimmerte ihre Haut wie weißer Flieder unter Blättern.

»O Gott«, sagte sie.

»Und für wen das alles?« fragte Kate weiter, »für Patrick?« Und mit einem Sprung lag sie ausgestreckt auf ihrem Bett. Doch da nun ein Name gefallen war und sie sich wie Verschwörer vorkamen, kletterte Edith auf das Fensterbrett und dämpfte das Licht noch mehr. Nun zog sich ein weiß leuchtendes Band um ihre dunkle Haarflut, unter der ihre Schultern eine blaue Tönung annahmen. Dabei lachte sie aus vollem Hals.

Als sie sich beruhigt hatten, sagte Kate:

»Also Mrs. Welch kriegt Besuch von dem Söhnchen ihrer Schwester. Albert heißt er.« Edith erwiderte nichts. »Da haben wir noch mehr zu tun, bestimmt«, fügte Kate hinzu.

»Der wird schon selbst für sich sorgen. Alt genug ist er«, sagte Edith. »Und es ist 'ne Abwechslung für die Kinder«, damit meinte sie die beiden Mädchen von Mrs. Jack. »Denen macht's doch auch keinen Spaß, ewig miteinander Lämmerhüpfen zu spielen.«

»Ich möcht schon noch in ihrem Alter sein und daheim, Edie.«

»Hart arbeiten hat noch keinem Mädchen geschadet.«

»Aber nimmt Miss Burch uns nicht mächtig ran? Ach, meine armen Füße.«

»Zieh die Strümpfe aus, Katie, ich werd sie dir massieren.«

»Aber nicht mit deinem Eierzeug.«

Edith sprang vom Fensterbrett. Sie legte ein Handtuch unter Kates Füße. Sie wandte sich zum Waschbecken und tauchte ihre Hände in kaltes Wasser. Dann beugte sie sich über Kate, die mit geschlossenen Augen dalag, und massierte und knetete ihre heißen Füße. Ihr Haar fiel herab. Lächelnd tat sie ihr Werk, und ihre bloße Haut über Kates Körper atmete Frühling.

»Putz die Zähne, eh du mit einer Frau zu tun hast«, sagte Edith, »wer spricht so?«

»Bist du von Sinnen?« murmelte Kate. »Wer wird schon so sprechen?«

»Mr. Raunce.«

»Er ist also ›Mister‹ für dich? Bei mir nicht, niemals. Ich könnt's nicht, nachdem er all die Zeit Charley gewesen ist. Oh, wie das guttut, Liebling.«

»Es gehört sich so, wo er jetzt die Stellung hat«, sagte Edith. »Ach, deine Fesseln möchte ich haben, meine Liebe.«

»Doch warum die Zähne?« fragte Kate.

»Ich glaub, wegen Rauchen oder so. Putzt Patrick seine?«

»Oh, der hat 'ne ganze Menge davon«, sagte Kate, »aber ich kann's nicht sagen, da ich ihn erst heut abend seh. Das nennt sich dann halber freier Tag in diesem verrotteten ollen Land, wo einem Mädchen in seiner Freizeit überhaupt nichts geboten wird.«

»Wem sagst du das«, meinte Edith.

Dann setzte sie sich auf die Bettkante und schüttelte ihr Haar aus dem Gesicht.

»Da wären wir nun«, sagte sie, »wir zwei beiden, an einem Donnerstag und immerzu drinnen, mit nichts, wo man hingehen kann. Und die Germans überm Wasser, die jede Minute Invasion machen könnten. Oh, ich werd heimfahren müssen. Ich hab's satt.«

Kate ging darauf ein. »Ich glaub nicht, daß an dem Gerede über die Jerries viel dran ist. Und wenn sie überhaupt kommen, ist damit nicht gesagt, daß sie sich nicht ordentlich betragen würden, sie sind ein ehrlich arbeitender Volksschlag, genau wie wir. Aber von niemals Ausgehen reden, wo doch Charley Raunce in diesen drei Jahren, so lange muß es sein, niemals die Nase rausgesteckt hat.«

»Ja, falsche Seite vom Fenster, so nennt er das. Der hätte als Kind bei uns zu Hause aufwachsen sollen, Kate. Bei meiner Mutter hieß es immer: alle Fenster auf, ob Sonne oder Regen, und das den ganzen Tag.«

»Aber der schreibt wenigstens seiner Mutter«, sagte Kate, »nicht wie du undankbares Geschöpf. Wann hat sie zuletzt von dir gehört?«

»Manchmal sage ich mir, daß gerade das mich hier hält. Ich dürft nicht wagen zurückzukommen nach so jahrelangem Schweigen, wo sie doch nicht müde wird, jede Woche um neue Nachrichten zu schreiben.«

»Hör doch nur diese Vögel«, sagte Kate.

Edith blickte hinaus. Unten in einiger Entfernung sah sie Mrs. Tennant und ihre Schwiegertochter, die sich zu einem Spaziergang aufmachten. Die Hunde rasten kläffend auf der Terrasse umher, worauf die sechs in der Nähe weilenden Pfauen ihre Schreie ausstießen. Die beiden Damen in lässig eleganter Aufmachung setzten sich in Bewegung, um ihren Appetit auf den Nachmittagstee anzuregen, hinter sich ihre wild umherspringenden Lieblinge.

»War es für Anfang oder Ende Juni, daß Jack, wie er schrieb, mit seinem Urlaub rechnete?«

»Ich sagte dir doch schon«, erwiderte Mrs. Jack sanft und leise, »jederzeit nach der dritten Maiwoche.«

»Ich freue mich ja so für euch beide. Nach dieser langen Zeit. Ich denke, natürlich fährst du nach London.«

»Sieh doch nur die Narzissen«, rief die Schwiegertochter aus, »massenhaft, immer neue aufgeblüht. So entzükkend. Ist ja sonst eine hoffnungslose Jahreszeit hier, oder nicht? Ich meine: keine Jagd oder Angelsport. Er würde hier vor Langeweile umkommen, der Ärmste.«

»Weißt du, was ich gestern abend dachte beim Zubettgehen?« sagte Mrs. Tennant. »Ich würde womöglich die ganze Zeit hier auf Merlow sitzen, und ihr würdet nichts von mir zu sehen bekommen, aber halb verlockte es mich, mit dir rüberzufahren.«

»Wie reizend«, erwiderte die Schwiegertochter in glockenreinem Ton. »O ja, aber dann müssen wir alle einen Abend zusammen verbringen. Jack würde schwer enttäuscht sein.«

»Nein, Liebes, ihr habt so wenig voneinander gehabt, mit diesem Krieg unmittelbar nach der Hochzeit. Ich empfinde mit eurer Generation, weißt du. Natürlich fände ich's wunderbar. Dennoch, ich sollte mich nicht aufdrängen. Ich meine, der Urlaub ist so kostbar, ihr müßt ihn ganz für euch haben.«

Ein betretenes Schweigen folgte.

»Wirklich«, sagte sie dann. »Ich weiß nicht recht, was ich sagen soll«, und sie überwand sich, die Frau ihres Sohnes voll anzusehen. Die junge Frau wiegte einen Gegenstand in der Hand, vielleicht war es ein Hühnerbein, das sie werfen wollte. Es flog nur eine kurze Strecke. Der Hund mit aufgestellten Ohren guckte in die falsche Richtung und jaulte, während die Pfauen schlau ein paar Schritte vorrückten.

»Oh, Badger«, sagte sie, ihre Finger an einem kostbar gesäumten Taschentuch abwischend, »du begreifst auch nichts.«

»Wir könnten ein bißchen mit den Kindern spielen«, schlug Mrs. Tennant vor.

»Wunderbar. Die Kinder sind doch alles. Ob wir sie wohl allein zurücklassen können. Ich meine, ob ihnen nichts passieren kann?«

»Ich dachte auch daran. Aber ich glaube, nicht. Es ist ja nicht das erste Mal.«

»Ich weiß. Oh, das wird herrlich sein.«

»Wann, glaubst du, wird er dir Nachricht geben, meine Liebe?«

Mrs. Jack zeigte sich ärgerlich. »Nein, Badger, nein«, und der Hund, der sich angesprochen fühlte, machte Miene, an ihr hochzuspringen. »Nieder mit dir, Donnerwetter«, sagte sie. »Ach, du weißt ja, wie das geht«, fuhr sie fort, »das übliche: drei Tage vorher Nachricht, im Höchstfall. Und obendrein hat man fabelhaft auszusehen, als hätte man den ganzen Winter die Londoner Boutiquen frequentiert.«

»Darüber brauchst gerade du dir keine Gedanken zu machen«, scherzte Mrs. Tennant. »Übrigens, habe ich noch nicht erwähnt, daß der Neffe von Mrs. Welch zu Besuch kommt?«

»Wie alt ist er?«

»Gerade im rechten Alter, im März wird er neun. Ich dachte es mir hübsch für die Kinder, darum habe ich ihm die Fahrt bezahlt. Sein Vater ist Chauffeur beim alten Lord Cheltenham.«

»O Gott, und wie hast du es Nanny beigebracht?«

»Um ehrlich zu sein, meine Liebe, ich habe mich nicht getraut.«

»Wird ein schöner Schlag für sie sein, oder?«

»Weißt du, ich konnt's nicht gut abschlagen.«

»Wie ist er denn?«

»Oh, Mrs. Welch ist eine sehr resolute Frau. Ich bin sicher, daß er sich gut benimmt. Ich hätte auch nichts dagegen, wenn es ein paar annehmbare Kinder im Dorf gäbe. Aber sogar Michaels Ältester im Pförtnerhaus läuft in Mädchenkleidern herum.«

»Glauben die denn immer noch, kleine Jungen würden von Feen entführt?«

»Vielleicht, aber dann müßten sie auch glauben, Feen könnten durch Röcke hindurchgucken. Ob du ihr wohl sagen könntest, der kleine Kerl sei krank gewesen?« meinte Mrs. Tennant.

»Dann wird sie denken, sie muß ihn pflegen«, wandte Mrs. Jack ein.

»Aber Violet, du könntest ihr doch versprechen, daß Mrs. Welch den Kleinen nicht aus den Augen ließe.«

»So kompliziert ist das, nicht wahr? Und gerade das würde Evelyn und Moira so guttun. Ganz gleich stoßen wir Nanny vor den Kopf.« Die beiden Frauen lächelten sich etwas durchtrieben an. »Ich will dir was sagen«, fuhr Mrs. Jack fort, »warum sagen wir nicht, er ist ein Unehelicher von Mrs. Welch? Dann wäre sie so gerührt, daß sie ihn bemuttern würde wie ein eigenes Kind.«

Mrs. Tennant lachte kichernd.

»Oh, Violet, wie häßlich von dir.«

»Warum eigentlich nicht. Zum Ausgleich für all den Ärger, den sie uns machen, bieten wir ihnen etwas, worüber sie tratschen können.«

»Und dann müßten wir uns eine neue Köchin und eine neue Kinderfrau suchen«, erwiderte Mrs. Tennant. »Es ist schon schlimm genug, wenn sie einem wegsterben. Außerdem wird Nanny Swift sich schon selbst etwas ausdenken. Ich wäre nicht im geringsten überrascht, wenn sie, noch ehe der Junge ein paar Tage hier ist, böse Andeutungen machen würde.«

»Dann ist also etwas daran?«

»Meine Liebe, was wissen wir schon über die Dienstboten? Erst heute morgen fühlte Agatha sich bemüßigt, Schlimmes über Arthur und Kate zu argwöhnen. Ach richtig, ich muß ihn ja Raunce nennen.«

»Kate? Ich dachte, es wäre Edith. Die Haut von dem Mädchen möchte ich haben.«

»Ja, sie ist ein reizendes Geschöpf. Weißt du, mich kümmert's nicht, was sie anstellen, wenn sie nur bleiben.«

»Du Ärmste«, sagte Mrs. Jack. »Aber sieh doch«, fuhr sie fort, »da ist es schon.« Und dort auf einer mäßigen Anhöhe, umgeben von Zypressen mit einer einzelnen hochgewachsenen Palme, lagen gestürzte Marmorsäulen neben rissigen, zementgekrönten Mauern vor einem blauen Himmel mit bläulichen Wölkchen. »Meinst du, diesmal sollten wir einfach hinaufgehen?« fragte sie.

»Ich glaube, heute besser nicht«, erwiderte Mrs. Tennant. Sie riefen die Hunde und wandten sich zum Heimweg. Dabei plauderten sie über Dessous.

Kate und Edith indessen gelang es nicht, ohne weiteres aus dem Schloß ins Freie zu gelangen. Als sie, hübsch für den Nachmittag zurechtgemacht, herunterkamen, hörten sie ein gebrochenes Schluchzen aus einem der Zimmer.

»Hör doch«, sagte Kate, »das ist bestimmt das alte Mädchen. Was sagst du dazu?«

»Geh du schon weiter«, sagte Edith, »warte nicht auf mich.«

»Nun komm aber, Edie, der halbe Tag ist schon um. Du wirst dich doch nicht aufhalten lassen.«

»Ach, die arme Seele«, sagte Edith, ging hinein und schloß die Tür hinter sich.

Miss Burch lag, eingehüllt in eine große blaue Häkeldecke, auf ihrem Bett. Sie hatte ihren falschen Zopf abgenommen und trug eine mit Spitze gesäumte Morgenhaube schief auf dem Kopf. Mit den Händen unter der Häkeldecke und dem Gesicht seitlich auf dem Kopfkissen neben einem feuchten Fleck wirkte Miss Burch völlig verzweifelt, sie schluchzte, zitterte und hatte Schluckauf.

Edith nahm die Baskenmütze ab, setzte sich auf die Bettkante und schüttelte ihr Haar aus dem Gesicht.

»O Burchie, Burchie«, sagte sie, »was um Himmels willen ist denn passiert?«

Sie erhielt nur ein Wimmern zur Antwort. Dann drehte sich Miss Burch mit dem Gesicht zur Wand. Die Haube rutschte ihr vom Kopf. Edith schob sie sanft zurück, konnte sie aber, da Miss Burchs durchschimmernder Schädel seitlich auf dem Kissen lag, nur so hinkriegen, daß sie im rechten Winkel zu ihrer spitzen Nase saß, wie bei jemand, der im Freien liegt und mit seiner Kappe Gesicht und Augen vor fremden Blicken schützen will.

»Also, was ist denn?« Edith versuchte es noch mal ganz sanft.

»Oh, ich ertrag's nicht«, wimmerte Miss Burch laut. »Ich ertrag's nicht.«

»Aber, Liebe, was ist denn nur?« Doch sie schluchzte nur noch mehr.

»Nun haben Sie sich nicht so, Burchie, das dürfen Sie nicht«, sagte Edith noch, wobei sie auf diesem Kokon nach Miss Burchs Hand tastete, die warm eingehüllt an ihrer Seite lag. »Jetzt hören Sie mir mal zu, so schlimm kann es doch nicht sein. Erst hol ich Ihnen eine schöne Tasse Tee.«

»Ich ertrag's nicht«, wiederholte Miss Burch etwas ruhiger.

»Ich lauf schnell runter, nur eine Minute. Niemand merkt etwas, der Kessel stand eben noch siedendheiß in der Halle. Sie werden sehen, wie Ihnen das guttut.«

»Nichts wird je wieder so sein wie früher«, sagte Miss Burch lakonisch.

»Nun reden Sie mal nicht so ungereimt, Burchie. Sie entspannen sich und lassen mich Ihnen 'ne Tasse Tee machen.«

»Du bist ein liebes Kind.«

»Na klar, aber jetzt nur Ruhe.«

Miss Burch holte tief Luft und schien ruhiger zu werden.

»In einer Minute bin ich wieder oben«, sagte Edith noch, aber Miss Burch unterbrach sie.

»Nein, laß mich nicht allein«, sagte sie.

»Was denn nun«, fragte das Mädchen. »Was ist passiert, daß Sie so erregt sind?«

Dann, nachdem sie ihre Haube zurechtgerückt hatte, entlud es sich in einem oft unterbrochenen wirren Redestrom. Miss Burch fühlte, so sagte sie, daß nichts wieder so wie früher sein werde, daß sie, nach fünfunddreißig Jahren in Stellung, nicht hoffen konnte, wieder in einem ordentlichen Haus zu dienen, wo man um seiner Leistung willen respektiert wurde und wo man sein Bestes geben konnte. Und in einem Atem damit sagte sie zu Edith, daß Kate und sie froh sein müßten, auf einer Stelle wie dieser zu sein. Und weiter, daß nicht viele Mädchen in ihrer Stellung Gelegenheit hätten, das Metier so zu lernen, wie nur sie es ihnen beibringen konnte, indem sie all ihre Erfahrung mit Putzen und Hausbesorgen an sie weitergab, zumal jetzt, wo drüben daheim alle zum Dienst bei der Armee eingezogen würden und damit rechnen müßten, von betrunkenen Soldaten im Dunkeln angefallen zu werden. Sie sagte, sie dürften die Stellung im Schloß nie aufgeben, und sie wüßten gar nicht, welches Glück sie hätten. Doch zugleich, mit einem neuen Ausbruch von Schluchzern, wiederholte sie, nichts würde je wieder dasselbe sein, und ihre ganze Lebensarbeit wäre vertan, wenn sie hier weitermache. Mr. Eldon erwähnte sie mit keinem Wort, und es endete damit, daß Miss Burch sich über einer Tasse Tee beruhigte, so daß die beiden Mädchen sich endlich hinterm Haus auf den Weg machen konnten, der zum Haupttor führte, unweit von Michaels Pförtnerhaus, das in die halb verfallene Mauer eingebaut war, die das Besitztum gegen das brachliegende Land abschloß.

An einem anderen Morgen, als Charley informiert worden war, daß Captain Davenport und Mrs. Tancy zum Lunch herüberkämen, ging er auf sein Zimmer, holte die beiden schwarz und roten Notizbücher hervor, sah im Verzeichnis nach und schlug diese Namen auf. Er las: ›Davenport Captain a. D. Irish Rifles Lachsforellen Sohn Dermot erstes Semester. Frau verschied 1937 Influenza. Gräbt in seinem Moor nach den alten Königen.‹ Dann kam eine lange Liste von Geldbeträgen mit einem Datum bei jedem. Wahrscheinlich Trinkgelder. Aber Raunce stellte fest, daß Mr. Eldon den Captain um immer größere Beträge angepumpt hatte. Bei dem letzten, einer Fünf-Pfund-Note, pfiff Charley durch die Zähne. Laut sagte er: »Da staunste.«

Dann schlug er die weiblichen Namen nach. ›Mrs. Tancy ihr alter Morris‹ lautete die Eintragung, und das

Wort Morris war wieder ausgestrichen. Darüber hatte Mr. Eldon notiert ›altes Pony Hengst elf Jahre‹. Dann wieder eine lange Liste von Daten, immer mit kleinen Geldbeträgen, nie mehr als ein Schilling, der letzte im August.

Mr. Eldon hatte stets darauf gehalten, selbst die Tür zu öffnen, so daß, als der Captain klingelte, es zum ersten Mal an Raunce war, ihn zu empfangen.

»Sieh da, wenn das nicht Arthur ist«, sagte der Gast munter, aber anscheinend mit einem gewissen Widerwillen. Er stellte sein Fahrrad selbst ab. »Und was gibt's Neues von Eldon?«

Nachdem Raunce es ihm gesagt und er sein Bedauern ausgedrückt hatte, stand er sozusagen ratlos da. Charley ergriff die Gelegenheit.

»Und wie steht's mit den Lachsforellen, Sir?« fragte er.

»Lachsforellen? Noch nichts damit. Schonzeit.«

»Und Master Dermot, Sir?« fragte Raunce, ohne mit der Wimper zu zucken.

»Prima, danke, ganz prima. Ist jetzt im Elften. Ich finde schon den Weg, danke, Arthur.«

»Keinen Fatz, nicht einen«, murmelte Raunce hinter seinem Rücken, weil er kein Trinkgeld bekommen hatte.

Er wartete auf Mrs. Tancy hinter der geschlossenen Tür, wohl um seinen Abstand zu Michael zu betonen, der draußen war, um ihr Pony und ihre diversen Handtaschen zu übernehmen.

»Ich habe mich verspätet«, sagte sie, als sie vorfuhr. Und noch mal »Spät, nicht wahr?« zu ihnen beiden, »könnten Sie wohl«, dabei übergab sie Michael die Zügel. »Aber Punch, so was!«

Denn das Halbblut war gerade dabei, sich mit erhobenem Schwanz auf den Kiesweg zu entleeren. Hundert Eselkarren mit gewaschenem Kies aus der Kiesgrube von

Michaels Bruder waren auf Michaels Vorschlag bestellt worden, um den ausgefahrenen Weg über den verdeckten Schloßgraben passierbar zu machen. Kies, geliefert von Michaels Bruder Patrick und angekarrt von seinem Stiefbruder Danny, der indessen, weil der Esel müde wurde, bei der neunundsiebzigsten Ladung Schluß gemacht hatte, nachdem geklärt war, daß Mrs. Tennant ganze hundert Karrenladungen in Rechnung gestellt würden.

Michael stürzte herzu, um Punchs fallende Äpfel aufzufangen, ehe sie auf dem frisch geharkten Kies landeten.

»Langsam«, sagte er wie in höchster Angst, »schön langsam.«

»Der gute Mann sollte sich nicht soviel Mühe machen«, bemerkte Mrs. Tancy, unwillkürlich in irischem Tonfall.

Mit einer dampfenden Pyramide auf den Händen blickte Michael unschlüssig auf den mit Narzissen gespickten Rasen. Dann trottete er ein Stück weiter, bis er seine Last auf der erstbesten Rabatte verstreuen konnte. Inzwischen stand Charley, sichtlich angeekelt, vor dem verschleierten blauäugigen Blick des Ponys, das einen Moment zurückwich, dann aber an seiner Tasche zu schnuppern begann.

»Sieht gut aus, das Halbblut«, brachte er mühsam heraus.

»Nicht wahr, nicht wahr?« sagte sie lebhaft und »Schönen Dank, Arthur«, dabei schob sie ihm ein englisches Dreipennystück in die Hand und rauschte ab, ohne einen Dank für Michael.

Wenn Gäste zum Lunch da waren, bekam das Personal erst danach sein Essen. So war es denn zehn nach zwei, als Raunce sich auf Mr. Eldons Platz niederließ. Er tranchierte das Fleisch so grausam wie ein Kopfjäger. Sie aßen hastig, was er ihnen zuteilte, zunächst schweigend. Dann fiel es Charley ein, zu fragen:

»Dieser Captain Davenport? Wo habe ich denn nur gehört, daß er in seinem Moor nach Schätzen sucht?«

Er erhielt keine Antwort.

»Graben die eigentlich danach«, fuhr er fort, »oder treiben lange Stangen in den Boden oder was sonst«, grübelte er laut.

»Vielleicht wollen sie auch nur 'n Versuch machen«, sagte Kate.

»Jedenfalls kein Grund für deinen Vorwitz, Mädchen«, sagte er und dann zu Edith: »Meine Güte, weswegen mußt du denn so rot werden?«

Sie sah aus, als bekäme sie einen Erstickungsanfall. Er konnte nicht wissen, daß sie in höchster Verlegenheit war. Sie erinnerte sich nämlich genau, daß beim letzten Mal, als die Lady zur Besichtigung der Ausgrabungen drüben gewesen war, Mrs. Jack ohne ihre Höschen zurückgekommen war, und ohne ein Wort darüber zu verlieren. Sie waren einfach verschwunden, spurlos. Um die Sache zu verharmlosen, hatte sie zum Lampenputzer gesagt: »Weißt du's vielleicht, Paddy?«

Kate sagte: »Da sitzen wir nun und haben überhaupt nicht an ihn gedacht. Also, du kennst doch Clancarty.«

Er gab keine Antwort, lachte nur kurz und beugte sich wieder über seinen Teller.

Kate versuchte es noch mal. »Clancarty, Paddy, Mr. Raunce fragt dich danach.«

Charley beobachtete Edith. Er murmelte für sich: »Komisch, wie sie rot wird, aber ist ja noch 'n halbes Kind.«

»Forschen die da nach etwas?« Kate ließ nicht locker, dabei blickte sie aus ihren schmalen Augen Edith fest an.

Der Lampenmann gab keine Antwort. Das war ohnehin seine Art.

Noch während es sie heiß überlief, vergegenwärtigte Edith sich jenen verregneten Nachmittag, an dem Mrs. Jack zuletzt drüben auf Clancarty gewesen war. Noch während Mrs. T. und ihre Schwiegertochter beim Dinner saßen, war Edith zum Aufräumen im Zimmer der jungen Lady gewesen. Sie hängte das dünne Tweedkostüm, das noch nach ihrem Parfum duftete, auf einen Bügel, legte das Spinnweb von Hemd und die Strümpfe in Schubfächer aus Rosenholz. Sie stellte die Ausgehschuhe aus Krokodilleder für Paddy zum Putzen hin. Sie wechselte die Handtücher aus, dann wandte sie sich dem Bett zu, das die Form eines Bootes hatte, schwarz mit goldenen Beschlägen und einem goldenen Ruder als Fußstück. Mit leisen, sanften, gleichsam andächtigen Bewegungen glättete sie die rosa seidenen Bezüge, als wären es Schleiergewänder. Die Vorhänge waren zugezogen. Damit waren ihre Obliegenheiten erfüllt. Die Öllampen waren angezündet. Aber nachdenklich, einen Finger am Mund, blickte sie umher, als vermisse sie noch etwas. Dann suchte sie wie wild. Sie kehrte alles um, was sie eben fortgeräumt hatte, schneller und schneller. Als sie dann sicher war, daß jene Höschen, die Mrs. Jack beim Weggehen getragen hatte, spurlos verschwunden waren, hatten ihre großen dunklen Augen immer heißer geglüht.

»Ich wette, die hatten alles aus Gold«, sagte Raunce, der immer noch bei den Ausgrabungen war.

»Und trugen Seide auf der Haut«, sagte Edith mit stokkendem Atem.

»Rede nicht so dumm daher«, wies Miss Burch sie zurecht. »Damals legte man niemals Seide an sich. Die war noch gar nicht erfunden.«

»Auch keine seidenen Schlupfhöschen, Paddy?« fragte Kate kichernd.

»Unerhört so etwas«, fuhr Miss Burch auf, »ihr werdet so gut sein und das Thema fallen lassen. Ist es nicht schlimm genug, daß wir erst so spät unsre Mahlzeit haben?« sagte sie. »Und laßt gefälligst den guten Mann in Ruhe.«

Bert schaltete sich ein. »Die im Kinderzimmer hatten auch nicht viel von ihrer Mahlzeit«, sagte er. »Ich mußte das meiste von dem, was ich raufgebracht hatte, wieder mit runter nehmen.«

»Meine Güte«, rief Raunce mit der Fistelstimme, die er stets annahm, wenn von Nanny Swift die Rede war.

»Ihr hättet ihr Gesicht sehen sollen«, sagte Bert noch.

Beide Mädchen kicherten leise, während Charley, immer noch im Falsett, fragte: »Wessen Gesicht?«

»Nun ist's aber wirklich genug«, sagte Miss Burch streng. Sie machte eine Pause. Dann fuhr sie fort: »Ich weiß, daß Mrs. Welch verärgert war, und ich weiß jetzt auch, warum. Nicht, daß ich die Kartoffeln, die sie uns vorgesetzt hat, entschuldigen will«, sagte sie. Alle spitzten die Ohren. Sie schien wieder bei Laune zu sein. »Die haben niemals gekocht«, sagte sie weiter, »und außerdem sind sie total versalzen, und soviel ist sicher«, dabei sah sie Paddy an, »deine Lieblinge, die Pfauen, würden sie nicht anrühren.«

Bis zur letzten Mahlzeit mit Mr. Eldon in diesem Raum war es an ihm gewesen, das Wort zu ergreifen, ein Schlußwort sozusagen, ähnlich eindrucksvoll wie ein Bischof vor seiner Herde. Das war es vielleicht, was Charley veranlaßte, in den gleichen ernsten Ton zu verfallen:

»Miss Swift ist etwas schwierig, wenn sie oben mit den Kindern ist, aber sonst kann sie sehr nett sein.«

»Das stimmt«, sagte Miss Burch, »und wie ich oft gefunden habe: nimmt man jemand außerhalb seiner Stellung im Leben, dann hat man einen ganz anderen Menschen vor sich!«

Die beiden Mädchen sahen sich an, und schon funkelte in ihren Augen ein unterdrücktes Kichern.

»Aber unsere Kartoffeln heute mittag gehörten wirklich nicht auf den Tisch«, sagte Raunce zu Miss Burch.

»Vielen Dank, Mister Raunce«, erwiderte sie. Damit schien sie zum ersten Mal ausdrücken zu wollen, daß sie ihn in seiner Stellung akzeptierte.

»Nun aber dalli, Junge«, sagte er zu Bert im Vollgefühl seiner Autorität. »Heiliger Bimbam, schon so spät!«

Er hastete davon wie jemand, der nicht weiß, wie lange die eben erhaltene Bestätigung vorhalten wird. Auch mußte er seine erste Eintragung in das rote Notizbuch machen: sein erstes Trinkgeld. Unter dem Namen von Mrs. Tancy notierte er das Datum und dazu »3 Pence«. Über Mr. Eldons letzte Eintragung murmelte er für sich: »Frage mich nur, was in den folgenden sechs Monaten passiert ist. Sie war doch danach viele Male zum Lunch hier, und wahrscheinlich hat er ihr immer den gleichen Obulus abgeluchst. Er wird den Überblick verloren haben, das ist's«, fügte er laut hinzu. Dann legte er die Notizbücher weg.

Sodann adressierte er einen Briefumschlag. »An Mrs. William Raunce«, schrieb er mit Bleistift, »396 May Road Petersboro' Yorks'«, und sogleich zog er die Schrift mit Tinte nach. Dann machte er sich an den Brief, wieder mit Bleistift.

»Liebe Mutter«, schrieb er ohne Zögern, *»ich hoffe, Du bist wohlauf. Ich ebenfalls. Mr. Eldons Begräbnis war vorigen Dienstag. Die Blumengebinde waren prachtvoll. Er wird sehr*

vermißt werden. Im Augenblick mache ich seine Arbeit und meine dazu. Ich bekomme keinen Extralohn, worüber ich mit Mrs. Tennant gesprochen habe. Dieser Krieg bringt eine große Veränderung für jeden Haushalt.

Mutter, ich bin besorgt um Dich mit diesen gräßlichen Bombenangriffen. Hast du noch keinen Anderson-Shelter bekommen? Ich sollte da drüben mit Dir sein, Mutter, nicht hier. Aber vielleicht wirft er seine Bomben nur auf London. Was wird aus der armen alten Stadt werden.

Wir sind alle in Gottes Hand, liebe Mutter. Ich bin ratlos, was am besten ist, rüberzukommen oder hier zu bleiben. Wenn ich hier wegginge, um drüben mit Euch zu sein, käme das Arbeitsamt und danach die Army. Die sind noch nicht bis zu meinem Jahrgang gekommen, weil ich im nächsten Juni vierzig werde. Aber die werden schon kommen, Mutter, und eher, als wir erwarten. Wir können nur hoffen.

Mit Grüßen, Mutter, für meine Schwester Bell. Sag ihr, ich hoffe, sie sorgt gut für Dich. Dein Dich liebender Sohn Charley.«

Dann zog er alles mit Tinte nach. Während er die Umschlagklappe beleckte, nachdem er die Geldüberweisung hineingesteckt hatte, schielte er ein bißchen, und das wirkte bei seinen zweierlei Augenfarben widerwärtig. Endlich legte er den Kopf auf die Arme und fiel prompt in Schlaf.

An Nachmittagen kam es öfter vor, daß im Schloß keine rechte Arbeit zu tun war. Im allgemeinen war diese Zeit für anderes reserviert, so daß Edith für Mrs. Jack, der sie zugeteilt war, nähen oder ausbessern und Kate sich um die Leinenwäsche kümmern konnte. Doch an diesem Nachmittag, da man Gäste zu Tisch gehabt hatte, halfen sie Bert beim Abräumen und den beiden Mädchen von Mrs.

Welch, Jane und Mary, die den ganzen Abwasch zu besorgen hatten, ausgenommen das Teeservice. So plauderten die vier in Mrs. Welchs Spülküche, während diese selbst hinter der geschlossenen Tür in einem Lehnstuhl beim Herd saß und mißlaunig in ihrem schwarzen Notizbuch blätterte.

»Wie geht's ihr?« fragte Edith leise mit einer Kopfbewegung zur Tür hin.

»Sie ist soweit in Ordnung«, flüsterte Mary zurück, »nur heut morgen haben wir uns ein bißchen gewundert, oder etwa nicht, du?« Damit wandte sie sich an Jane.

»Kann man wohl sagen.«

»Doch schließlich war alles in Butter«, fuhr Mary fort. »Ende gut, alles gut, sagt man ja. Von der Tafel und vom Kinderzimmer kam praktisch nichts zurück, und ihr Leute scheint ja auch mit eurem Essen zufrieden gewesen zu sein.«

»Nur die alte Aggie Burch mochte eure Kartoffeln nicht«, sagte Kate, »aber das hört ihr nicht gern, ich weiß.«

»Kriegt ihr kein Rückenweh an diesem Spülbecken?« bemerkte Edith. »Aber nun«, fuhr sie fort, »ich glaub, durch ihren Neffen, wenn der rüberkommt, wird Mrs. Welch sich gewaltig ändern. Ich wär nicht überrascht, wenn's die Bombenangriffe wären, wegen denen sie 'n herholt. Ist's nicht furchtbar?«

»Der Krieg ist jetzt richtig im Gang«, sagte Kate, »und kümmert's etwa diese lausigen Iren? Die ekeln mich an.«

»Was haben die Iren damit zu tun«, fragte Jane. »Die sind doch draußen. Und wenn sie sich weiter raushalten wollen, wer kann's ihnen verdenken?«

»Wenn's nicht wegen der Kinder wäre, diesen kleinen Engeln, ich würde niemals bleiben. Ich könnt's einfach nicht«, verkündete Edith. »So, jetzt trockne ich ab, ich bin wie zerschlagen. Ich könnt den Boden unter ihren Füßen küssen. Wirkliche kleine Damen. Und wie Mrs. Jack sie anzieht. Alles so hübsch an ihnen. Ich hab 'n Herz für diese Kleinen.«

»Na, die werd'n jetzt 'n Jungen zur Gesellschaft kriegen«, sagte Kate boshaft, »und 'n netten obendrein, wie sie's verdienen.«

»Aber Miss Swift, was wird die sagen?« meinte Edith.

»Oh, das geht prima«, sagte Mary. »Die kam runter auf einen Plausch, und Jane und ich machten uns dünn und dachten, da gibt's was. Wir blieben noch, um zu sehen, stimmt's, meine Liebe?« sagte sie zu Jane. »Und dann kommen die raus wie alte Freundinnen, und Mrs. Welch verabschiedet sie überschwenglich, und die Swift sagt, ›ich hoffe, die Luft wird ihm gut tun, Mrs. Welch. Wie's so mit Kindern geht‹, sagt sie. ›Ein Wechsel tut denen immer gut‹, sagt sie. Ich staunte nicht schlecht.«

»Da bin ich wirklich froh«, sagte Edith. »Ehrlich.«

»Na, ihr Mädchen, beeilt euch mit dem Abwasch«, tönte die furchtbare Stimme, »oh, ich seh, ihr habt Hilfe. Alles, was recht ist, es hat sich wirklich viel verändert in diesem Haus. Doch haltet euer loses Mundwerk im Zaum. Aber die beiden jungen Damen mögen vielleicht ein Glas Milch?«

Das war wirklich Mrs. Welch, von der man noch nie gehört hatte, daß sie eine Erfrischung angeboten hätte. Kate und Edith konnten sich nur das Lachen verbeißen.

»Mary«, fuhr sie fort, »lauf und hol den Krug aus dem Speiseschrank. Ich sag's ja immer, Mädchen, in eurem Alter bekommt ihr nicht genügend Milch. Die ist drüben wirklich knapp, schreibt meine Schwester.«

»Stimmt's, daß der kleine Sohn Ihrer Schwester zu Besuch kommt, Mrs. Welch?«

»Ja, Edith, und er heißt Albert, genau wie dieses armselige Bürschchen von Raunce. Für Mrs. T. ein Name weniger zu behalten. Und wenn er gar Arthur getauft worden wäre, fänden wir uns überhaupt nicht mehr durch. In diesem Haus haben alle Männer gleich zu heißen. Hat man je so was von Schwachsinn gehört?«

Sie lachten. Als dann Edith und Kate ihre Milch gehabt hatten, hielten sie es für besser, sich zu verkrümeln.

»Bei der weiß man nie, woran man ist«, sagte Edith, während sie über die Hintertreppe nach oben gingen. »Wir haben ihnen noch 'n bißchen Arbeit übrig gelassen, aber ich glaub, die wollte uns los sein, ›junge Damen‹, hast du das gehört? Du weißt ja, wie sie ist.«

»Klar, Edie, und wenn da noch 'n paar Teller übrig waren, ist schließlich nicht unser Bier. Ich bekam diese Bettlaken vom Goldenen Schlafgemach zum Ausbessern. Wenn nur die Leute auf Besuch sich die Fußnägel schneiden und sich nicht im Bett rumwälzen würden.«

»Pst, man könnte uns hören«, sagte Edith, und dann: »Hat man je so was bei einem Menschen erlebt? Die wurde auf einmal richtig nett.«

»Na und wenn schon, die alte Nanny...«

»Sei bloß ruhig.«

»Mit diesem Bart am Kinn...«

»Oh, Kate, du bist gemein, wirklich. Kannst du nicht leiser sein. Man könnte uns doch hören.«

»Miss Burch hat ihren freien Nachmittag, und wer sonst sollte uns schon in die Quere kommen.« Sie waren bei ihrem Zimmer angelangt. Kate riß die Tür auf. »Da«, rief sie, »sieh mal den großen Jungen, der hier drin auf dich wartet.«

»Was du dir da einbildest, würde Bert niemals wagen«, sagte Edith. »So was Albernes und stimmt gar nicht. Nein«, fuhr sie fort, »der Besuch ihres Neffen, das ist's, was sie so milde stimmt.« Dabei setzte sie sich auf ihr Bett, um Schuhe und Strümpfe auszuziehen.

Kate ließ sich neben ihr nieder.

»Aber, Edie, was hätt'st du gesagt, wenn Bert wirklich hier drin gewesen wär?«

»Ich hätt ihn rausgeworfen.«

»Wirklich, Edie? Auch wenn ich nicht da gewesen wär?«

»Was soll das? Unerhört, wie du mit mir redest!«

Beide Mädchen kicherten. Der Himmel hatte sich bezogen, und das Licht war gedämpft wie unter Wasser. Es war warm. Der erste warme Nachmittag seit dem Herbst. Die Pfauen draußen, obwohl die Mädchen sie nicht sehen konnten, begannen ihren Aufmarsch.

»Und wenn's Charley gewesen wär, Edie?«

Edith kreischte auf und gab sich einen Klaps auf den Mund. Einer der Pfauen unten tat einen Schrei, aber sie achteten nicht darauf, weil sie es gewöhnt waren.

»Kate Armstrong, was soll das heißen?«

»Was ich sage, du Dummchen. Angenommen, du kommst hier rauf«, ihre Stimme hob sich, »und find'st 'n wartend auf dei'm Bett«, schloß sie, und die Sprungfedern knarrten.

Da hielt es sie nicht länger. Sie ließen sich unter Kichern rücklings in die Kissen fallen. Edith rappelte sich als erste wieder auf. »Um Gottes willen, die Daunendekken! Wir können's uns auch so gemütlich machen«, und sie krochen beide darunter und lagen wohlig, die Köpfe in die Kissen geschmiegt.

»Angenommen, es wär Charley«, fing Kate wieder an.

»Wieso, ich riskier nicht mal 'n Blick auf den Mann mit diesen komischen Augen. Jedesmal, wenn ich sie seh, muß ich lachen«, sagte Edith, »und dabei ist mir nie in 'n Sinn gekommen, daß sie zweierlei Farbe haben, bis gestern. Nie in den zweieinhalb Jahren, die ich schon hier bin. Wirklich erst gestern.«

»Paß auf, Edie, das is ’n Wink.«

»Ein Wink? Ein Wink von was, möcht ich wissen.«

»Da kannste viel fragen«, sagte Kate. »Ich frag mich vielmehr, ist sie eigentlich verheiratet oder war sie’s je, was meinst du?«

»Wenn du Mrs. Welch meinst, die wird nur Missis genannt wie alle Köchinnen seit eh und je. Aber wie kamst du darauf?«

»Ach, nur so. Aber ich wünschte ihn mir ein bißchen älter, das ist alles.«

»Kate, mir wird zu heiß.«

»Dann zieh doch was aus, Dummchen. Warte, ich helf dir.«

»Vorsicht, da liegen Mrs. Jacks Strümpfe, die ich durchsehen sollte.«

»Wenn du auf deinen Knöpfen liegst, kann ich dir nicht raushelfen«, sagte Kate. Dann kitzelte sie Edith, damit sie sich rührte.

»Danke, hör auf!« kreischte Edith. »Was fällt dir ein?«

»Du hast gesagt, dir wär zu warm. Und wenn du so rumstrampelst, wird dir nur noch wärmer. So.«

»Kate Armstrong, ich hab dich um was gebeten. Es kitzelt. Warum ziehst du mir das Kleid nicht vorsichtig übern Kopf? Was soll das alles?«

Aber sie erleichterte es Kate, indem sie ihren Körper hin und her wand, wie es nötig war.

»Is ja nur dein altes Dienstkleid«, sagte Kate, und bald war Edith fast nackt.

»Ich massier dich, wenn du willst«, sagte Kate. »Mach die Augen zu.«

»Ich sollte doch diese elenden Seidenstrümpfe durchsehen.«

»Wenn du nicht gute Miene machst, bearbeite ich dich wie ein altes Paar Strümpfe und flick dich an allen möglichen Stellen, wo du gar nicht dran denkst.«

Wieder kicherten sie in kleinen Aufschreien, bis sie endlich zur Ruhe kamen. Kate begann Ediths Arm vom Ellbogen bis zum Handgelenk zu massieren. Edith lag ganz still mit geschlossenen Augen. Im Zimmer war es dunkel wie unter hohem Schilf am See.

»Und wenn es nun Charley gewesen wär?« fragte Kate.

»Warum kommst du mir immer wieder mit ihm?«

»Nur mal angenommen, es wär so, Edie?«

»Schön. Und was würd'st denn du machen?« sagte Edith.

»Ich? Da würd ich mich nicht zweimal bitten lassen. So wie mir gerade jetzt ist.«

»Oh, Kate, du bist eine ganz Schlimme.« Aber Ediths Stimme wurde leiser. Kates Streicheln schläferte sie ein.

Dann kam ein richtiger Aufschrei von den Pfauen. Kate schlüpfte aus dem Bett, um nachzusehen. Sie erblickte Mrs. Jack weit unten auf dem Weg mit Captain Davenport, der sein Fahrrad schob.

»Was gibt's?« fragte Edith.

»Nur wieder die beiden.« Edith, neugierig, sprang auf. Die beiden Mädchen blockierten das Fenster und tauchten den Raum in nächtliches Dunkel.

»Welche beiden?« sagte Edith, mit dem Rücken zum dunklen Zimmer, und gab sich selbst Antwort: »Oh, Mrs. Jack und der Captain. Da werden die Kinder schön enttäuscht sein. Ich weiß, sie hofften, ihre Mutter würde sie ausführen, die lieben Kleinen.«

»Da können sie auf sonst was warten, und ihrer Mutter eilt's wahrscheinlich auch nicht damit«, sagte Kate.

»Aber Kate, du hast kein Recht, so etwas zu sagen«, entrüstete sich Edith. Von dem Gespräch ihrer Herrschaft unten konnten sie natürlich nichts hören.

»Das ist nicht fair«, sagte Davenport gerade, »du könntest ebensogut eins haben.«

»Ist aber kein Grund, Dermot, so häßlich zu mir zu sein«, erwiderte sie.

»Ein Fahrrad ist nun mal die einzige Art, beweglich zu sein, in diesen Zeiten«, sagte er.

»Aber ich hab's dir doch schon gesagt, mein Lieber.«

»Was sollte sie denn dagegen einwenden, daß du ein Fahrrad hast, Violet.«

»Oh, ich kann nicht hinter ihrem Rücken so weitermachen«, entschied sie mit starrem Blick, aber mit Tränen in ihren blauen Augen, die so blau waren wie die Vorhänge in ihrem Zimmer. »Nein, ich kann's nicht mehr, Dermot.« Sie verstummte. Stampfte mit dem Fuß auf. Dann sagte sie: »Lieber, wie sehr möchte ich dich aus all meinen Angelegenheiten raushalten.«

»Du bist nur erregt«, fing er wieder an. »Übrigens, was ist eigentlich mit diesem Diener, den ihr jetzt habt? Er fragte mich, ob sich der Lachsfang gut anließe. Und ich dachte, jeder richtige Ire wüßte, daß jetzt Schonzeit ist.«

»Dermot, du meinst doch nicht, daß er irgend was argwöhnt?«

»Argwöhnt? Nicht doch, Liebes, ich wollte nur das Thema wechseln. Mein Gott, ich meinte nur, er wäre vielleicht ein komischer Kauz.«

»Und warum sagst du, du wolltest das Thema wechseln?« fragte sie.

»Nun bist du aber wirklich außer dir.«

»Du verstehst eben nicht«, jammerte sie.

»Ich wollte nur sagen, daß er mir lieber wäre als Eldon«, sagte der Captain gereizt. Aber anscheinend war sie mit ihren Gedanken nicht beim Personal.

Jeden Nachmittag studierte Charley jetzt die schwarz und roten Notizbücher. In dem schwarzen fand er Eintragungen von Mr. Eldon über Eigenheiten der geladenen Gäste auf Schloß Kinalty nebst einer Notiz über die erzielten Trinkgelder, wenn er auf diese Eigenheiten eingegangen war. Doch im allgemeinen hielt er sich damit nicht länger auf. In diesen Kriegsjahren gab es nicht viel Besuch auf dem Schloß.

In dem roten Notizbuch entdeckte Charley, daß Mr. Eldon laufend jeden Betrag zu notieren pflegte, den er nach dem Kassenbericht, der monatlich Mrs. Tennant vorgelegt wurde, erhalten hatte. Dazu eine Abschrift von jeder Rechnung, die an ihn bezahlt worden war. Jeder Vorgang war mit einer Kennziffer versehen. Hinten in diesem roten Notizbuch waren die Seiten entsprechend numeriert, und mindestens eine ganze Seite lang erging er sich da in ausführlichen Bemerkungen zu dem betreffenden Vorgang. So bei einem Betrag für Schiebefensterschnur in Höhe von 7 Shilling Sixpence im März 1938, der im September des gleichen Jahres noch einmal mit 6 Shilling 8 Pence und dann erst wieder im Juli 1939 mit 8 Shilling 9 Pence erschien. Raunce blätterte zu der Seite mit dem Stichwort »Fensterschnur« und sah, daß in den letzten drei Jahren kein einziger Meter gekauft oder verbraucht worden war und daß Mr. Eldon nur sich selbst daran erinnern wollte, einen neuen Ankauf in Rechnung zu stellen, aber vor seinem Ableben nicht mehr dazu gekommen war.

Nachdem er erst einmal hinter die Sache gekommen war und sich auch die in gewissen Zeitabständen aufgeführten Mengen von Körnerfutter für die Pfauen angesehen hatte, wandte Charley sich jenem Teil der Eintragungen zu, der den Keller betraf. Indem er ein Keller-Diarium, das ebenfalls monatlich Mrs. Tennant vorgelegt werden mußte, offen danebenhielt, konnte er vergleichen, und so wurde manches klar, das andernfalls im Dunkel geblieben wäre.

Zum Beispiel hatte Mrs. Tennant die Gewohnheit, ein Faß Whisky auf Lager zu halten, das in regelmäßigen Abständen aus Behältnissen von je zehn Gallonen nachgefüllt werden mußte, die per Schiff aus Schottland kamen. Nicht nur, daß Mr. Eldon ihr nie den Betrag für das Leergut vergütet hatte, das verstand sich von selbst, sondern er hatte auch seitenlang den mutmaßlichen Verlust durch Verdunstung des Alkohols in einem von der Außenluft abgeschlossenen Behälter einkalkuliert. Und das so gründlich, daß keine Nachprüfung ihm etwas anhaben konnte. Charley fand das so bestechend, daß er durch die Zähne pfiff. Auch fand sich eine ermutigende Notiz jüngeren Datums, die besagte, daß es seit Jahren keine Rückfragen gegeben hatte.

Nachdem so der Whisky eine Zeitlang im Faß mit einem berechenbaren Verlust durch Verdunstung gereift war, pflegte Mrs. Tennant ihn durch ihren Butler auf Flaschen ziehen zu lassen. Mr. Eldon hatte ihr jedesmal neue Flaschen in Rechnung gestellt. Damit nicht genug, gab es sogar eine Rechnung über gestiegene Kosten für Korken, die er nicht wieder hatte verwenden können.

Was Charley am nächsten Vormittag auf seiner wöchentlichen Runde des Uhrenaufziehens im Arbeitszimmer länger verweilen ließ, war ein Vermerk in dem roten Notizbuch, der daran erinnerte, 10 Shilling Sixpence für eine neue Feder für die Wetterfahne in Rechnung zu stellen. Diese Wetterfahne war hoch oben auf dem Turm montiert und drehte sich in der üblichen Weise nach dem Wind. Doch im Unterschied zu ähnlichen Vorrichtungen hatte Mister Tennant sie mit einem Zeiger verbinden lassen, der sich über dem Kaminsims auf einer riesigen kunstvoll gemalten kartographischen Darstellung der umgebenden Landschaft bewegen konnte. Raunce hatte keine Ahnung, wie das Ding funktionierte. Er stand grübelnd davor und fragte sich laut, wo das fehlende Ersatzteil, wenn er danach gefragt werden sollte, anzubringen sei.

Diese Landkarte war höchst sonderbar. Zum Beispiel war Kinalty Church nebst Turm und Turmspitze en miniature dargestellt, während das Schloß, übergroß im Mittelpunkt des Ganzen, als Karikatur mittelalterlicher Tafelbilder erschien. Ortsnamen fehlten.

Während Charley noch davorstand, wies der Zeiger stur nach Ost-Südost und mit seiner Pfeilspitze genau auf Clancarty. Dieses Clancarty war durch zwei ruhende nackte Gestalten, männlich und weiblich, mit goldenen Kronen verbildlicht, denn man hatte dem Künstler gesagt, es sei einst ein Königssitz gewesen.

Mrs. Jack kam herein, um nach Post von Dermot zu sehen. Die Teppiche waren so dick, daß Raunce sie nicht hörte. Er starrte vor sich hin. Sie merkte, daß er von dem Zeiger der Wetterfahne fasziniert war, und trat herzu, um zu sehen, was ihn daran so fesselte.

Als sie es sah und ihrer Sache sicher zu sein glaubte, holte sie mit einem Zischlaut tief Luft.

»Raunce«, sagte sie, und er hatte sie noch nie so scharf und schneidend sprechen hören, »was gibt's denn da?«

Er wandte den Kopf, ohne seine Haltung zu verändern.

»Oh, Madam, ich hab Sie überhaupt nicht gehört. Das Ding scheint zu klemmen, Madam.«

»Klemmen? Was meinen Sie damit?«

»Es dreht sich nicht, Madam. Dabei weiß ich genau: der Wind bläst nicht aus dieser Richtung.«

Sie reagierte sofort, trat herzu und gab dem Pfeil einen heftigen Ruck, vielleicht um den Zeiger von dem ihr jetzt widerwärtigen nackten Paar wegzubringen, das in einer Haltung dalag, über die sie sich, ehe sie Dermot kannte, des öfteren mit ihrem Ehegatten lustiggemacht hatte. Der Pfeil brach in ihrer Hand ab. Mag sein, daß die Windfahne hoch oben in einer steifen Brise stand oder sonstwie in ihrer Bewegung gehemmt war.

Da wußte Charley noch nichts über Clancarty. »Es liegt an der Feder«, sagte er freundlich, indem er ihr das Bruchstück abnahm. »Sie sahen doch selbst, Madam, daß das Ding überhaupt nicht nachgab?«

»Ach was, kümmern Sie sich doch um Ihre Arbeit!« sagte sie sichtlich unbeherrscht und rannte hinaus. Kopfschüttelnd und vor sich hin brummelnd machte Raunce sich auf nach oben.

Er wählte den bequemen Weg durch den langen Gang, bis er auf eins der Mädchen stieß. Es war Edith, die gegenüber von Mrs. Jacks Gemach das Badezimmer aufräumte.

»Hallo, Mäuschen«, wisperte er.

»Was führt Sie her?« fragte sie ebenso leise.

»Was glaubst du wohl«, antwortete er.

»Machen Sie, daß Sie weiterkommen«, sagte sie.

»Hör zu, worum's geht«, begann er. »Ich mein diese Wetterfahne. Wo ist der Mechanismus? Ich glaub, hinter irgendeinem Türchen oder so muß eine Feder sein, die mit einem Uhrwerk verbunden ist. So jedenfalls hab ich die Sache verstanden.«

Sie schien enttäuscht.

»Hinter 'nem Türchen ein Uhrwerk? Was soll das?«

»Frag mich nich, aber Mr. Eldon hat 'n Buch mit Anweisungen hinterlassen, wo davon die Rede ist«, sagte er. »Na, gib schon 'n Küßchen.« Sie sagte nein, als hätte sie nur darauf gewartet. Sie trat gegen die zartrosa Kacheln zurück. »Nein«, wiederholte sie jetzt laut und entschieden.

»Was hast du nur auf einmal?« fragte er.

»Ich hab's satt, kein Wunder.«

»Kein Grund, das an mir auszulassen, oder? Was is 'n los?«

»Wahrscheinlich der Krieg«, sagte sie und zog eine Schnute. »Ich muß sehen, daß ich aus diesem alten Kasten wegkomme.«

»Das willst du mir doch wohl nicht sagen, Mädchen. Wir alle sind hier fein raus. Vertrau auf Onkel Charley, der sich auskennt. 'n Krieg is im Gange, drüben, von dem du nichts wissen willst, stimmt's? Und wir müssen zu fressen haben. Daran solltest du vor allem denken. Aber zu dieser Wetterfahne, da werd ich die andre von euch beiden fragen müssen. Was sonst bleibt mir übrig?« Er schielte zu ihr hinüber. »Wo ist sie?« fragte er.

Edith tat verlegen, aber sie sagte es ihm: »Nächste Tür in Mrs. Tennants Badezimmer.«

Er schoß herum und den Gang entlang. Er guckte in die nächste offene Tür. Kate mit ihrem Puppengesicht und ihrem Haarschopf vor der tiefblauen Kachelwand war dabei, einen rosaroten Bademantel auf dem verchromten Handtuchständer zu drapieren. Edith war ihm gefolgt. Aber während er hineinging, blieb sie an der Tür stehen und beobachtete gleichsam widerstrebend.

Er schlich sich hinter Kate und hielt ihr mit beiden Händen die Augen zu.

»Rate mal, Baby«, sagte er flüsternd.

Sie tat einen Schrei, aber so diskret, daß man kaum etwas hörte.

»Nein, Charley, wie Sie mich erschreckt haben!«

»Nicht, daß ich wüßte«, sagte er, »aber anscheinend will mir nichts mehr gelingen. Paß auf«, fuhr er fort, immer die Hände auf ihren Augen, »gibt's hier irgendwo 'nen Kasten in der Wand mit 'm Uhrwerk drin, das irgendwie mit der Wetterfahne zu tun hat?«

Sie blieb ruhig stehen, schmiegte fast ihr Gesicht in seine Hände und kicherte nur leise auf seine Frage.

»Meine Güte«, sagte sie, »was denn noch alles?«

»Komm schon«, sagte er immer noch leise, »gib mir 'n Kuß«, dabei drehte er sie um. Und während er Kate herzhaft auf den Mund küßte, zwinkerte sie Edith unter seinem abstehenden Ohr hindurch zu.

Charley richtete sich auf und strich sich mit dem Finger über den Mund. Edith, als hätte sie jemand kommen hören, sagte: »Hier entlang, Mister Raunce.«

Er kam sogleich heraus, sozusagen automatisch. Sie ging voran, ohne sich umzusehen. Vor einem Paneel, das mit einem Knopf versehen war, machte sie halt. Sie öffnete es. Mit vorgestrecktem Kopf lugte er hinein. Er sah ein doppeltes Gestänge, das mit drei Zahnrädern verbunden war. Und zwischen deren Zähnen, mit der Pfote eingeklemmt, hing eine Maus.

Edith stieß aus voller Lunge einen Schrei aus. Es folgte eine Stille des Schreckens.

Dann, noch zwischen den Schritten der herbeieilenden Kate, kam wie als Antwort ein hauchdünnes Piepsen von den Zahnrädern her. Und während Raunce sich noch nach dem Jemand, den Edith gehört zu haben glaubte, umsah und keine Menschenseele erblickte, sank Edith ihm ohnmächtig in die Arme.

Im nächsten Moment kam Miss Burch herbeigerannt. »Was ist hier los?« fragte sie, »und was haben Sie jetzt wieder mit dem armen Mädchen angestellt? Lassen Sie sie augenblicklich los, ist ja unerhört so etwas, mein Gott!« Sie riß Edith fort und legte sie nicht gerade sanft auf den Fußboden.

Am selben Nachmittag nach dem Essen machte Miss Burch einen Besuch bei Mrs. Welch, indem sie von der Dienstbotenhalle durch die geräumige Anrichte geradewegs in deren Küche ging.

»Immer herein«, begrüßte Mrs. Welch sie von ihrem Sitz aus, wo sie über ihrem offenen Notizbuch brütete. »Jane«, rief sie, »Miss Burch braucht eine Tasse Tee.«

»Ja, vielen Dank«, sagte Miss Burch, »und das hier ist Albert?«

»Ja, das ist Albert«, erwiderte Mrs. Welch. »Steh auf, wenn von dir die Rede ist«, fügte sie hinzu, und der Junge stand auf. Er hatte offenbar geweint. »Überleg dir's«, fuhr sie fort, »und jetzt raus mit dir und stör mir die Mädchen nicht bei der Arbeit und mach mir keinen Kummer.«

»Kummer«, nahm Miss Burch das Wort auf, als sie allein waren. »Kummer«, dabei rührte sie in ihrer Teetasse, »den ganzen Morgen hatte ich welchen, und ich weiß nicht, wie das weitergehen soll.« Es kam keine Antwort. Miss Burch blickte auf ihre dampfende Tasse.

»Ich weiß es wirklich nicht«, fing sie wieder an, »aber er oder ich, das ist über kurz oder lang die Frage. Wir können so nicht weitermachen. Tatsache«, schloß sie.

»So ein riesiger Vogel«, fuhr Mrs. Welch unbeirrt fort, »und mit einem gewaltigen Flügelschlag. Er hätte den kleinen Nichtsnutz glatt umbringen können.«

»Umbringen?« fragte Miss Burch teilnahmsvoll, »hoffentlich hatte er keinen Unfall an seinem allerersten Tag auf dem Schloß?«

»Alle Kinder sind heutzutage kleine Hitlers«, erwiderte Mrs. Welch. »Wissen Sie, was er gemacht hat? Kaum 'ne halbe Stunde hier und schon erwürgt er mit bloßen Händen einen von diesen Pfauen. Das war's.«

»Mein Gott«, sagte Miss Burch, »einen von den Pfauen?«

»Ich hab 'n im Speiseschrank versteckt«, fuhr Mrs. Welch fort. »Ich werd sehen, ihn irgendwann im Dunkeln zu vergraben. Er hätte leicht selbst draufgehen können. Keine zwei Minuten hatt ich den Rücken gekehrt, um mit dem Lunch weiterzumachen, da hör ich irgendwas wie ein Röcheln. Ich renn zum Fenster, und da steht er, das Tier mit beiden Händen umklammernd. Ich kreischte auf, aber schon hatte er's geschafft, der kleine SA-Mann. Blieb nur übrig, die Tierleiche vor Conor, dem verrückten Iren, verschwinden zu lassen.«

»Ja, der hat sich ja so mit diesen Viechern«, stimmte Miss Burch zu.

»Was das betrifft, ich brauch's nur zu rupfen«, sagte Mrs. Welch, »und er kann dies Vogeltier nicht von 'm Huhn unterscheiden. So dumm sind ja diese Hinterwäldler. Und Mrs. Tennant wird nicht dieses eine von über zweihundert vermissen. Aber es gab mir 'n schönen Schreck.«

»So geht's eben«, sagte Miss Burch, »doch hören Sie sich das an: da bin ich doch heute morgen oben in der Langen Galerie bei meiner Arbeit, als ich einen Aufschrei höre. Nun, ich dachte, einem der Mädchen wär was Schlimmes zugestoßen oder es hätte sich mit einer dieser Fensterschnuren das Genick gebrochen, die ja im Durchgang von der Galerie eine ganz schöne Todesfalle sind. Aber was glauben Sie? Dreimal dürfen Sie raten.«

»Gewiß haben Sie meinen Schrei gehört«, erwiderte Mrs. Welch mit einem besorgten Blick auf die Tür, die Albert hinter sich geschlossen hatte.

»Es war Edith, und dieser Raunce war hinter ihr her«, sagte Miss Burch, »dieser Kerl, vor dem das ganze Haus zittert.«

»Entschuldigen Sie mich einen Augenblick«, sagte Mrs. Welch und stand auf. Sie bewegte sich mühsam mit schleppendem Gang durch die Küche. Sie öffnete die Verbindungstür und tat einen Blick in den Vorraum. Albert saß mit einer Tasse Tee, während Mary und Jane weiter ihre Arbeit machten.

»Du verhältst dich ganz ruhig«, sagte sie zu ihm, »du hast heut morgen genug Unheil angerichtet, ohne nun was Neues auszuhecken.« Ihre Stimme quoll über vor Liebe. Sie machte die Tür wieder zu.

»Oh, diese weiten Wege«, jammerte sie im Zurückkommen.

»Es wird hier nie wieder wie früher sein, seit Mr. Eldon uns verlassen hat«, hub Miss Burch wieder an. »Ich hab's an seinem offenen Grab gesagt, und jeder kann es jetzt von mir hören. So lang Raunce sich unkontrolliert im Haus bewegen darf, weiß kein Mensch, was noch passieren wird. Und dann diese Geschichte mit seinem Morgentee. Er besteht darauf, daß ihm der von einem meiner Mädchen gebracht wird. Die wollen mir nicht sagen, welche von beiden gemeint ist, aber ich paß schon auf. Es ist Edith, obwohl ich Mrs. Tennant mißverstanden und ihr etwas anderes gesagt hatte. Doch ich sag Ihnen, wer soll dafür einstehen, wenn er sich's einfallen läßt, seine Scherze mit ihr im Schlafzimmer zu treiben. Einem Mädchen so zuzusetzen, bis es in Ohnmacht fällt, ist 'n Kinderspiel, Mrs. Welch.«

»Ja, die Ernährung«, erwiderte Mrs. Welch, »obwohl ich nicht so reden sollte, weil ich ja selbst für die Küche da bin. Drüben verhungern sie fast, schreibt meine Schwester in ihrem letzten Brief. Wenn das nicht wär, ich nähm morgen meine Sachen, und nichts wie weg von hier. Aber er ist ja so dünn.«

»Nichts wird wieder so sein wie früher«, wiederholte Miss Burch. »Hab ich schon damals gesagt.«

Es gelang Mrs. Welch, das letzte Wort zu haben. »Aber mit Albert – das ist was andres, schließlich genauso 'n Flüchtling wie die Belgier, die wir im letzten Krieg hatten. Der hält mich hier«, schloß sie, »und ich werd 'n aufpäppeln müssen.«

Doch kaum eine halbe Stunde, nachdem Miss Burch gegangen war, fiel der nächste Schlag. Mrs. Welch ging in die Speisekammer, um einen letzten prüfenden Blick zu tun, ehe sie sich auf ihr Zimmer begab. Während sie noch ein dickes Tuch vor dem gerupften Pfau befestigte, fiel ihr Blick auf den großen Behälter mit Wasserglas-Lösung. Sie warf die Arme empor wie eine Frau, die kleine Wäschestücke aufhängt, und starrte stirnrunzelnd auf den Behälter. Sie rief nach Albert.

»Hast du hier reingeschaut?« fragte sie.

»Nein, ich nie«, antwortete er, unwillkürlich im Ton von Raunces Bert.

»Nicht mal eben in der Speisekammer gewesen?«

»Nein.«

»Du belügst mich doch nicht, oder?«

»Neien.«

»Dann laß dir gesagt sein: das Zeug da ist verdammt gefährlich. Ein Schluck davon würd dir den Rest geben, hast du verstanden?«

»Hab ich.«

»Also nie gesehn, das da?«

»Nein.«

»Na schön, und weiter will ich davon nichts hören. Aber nur 'n Sterbenswörtchen von dir wegen dem, was eben passiert ist, und ich zieh dir 's Fell über die Ohren, du kleiner Wilddieb, verstanden?«

»Jaa.« Er machte kehrt und rannte hinaus.

Von draußen hörte man schwach aus der Ferne Gekreische und Gekicher. Mrs. Welch schlurfte zurück in die Speisekammer, deren eine Wand aus einer gelochten Platte aus Eisenblech bestand, und lugte durch eine der Öffnungen ingrimmig hinaus.

Das Gelände hinter dem altersgrauen Schloß war weiträumig angelegt. Draußen sah sie Kate und Edith von hinten in ihren leuchtend roten Ausgehkostümen und schwarzen Hütchen. Anscheinend warteten sie vor O'Conors Lampenwerkstatt. Die hatte zwei hohe Spitzbogenfenster und eine ebensolche eisenbeschlagene Tür in einer langen Reihe ähnlicher zinnengekrönter Türen und Fenster und darüber, zurückgesetzt, eine Wand mit noch mehr Fenstern, die wiederum terrassenartig in den obersten Stock mit lauter blinden Fenstern und einem schrägen Schieferdach überging.

Mrs. Welch, die über dem goldenen Sonnenstrahl, der durch einen Wolkenspalt fallend die Mädchen in Licht tauchte, einen Moment ins Sinnen gekommen war, wandte sich mit einem tiefen Stoßseufzer ab und sagte: »Ist nicht meine Sache, wenn Aggie Burch die beiden nicht im Zaum halten kann, diese zweibeinigen diebischen Mäuse!«

Als draußen Edith die Hand nach O'Conors Türriegel ausstreckte, fuhr Kate sie an:

»Und was, wenn da 'ne Maus drinnen ist?« Edith, beide Hände über ihrem pochenden Herzen, erwiderte schwach: »Ach, Liebes, wie kannst du so zu mir sprechen?« Dabei mußte sie sich an den Türpfosten lehnen. »Das kannst du mir doch nicht antun«, sagte sie, und schon wurde ihr auf einmal schwindlig.

»Ach komm doch, ich meinte's ja nur zum Spaß.«

»Oh, Kate.«

»Du bist eben so weich, das ist's, meine Liebe.«

»Nach dem, was erst heut morgen passiert ist, dürft's du nicht so mit mir reden.«

»Ei, sieh doch, wer sich da zu einem Besuch bei ihm aufgemacht hat«, sagte Kate zu einem sich mausernden Pfau, der mit schräggestelltem Kopf aus einem dunklen, weißgeränderten Auge emporlinste. »Mach, daß du wegkommst«, schrie sie ihn an, »ich kann euch alle nicht leiden.«

»Laß doch. Vielleicht ist gerade der sein Liebling.«

»Was weißt du schon«, sagte Kate, »er hat mit uns überhaupt nichts im Sinn. Der Bussard da oben, der interessiert ihn, kannst mir glauben.«

»Ein Bussard?«

»Ich sag doch, ich mag ihn nicht.«

»Nein, Kate, tu das nicht, schlag nicht nach ihm. Wer weiß, was geschieht, wenn er's erfährt.«

»Paddy?« sagte Kate, »jede Wette, der ist bedient nach dem dicken Essen, das er hatte. Der rührt sich nicht. Aber wenn du meinst, laß ich's eben.«

»Den liebt er besonders, ich weiß es«, beharrte Edith. »Ich kann nicht einen vom andern unterscheiden, aber ich hab so 'n Gefühl. Und was ist, wenn er da im Dunkeln liegt und schläft.«

»Dann tu mir den Gefallen und sieh nach«, sagte Kate.

»Ich nicht, niemals, ich könnt's nicht.«

»Wenn's so ist, dann eben ich.«

»Nein, du auch nicht«, sagte Edith. »Du hast mir solche Angst gemacht.«

»Also ich«, erwiderte Kate, indem sie den schweren Türriegel anhob. »Aber, meine Liebe, ich will auch nicht den kleinsten Laut hören«, flüsterte sie. Edith legte sich eine Hand wie ein Pflaster auf den Mund.

»Nein«, hauchte sie, »nein«, als O'Conors Welt sich auftat und Kate die Sonne einließ und Edith sich neugierig vorbeugte.

Sie blickten in eine Art Sattelkammer, die aus der Zeit stammte, als noch Gäste von Kinalty zur Jagd ausgeritten waren. Der Raum war wegen der dichten Spinnweben an beiden Fenstern nahezu ohne Tageslicht. Doch jetzt fiel durch die offene Tür eine Sonnenbahn herein, die alles wie gemünztes Gold aufschimmern ließ. Auf einer Futterkrippe, die er mit Farnen vom vergangenen Herbst vollgepackt hatte, lag Paddy schnarchend zwischen diesen beiden Fenstern, wobei ein Spinnwebfaden sich von einer Haarlocke auf seinem Kopf bis zum Fensterbrett spannte und sich mit seinen Atemzügen hob und senkte. In den Reflexen der Frühlingssonne wirkte dieses Spinnweb wie aus Gold gemacht, ebenso wie die anderen Fäden, die emsige Spinnen von Sparre zu Sparre des Farnbetts gezogen hatten, auf dem sein Haupt ruhte. Fast schien es, als würden O'Conors Träume von goldenen Haaren gehalten wie unter einem Gewölbe, an dem, vom Steinfußboden gespiegelt, die Fata Morgana eines alten Königsschatzes aus dem Moor erschien.

»Der wacht jetzt nicht auf, erst zum Tee«, sagte Kate, »weil er danach die Vogeltiere füttert.«

»Oh, Kate, ist er nicht 'n Schatz?«

»Ja, aber komm, wir können hier nicht stehen wie die Maulaffen. Was nun?«

»Ich werd aus den Farnen da in der Ecke 'ne Krone flechten«, sagte Edith, »und du suchst mir was, das wir ihm in die Hände legen können.«

»Willst wohl 'n Bischof aus ihm machen. Wenn's nach mir ging, würd ich ihm diese Lumpen ausziehen und ihm den Pelz ordentlich durchwalken.«

»Red nicht so, das würd'st du nicht.«

»Wer red denn da?« O'Conor gab einen lauten Schnarchton von sich. Die Mädchen kicherten leise.

»Bleib schön ruhig, mein Lieber«, sagte Edith, indem sie eine Handvoll Farne aufsammelte, um sie zu flechten. Dann aber merkten sie auf, weil sich hinter der einen Seitenwand, in deren Glas sich die Sonnenreflexe vom Fußboden spiegelten, etwas bewegte.

Denn die eine Seitenwand des Raumes wurde zum größten Teil von einem gewaltigen Schrank mit Glastüren eingenommen, der ehemals das Zaumzeug, die Halfter, Zügel und übriges Geschirr enthalten hatte. Irgendwann hatte O'Conor die hölzerne Rückwand herausgesägt und so einen Durchblick zum nächsten Raum geschaffen, der jetzt seine Pfauen beherbergte. Dort überwinterten diese Tiere, dort nisteten sie im Frühjahr, und dort verendeten sie auch auf natürliche Weise. Wie ausgestopfte Vögel in einem verstaubten Glaskäfig präsentierten sie sich von Zeit zu Zeit, wenn an trüben Tagen der eine oder andere sich zeigte, um nach O'Conor zu sehen. Jetzt, durch einen Lichtschleier, der von unten reflektiert auf die gläserne Wand fiel, konnte Edith undeutlich sehen, aber nicht hören, wie einige Pfauen, offenbar durch irgend etwas aufgestört, zum Vorschein kamen. Aber sie waren in diesem verklärenden Licht kaum wiederzuerkennen. Ihre Augen wirkten rubinrot und ihr Gefieder orangefarben, während sie jetzt mit heftigem Nicken und Scharren auf die Gefahr reagierten. Dann verschwanden sie flügelschlagend, und an ihrer Stelle wurde Charley Raunce sichtbar, dessen blasses Gesicht im Widerschein wie aus rotem Saffianleder wirkte.

Die Mädchen standen starr wie gebannt zwischen dem reglos schlafenden Iren und jenem anderen, der sie hinter der gläsernen Trennwand gelassen beobachtete. Da warfen sie alles von sich und flohen.

Miss Swift war nahezu taub und konnte nicht immer hören, was ihre Schützlinge sagten, als sie am gleichen Nachmittag mit Evelyn und Moira und Mrs. Welchs Albert auf ihrem Spaziergang rund ums Schloß bei dem Taubenschlag anlangte. Sie ließ sich stöhnend auf der schattigen Bank nieder, während die Tauben mit leisem Flügelschlag wie in einer weißen Wolke aufflogen.

»Was hat sie?« fragte Albert.

»Es ist nur Nannys Rheumatismus«, belehrte ihn Miss Moira.

»Da hatt ich auch 'n Onkel, dem wurden jeden Dienstag und Donnerstag die Knochen aufgeheizt, drüben im Sankt Lukas unten an der ollen Bow Road.«

»Soll die arme Nanny euch jetzt die Geschichte von den zwei weißen Tauben erzählen, die sich nicht fügen wollten?«

Moira stieß Evelyn an und zeigte mit dem Finger. Auf einem Sims saß ein Pärchen von diesen Tieren Schnabel an Schnabel, mit kleinen Verbeugungen. Die Mädchen, zu beiden Seiten von Miss Swift sitzend, ahmten die Tauben durch heftiges Kopfnicken nach. Die Nanny rieb sich mit beiden Händen ihr Knie, ohne hinzusehen. Sie hatte die Augen geschlossen.

»Einst vor langer Zeit lebten sechs kleine Tauben zusammen in einem Nest«, begann sie gerade, als aus einer der selten benutzten Türen in der Schloßmauer Raunce erschien. Die verrosteten Türangeln knarrten. Die beiden Mädchen winkten ihm zu, aber Mrs. Welchs Albert, hinter Evelyn sitzend, schien sich eher zu ducken. Raunce legte einen Finger an die Lippen. Er kam von seinem Rundgang zu den Futterkästen der Pfauen zurück, wo er Kate und Edith so erschreckt hatte. Jetzt legten auch Miss Evelyn und Miss Moira einen Finger an den Mund, während sie mit ihren gegenseitigen Verbeugungen fortfuhren. Raunce verdrückte sich, und Miss Swift setzte ihre Erzählung fort.

»Weil sie nun so arm und hungrig waren und in ihrem dünnen Federkleid draußen im Regen froren« – Miss Swift öffnete die Augen –, »Kinder«, sagte sie, »hört mit diesen Albernheiten auf«, und die Mädchen gehorchten. »Aber dann kam die Sonne heraus, um sie zu wärmen«, psalmodierte sie weiter.

»Jessas«, murmelte Albert, »seht euch das an.«

Der Taubenschlag war eine peinlich genaue Nachbildung des Schiefen Turms von Pisa in verkleinertem Maßstab. Jede Reihe von Fensteröffnungen hatte kleine Balkone. Nun, da die Tauben wieder zur Ruhe gekommen waren, schienen sie ihre Privatangelegenheiten an dem Punkt wieder aufnehmen zu wollen, an dem sie unterbrochen worden waren. So waren denn alle diese Balkone dichtgedrängt voller Tauben, und die Luft erzitterte unter einem gewaltigen Girren und Gurren. Nur an einer Stelle schien es Wirbel zu geben.

»Du bist ganz schön durchtrieben«, sagte Evelyn zu Albert, während sie vermeintlich in der gleichen Richtung blickte wie er. Was sie sah, war eine Taube, die eine andere auf dem Sims bis ans Ende jagte. Und jedesmal, wenn die Vertriebene ans Ende gelangt war, ergriff sie flatternd die Flucht, um sich auf dem gleichen Sims wieder niederzulassen, wo sie, nun in die andere Richtung gejagt, wieder emporflatterte. Das wiederholte sich etliche Male, als von einem anderen Balkon etwas herunterfiel.

»Die hat's erwischt«, sagte Albert.

»Ich hab's nicht gesehn«, rief Evelyn, »Ehrenwort, was war denn?«

»Und eines Tages«, sagte die Nanny bei geschlossenen Augen und hinter der Wand ihrer Taubheit, »oh, liebe Kinder, eure alte Nanny weiß kaum, wie sie's euch erzählen soll, denn die böse unfolgsame Taube, von der ich schon gesprochen habe –«

»Es war ein Kleines«, sagte Albert.

»Ein Täubchen. Oh, zeig's mir.«

»Ich wag's nicht«, sagte er.

»Wo ist's denn hingefallen?« fragte Evelyn.

»Ruhe, Kinder!« Miss Swift hatte die Augen aufgemacht. »Oder ich erzähl die Geschichte nicht zu Ende, die ihr Quälgeister doch hören wolltet. Also es begab sich«, fing sie wieder an, die Augen schließend und mit gefalteten Händen.

»Was? Wo?« wisperte Moira.

»Es war 'n Kleines«, sagte Albert, »und ganz nackt. Der dicke Bastard da hat's gestoßen.«

»Der dicke was?« fragte Evelyn. »Ach, sollten wir das arme Ding nicht retten?«

»Wohin ist's denn gefallen«, wollte Moira wissen. Aber ein Rascheln ließ die beiden auf ihren Plätzen neben der taub und blicklos vor dem Taubenschlag sitzenden Miss Swift herumfahren. In dem milden Sonnenlicht, das durch die weiß knospenden Zweige fiel, erblickten sie Kate und Edith, die in ihren langen roten Röcken sich wiegend und neigend, einen Finger auf den Lippen, auf sie zukamen. Sogar Klein-Albert imitierte jetzt ihre Gesten. Alle fünf mußten innerlich lachen über den schönen Anblick, den sie boten.

»Habt ihr Mr. Raunce gesehen?« fragte Kate schließlich.

»Da ging er«, antwortete Albert, während die beiden kleinen Mädchen weiter den Finger am Mund hielten.

»Und wo kam er raus?« fragte Kate.

»Aus der Tür da«, sagte Albert.

»Und auf einmal waren sie alle in tödlicher Gefahr«, fuhr Miss Swift ungerührt fort.

»Oh, Edith«, platzte Miss Evelyn heraus, »wir haben den Tauben zugeschaut, die sind so komisch!«

»Ich tät's nicht, wenn ich du wär, Herzchen.«

»Warum sollte ich denn nicht?«

»Drum, wenn ich du wär.«

»Aber warum denn nur«, beharrte Miss Evelyn.

»Weil diese Vögel sehr sonderbar sind«, sagte jetzt Kate immer noch im Flüsterton.

»Warum sind sie sonderbar?« wollte Miss Moira wissen.

»Ich will's euch sagen«, meldete sich Albert. »Einer von den Alten hat 'n Junges weggestoßen, und es is genau auf die Schnauze gefallen.«

»Nein, so was«, sagte Kate zu Edith, während sie über die Köpfe der Kinder hinweg den Taubenschlag beobachteten.

»Pst«, machte Edith verzückt. Die Kinder wandten die Köpfe. Es waren so viele Tauben, daß sie nicht wußten, wohin sie gucken sollten.

»Und dann geschah es, daß ihr Verführer, der böse Täuberich, bei ihrem Vater erschien und um ihre Hand anhielt«, sagte Miss Swift, wobei sie die Augen schloß und mit der Zunge über ihre trockenen Lippen fuhr.

»Ich mein, das gehört sich nich, so in aller Öffentlichkeit«, sagte Kate beiläufig.

»Und wieder da drüben und da auch«, sagte Edith.

»Wo denn?« rief Miss Evelyn laut, aber nicht laut genug, um Miss Swift zu unterbrechen, wie sie wohl gedacht hatte. Die Nanny legte ihr nur eine Hand auf den Arm und dämmerte weiter vor sich hin.

»Oh, was machen sie jetzt?« rief Miss Moira.

»Sie küssen sich, mein Liebchen«, sagte Kate leise.

»Pst«, machte Edith.

»Aber wo denn, Kate, ich seh's nicht. Oh, und diese beiden, sie hat den Kopf in seinen Schnabel gestoßen, sie wird ihn ersticken«, Moira ereiferte sich immer mehr. »Nanny, zu Hilfe, schnell.«

»Großer Gott, was gibt's denn, Kind?«

Die Kinder waren aufgesprungen, worauf die Tauben auseinanderstoben und wild emporflatterten, die Luft mit Klagelauten erfüllend.

»Nanu, Edith und Kate, was fällt euch denn ein?«

»Wir kommen gerade vom Essen«, erwiderte Kate.

»Und spaziert hier umher, wo jeder euch sehen kann, wo gibt's denn so was?« sagte die Nanny. »Sitzt still, Kinder, auch du, Albert. Wenn du weiter bei uns bleiben willst, dann tu, was man dir sagt.«

»Jawoll.«

»Wir sind's so gewöhnt nach dem Essen«, sagte Kate.

»Und macht euch das offenbar zunutze, um einen Nachmittag zu vertrödeln, und die Arbeit kann sehen, wo sie bleibt. Miss Burch wird euch schon draufkommen.«

»Komm, gehen wir«, sagte Edith zu Kate.

»Tauben und küssen«, rief Miss Swift hinter ihnen her, »so ein Unsinn! Ist doch nur die Mutter, die ihr Kleines füttert, Kinder. Wenn ihr euch ruhig verhaltet, könnt ihr's selbst sehen«, sagte sie noch. »Und nun, wo war ich stehengeblieben?«

»Sie waren an der Stelle, wo der nette alte Vater sagt, er darf sie heiraten, weil ihm in seinem Alter nichts Besseres einfällt.«

»Richtig, da war ich«, hub Miss Swift wieder an, und die Tauben flatterten in Spiralen zwischen den Stämmen junger Kastanien, an denen überall neue zartgrüne Triebe aus bräunlichen Hülsen hervorbrachen, ließen sich nacheinander vor ihren Behausungen nieder und spreizten sich ein paarmal, ehe sie ihr mörderisches Gezänk und ihr Liebesspiel wieder aufnahmen. »Ja, und dann überließ der Vater, der sich keinen Rat mehr wußte, ihm ihre Hand«, sagte die Nanny.

Atemlos beobachteten die Kinder den Schiefen Turm. Alsbald kauerte sich eine weiße Taube mit offenem Schnabel vor eine andere mit vorgereckter Brust. Nicht lange, da trieben sie's wieder, und der dicke Vogel, der jetzt abgeschwollen war, hatte seinen Kopf tief im Schlund des anderen, der wie wahnsinnig schluckte, wobei sein schmaler Leib erzitterte. An einer anderen Stelle trudelte ein solches Vogeltier ein Ei vor sich her bis an den Rand. Wieder ein anderes jagte noch eins, worauf dies zurückflatterte hinter die beiden, die ihr Tun wieder aufnahmen. Pärchenweise einen Schritt vor und einen zurück. Und dann fiel wieder etwas Kleines, Rosiges irgendwo herunter ohne einen Plumps.

»Da haben wir's«, sagte Albert.

»Wo? Ich sah's nicht. Hab's wieder verpaßt«, sagte Evelyn und »sahst du's?« zu Moira.

»Keins von euch hört mir zu, ihr unartigen Kinder«, sagte Miss Swift, »eure arme Nanny verschwendet ihren Atem und ihr paßt gar nicht auf. Da setzen wir wohl besser unsern Spaziergang fort, meine ich.«

»Warum, Nanny?«

»Kommt ihr nun?«

»Jaa.«

»Aber warum, Nanny?«

»Weil Nanny es so haben will. Also kommt jetzt. Wir gehen hinunter zum Fischteich.« Sie setzte sich in Bewegung und nahm Evelyn bei der Hand. Sie hinkte auf dem rechten Bein.

»Weißt du was«, sagte Albert zu Moira, während sie trödelnd folgten, »ich werd ihm den kleinen Kopf abbeißen.«

»Was wirst du?«

»Wie sie's in dem Lokal gemacht haben, wo ich evakuiert war.«

»Was is 'n Lokal?«

»In dem Pub drunten im Land. Da war 'n Mann, der biß für 'n Bier Mäusen die Köpfe ab. Die Lady, bei der ich evakuiert war, hat's gesagt.«

»Das wirst du nicht, du böser Junge, oder ich ruf Nanny.«

»Ich zeig's dir«, sagte er und schoß davon zum Fuß des Schiefen Turms. »Wart, bis ich eins finde«, rief er noch, und sie brach laut jammernd in Tränen aus, worauf Miss Swift zurückkam und dem Kind das Gesicht abwischte. Die anderen guckten, als ginge es sie nichts an. Miss Swift stellte Albert nicht zur Rede. »Ich werde Mrs. Welch über dich berichten«, war alles, was sie sagte.

Später an jenem selben Nachmittag war Raunce in der Anrichte und half seinem Burschen mit dem Teegeschirr. Das heißt, während sein Albert die Tassen und Untertassen, Löffel und Teller abwusch, hielt Raunce ein schweres Silbertablett wie eine Zimbel empor, um es zu polieren. Er behauchte die spiegelnde Fläche und wischte dann seinen Atem wieder weg, wobei er im Takt seiner knappen Bewegungen durch die Zähne pfiff wie ein Mann beim Pferdestriegeln, und dabei schielte er fürchterlich.

Auf einmal sprach er, und Bert wurde ganz still. Raunce sagte: »Ich hätte ihr glatt ins Gesicht lachen können.«

»Wann war das?« wollte Albert wissen.

»Ja, das hätt ich gekonnt, und du warst mäuschenstill.«

Der Junge sah ihn entgeistert an.

»Mach weiter mit deiner Arbeit«, wechselte Raunce das Thema. Wieder eine Pause, während Albert eifriger arbeitete und Raunce ihm zusah. »Schließlich haben wir nicht die ganze Nacht dafür«, fuhr Raunce fort, »das heißt, ich jedenfalls nicht.« Das sagte er geziert, dabei lachte er kurz auf. »Glücks-Charley nennen sie mich, da staunste.«

»Ja, Mr. Raunce«, murmelte Albert.

»Unschuldslamm spielen is da nich, mein Junge. Wie sie durch die Tür von der Spülküche reinkam, wo wir über unserm Tee saßen, da spürte man ordentlich den eisigen Luftzug.«

»Ich hab nichts gespürt.«

»Wie Mrs. Welch da im Türrahmen mit ihrem Bericht loslegte, da lenkte irgendwas meinen Blick auf dein Käsegesicht, als hätte man's mir gesagt. Und als sie dann von diesem Wasserglas anfing, wovon etwas fehlte, da sagte ich mir: Charley, brauchst nicht weit zu suchen, ist doch sonnenklar. Wie kamst du denn dazu, dir von dem Zeug was abzuzapfen?«

»Ich niemals.«

»Komm doch, sag's dem Onkel.«

»Ich hab nie was genommen.«

»Brauchst keine Angst zu haben, Junge. Ich bin nie anders zu dir gewesen, als ich es jetzt bin.«

»Mr. Raunce, nicht mal gesehn hab ich's.«

»Na schön, wenn du nicht willst, dann muß eben ich es dir sagen. Weil du nämlich gehört hast, wie ich sagte, was meine alte Mutter geschrieben hatte, daß sie nämlich am

Rand von ’ner Hungersnot sind drüben in London, und dazu die Bomben. Da muß dir durch ’n Kopf gegangen sein, du könntest dir was beschaffen, um denen ’n paar eingelegte Eier rüberzuschicken.«

»Auf Ehr und Gewissen, ich tat’s nicht, Mr. Raunce.«

»Steh nicht da wie ’n Stück Schlachtvieh, Junge. Halt dich ran, zum Teufel. Wir sind noch lange nicht mit unserm Tagewerk fertig. Aber deine Eltern, sind die nicht immer noch in London?« fuhr er fort. »Stimmt das nicht?«

Es kam keine Antwort außer dem Gurgeln des Spülwassers.

»Also stimmt’s, oder?«

»Ja, Mr. Raunce.«

»Na wozu dann die Geheimnistuerei? Du hast gedacht, du könnt’st denen ’n paar Eier schicken.«

»Ich schwör’s Ihnen, niemals.«

»Ich sag ja nicht, daß du’s getan hast. Ich sag nur, du könnt’st dran gedacht haben. Manchmal muß ich wirklich an dir verzweifeln, Junge«, sagte Raunce. »Aus dir wird nie was, das ist mal todsicher. Doch jetzt was anderes. Wenn du erst mal ’n gutes Stück Silber wie dies hier blankputzen kannst, dann ist das erst der Anfang von dem Geschäft, das zu lernen mich so manches Jahr gekostet hat. Und ich lern immer noch hinzu.«

»Ich könnt nich mal sagen, wozu dies Wasserdings gut ist«, sagte der Junge, den Kopf tief über dem Spülbecken.

»Soll ich dir etwa eine langen?« brüllte Raunce plötzlich los. »Willst du mich in Wut bringen, daß ich dich schlage? Nein? Dann komm mir nicht noch mal mit solchen Frechheiten. Drüben der Musterungskommissar wartet nur auf solche Burschen wie dich, daß ihr ins richtige Alter kommt.«

»Yessir«, sagte der Junge wie vom Schlag getroffen.

»Und nenn mich nicht Sir«, fuhr Raunce ruhiger fort. »Sag Mister, wenn du mich anredest. Nun ja, wenn du nichts sagen willst, dann eben nicht. Nichts gesehn, nichts gewußt, wie es in der Army heißt.«

Albert wagte ein zaghaftes Lächeln.

»Ich mach dir ja keinen Vorwurf«, fuhr Raunce nach kurzem Überlegen fort. Dabei stocherte er mit einer Nadel, die er aus seinem Rockaufschlag gezogen hatte, in den Zähnen. »Aber eins wollen wir klarstellen hier und jetzt«, sagte er. »Du behältst die ganze Geschichte für dich. Und außerdem: putz dir die Zähne, eh du was mit 'ner Frau hast. Wenn ich in dieser Sache noch 'n Wörtchen von dir hör, dann gibt's was, darauf kannst du Gift nehmen. Ein Wort von mir zu Mrs. T., ein Wort nur, und für dich bleibt nur die Army, mein Junge, für König und Vaterland und was sonst noch dranhängt, hast du verstanden?«

»Ja, Mr. Raunce.«

»Weißt du zufällig, wo die beiden Mädchen von Miss Burch nach dem Tee zur Arbeit hingegangen sind?«

»Rüber in den andern Flügel.«

»Aber wo da?«

»Könnt's nich sagen, nichts gehört, keine Ahnung, das schwör ich.«

»Schon gut, schon gut, wozu die Aufregung?« sagte Raunce. »Wenn du's nicht weißt, dann weißt du's eben nicht. Ist doch weiter nichts dabei. Aber ich hätte eine Nachricht für die eine oder für alle beide, verstehst du? Glücks-Charley heiß ich ja. Ich bin denen nämlich zur Essenszeit ein bißchen draufgekommen. Also, wenn die Klingel da gehen sollte, dann meldest du dich. Und wenn die wissen wollen, wo ich bin, sag, ich bin unten im Keller. Klar? Aber ich bin höchstens 'ne Minute weg«, sagte er noch, während er auf leisen Sohlen und vor sich hinpfeifend entschwand. Der Junge zitterte.

Das weiträumige Schloß war, wie schon gesagt, zum größten Teil unbewohnt. An Kate und Edith war es, ein- oder zweimal die Woche diese oder jene muffigen Räume zu öffnen und Luft herein zu lassen. Als Raunce auf seinem Weg über die Große Treppe, durch die Lange Galerie und an der Schloßkapelle vorbei an einer hohen düsteren Flügeltür anlangte, die den einen Teil des Schlosses vom anderen trennte, da betrat er, indem er sie öffnete, eine völlig andere Welt. Und obwohl er darin geübt war, fiel die Tür dröhnend ins Schloß, als er sie hinter sich zuzog.

Er blieb stehen und lauschte in das weiß vermummte Halbdunkel. Denn was er hörte, war Musik. Und er wußte auch sogleich, daß es ein Walzer war.

»Was stellen die jetzt wieder an«, fragte er sich halblaut. »Worauf ist Edith nur aus?« wiederholte er auf einmal ganz ernst.

Er setzte sich in Bewegung, machte dann plötzlich wieder halt vor einer mächtigen Kristallbowle, die nackt und bloß auf einem Fenstersims stand und mit einem Stück Pappe zugedeckt war. Das nahm er ab und legte es beiseite. Er stippte mit dem Finger in das raschelnde Allerlei ihres Inhalts. Im Weitergehen roch er an dem Finger, der in den vertrockneten Rosenblättern gewühlt hatte. Das war so seine Gewohnheit von den wenigen Malen, die er in diesen Teil des Schlosses kam.

Immer angestrengt lauschend ging er weiter. Zu seiner Linken war jetzt eine Reihe hoher Fenster, deren Licht durch Sonnenblenden gedämpft war, und rechts passierte er allerlei weiß verhüllte Gegenstände, deren Geheimnis er nie gelüftet hatte. Denn das alte Haus, dem sein Niederbrennen noch bevorstand, und besonders sein größerer ungenutzter Teil war eine wahre Schatzkammer. Doch er ging der Musik nach und zwar so wie die leiseste Katze hinter zwei weißen Mäusen, um denen unter anderem mitzuteilen, daß die verloren geglaubte Sache sich als von einer Ratte gestohlen herausgestellt hatte.

Indem er weiterging, wurde die Musik lauter und lauter, bis sie an den Flügeltüren zum weiß und goldenen Ballsaal fast ohrenbetäubend donnerte. Mit einer Hand auf der goldenen Klinke in Form einer springenden Lachsforelle zögerte er noch, um hinter sich zu blicken. Es war niemand zu sehen. Dennoch sprach er gleichsam rückgewandt. »Die werden's noch kaputtmachen«, sagte er laut, als bedürfte es einer Erklärung, und bezog sich dabei auf das Grammophon, eins der ersten Luxusmodelle seiner Art. »Und das mitten im Krieg«, fügte er hinzu, »es würde immer noch gutes Geld bringen.« So sein Selbstgespräch gegen den Anprall der Musik. »Den kleinen Biestern werd ich's zeigen«, sagte er und riß die Tür auf.

Sie drehten und drehten sich, einander umarmend, am anderen Ende des Saales, wo sie an einem der Fenster die weißen Vorhänge hochgezogen hatten. Über ihnen von dem nicht sehr hohen Plafond schwebten gleichsam fünf Kronleuchter in einer Reihe über dem Parkett und reflektierten in ihren hunderttausend Glastropfen den einsamen Funken Tageslicht sowie die mit rotem Samt verkleideten Wände und, winzig in Purpur, zwei tanzende Mädchen, die von den zitternden Kristallen ins Unendliche vervielfältigt wurden.

»Ihr seid wohl übergeschnappt«, brüllte er los. Sie machten erschrocken halt, ohne ihre Umarmung zu lösen. Als er dann näherkam, lösten sie sich voneinander, um ihr Haar zu ordnen, während der Walzer weiterdonnerte. Er stellte ihn ab. Die Nadel kratzte.

Die Mädchen sagten nichts. Sie standen, mit erhobenen Armen an ihren Locken drehend, abwartend. Er ging zu dem Fenster hinüber und zog mit einem Ruck den Vorhang zu. Dann kam er zurück. Endlich sprach er.

»Nichts für ungut«, sagte er, »ich kam nur zufällig vorbei. Klar? Ich weiß, es geht mich nichts an. Macht nur weiter, spielt's noch mal, wenn ihr wollt.«

»Jetzt nicht mehr«, sagte Kate.

»Ich dachte ja nur, daß jemand von denen euch hören könnte«, erklärte er.

»Ist sowieso vorbei«, war Ediths Antwort.

»Und das erinnert mich«, fuhr er fort, wobei er anscheinend vergaß, daß er soeben einen anderen Grund für sein plötzliches Erscheinen angegeben hatte. »Ich kam nur, um euch Mädchen zu sagen, daß die Sache mit dem Wasserglas sich aufgeklärt hat. Mein Bursche war's und hatte was davon genommen. Nur 'n bißchen, nicht der Rede wert. Er tat's mehr aus Neugier als wegen sonst was.«

»Albert?« rief Edith entgeistert aus.

»Zum Glück hat er nicht probiert, wie's schmeckt«, fuhr Raunce fort. »So ist er ja. Wenn's ihn überkommt, daß er wissen will, wie's wirkt – da kennt er nix, der Querkopf. Ich hab's lange genug mit ihm versucht, aber mit manchen ist eben nichts anzufangen.«

Kate lachte. »Also Albert war's, ausgerechnet Albert«, sagte sie.

»Eben deswegen bin ich hergekommen«, fügte Raunce hinzu, dabei ließ er Edith nicht aus den Augen. »Als Mrs. Welch so bei unserm Tee hereingeplatzt ist, dachte ich, wer weiß, vielleicht verstehen die Mädchen es falsch und beziehen es auf sich.«

»Das ging über unsern Verstand, wir haben's überhaupt nicht beachtet«, stellte Kate fest.

»Aber Edith hier«, sagte Raunce, »mit ihrem ewigen Gerede, sie hätte's satt und wollte nach Haus.«

»Vielen Dank«, sagte Edith verblüfft.

»Lassen wir das«, sagte er, »aber ich sollte längst weg sein. Charley immer auf Trab, das bin ich.« Mit diesem etwas mißlungenen Rückfall in sein übliches Gehabe wandte er sich abrupt um und ging ohne ein weiteres Wort hinaus.

»Ist das zu glauben?« sagte Edith leise kichernd.

Aber Kate blickte sie so befremdet an, daß sie verstummte.

»Nun komm schon«, sagte Kate barsch, »wir können schließlich nicht die ganze Nacht hierbleiben. Ich mein, wir haben das Unsere getan. Genug ist genug«, sagte sie, und beide schickten sich an, den großen Saal so zu verlassen, wie sie ihn vorgefunden hatten. Nach getaner Arbeit machten sie sich auf den Weg in den bewohnten Teil des Schlosses.

Es mag ein paar Tage danach gewesen sein, daß Miss Burch verspätet zum Vormittagstee erschien. Sie sah bekümmert aus. Indem sie sich hinsetzte, sagte sie:

»Sie hat ihren Ring mit dem großen Saphir verlegt.«

Es erübrigte sich zu fragen, um wessen Ring es sich handelte. Seit dem Fortgang der französischen Demoiselle war Miss Burch für die Sachen von Mrs. Tennant verantwortlich. Aber Mrs. T. fand das, was sie gerade verloren hatte, stets wieder, aber sie fand sich selten bereit, zu verkünden, daß das betreffende Objekt nicht mehr vermißt wurde. Charley meinte es ernst, ahmte aber zugleich Mrs. Welchs Neffen nach:

»Kann sein, hat's weggetan und vergessen wo.«

Außer Miss Burch ereiferte sich niemand. Man durfte annehmen, daß sie, wenn der Ring nach einiger Zeit nicht wieder auftauchte, einen anderen, gleichwertigen von der Versicherung bekäme und zudem einen besseren, nämlich einen neuen.

»Dabei fällt mir ein« – Raunce wandte sich an seinen Burschen – »hast du dran gedacht, ihr diesen Handschuh zurückzubringen? Sag bloß nicht wieder, du weißt nicht, welchen Handschuh.«

»Ist in der Anrichte, Mr. Raunce«, sagte Albert.

»Was ist?«

»Der Gartenhandschuh.«

»Erlaube mal, da ist er nicht. Schließlich kenn ich mich in meiner Anrichte aus. Wo ist er also?«

»Ich hab 'n in 'n Geschirrschrank gelegt«, sagte Albert, »ins unterste Fach. Hab 'n heut morgen noch gesehn.«

»Oh, gut, wenn du das Ding verstaut hast«, erwiderte Raunce, und alle fielen wieder in Schweigen.

Edith blickte auf, sie fühlte sich von Kate beobachtet und errötete.

»Herrje, jetzt wird die schon wieder rot«, sagte Raunce in komischer Verzweiflung. »Sie sollte sich zu einer dieser Bluttransfusionen melden, wo sie doch so viel hat. Die suchen Freiwillige.« Dies sagte er leise zu Miss Burch, die neben ihm saß.

»Seien Sie nicht so geschmacklos«, war alles, was sie sagte.

Aber offenbar hatte er sich erinnert. Durch ›Eier‹ war er vermutlich auf ›Wasserglas‹ gekommen. »Moment mal«, rief er. Kate wartete gespannt. »Mir ist da gerad was eingefallen«, fuhr er fort. Er machte eine Pause, die Augen weiter auf Edith gerichtet, die von einem neuen Erröten befallen wurde. »Ich glaub, ich hab dir wirklich unrecht getan«, womit er vielleicht Albert meinte. Aber seine Augen ruhten weiter auf dem Mädchen, das ihn hingebungsvoll ansah.

»Wir müssen die Abflußrohre aufmachen lassen, das ist's«, erklärte Miss Burch, die mit ihren Gedanken immer noch bei dem Ring war.

»Also vergessen wir's«, sagte Charley zu Edith, obwohl er vermutlich Albert gemeint hatte. Er senkte den Blick, und ein komisches Erstaunen erschien auf seinem Gesicht. Aber Miss Burch hatte es offenbar als Antwort auf sich bezogen und widersprach ihm.

»Ich kann's aber nicht vergessen«, sagte sie, und es klang resigniert. »Ich habe überall gesucht, und es war so ein schöner Ring, antik«, fügte sie hinzu.

Zur gleichen Zeit kam Mrs. Welch draußen in der Küche eine Idee. Sie ließ ihr schwarzes Notizbuch liegen und schlurfte eiligst in den Abwaschraum, wo Klein-Albert mit einer Tasse Tee saß, während die beiden Mädchen über einem der sechs Becken Gemüse putzten.

»Also keins von euch Mädchen redet mit den Lieferanten?« fragte sie unvermittelt drohend.

»Nein, Madam.«

»Keine von euch hält also einen Schwatz mit dem Fleischer?«

»Nein, Madam, ehrlich.«

»Denn ich hab's euch gesagt. Laßt euch nicht mit diesen Iren ein, oder ihr Blut wird über uns kommen. Wegen der IRA. Vergeßt das nie!«

»Jawohl, Madam.«

»Und wo bringen sie die Vorräte hin, wenn sie liefern?« fragte Mrs. Welch weiter.

»Sie lassen sie in dem äußeren Vorratsraum, ganz wie Sie gesagt haben.«

»Nun, und wann holt ihr das da ab?«

»Wenn sie weg sind«, antworteten die Mädchen.

»Recht so. Ich werd mir diese Krämer schon vorknöpfen, wo bei ihren Lieferungen was fehlte und was sie mir deswegen schuldig sind, übers Telefon, versteht ihr! Also, ihr habt nicht mit einem von denen gesprochen?«

»Nein, Ma'm.«

»Und woher wißt ihr, daß sie da waren?«

»Die ziehen, ehe sie gehn, die kleine Glocke.«

»Recht so. Dann kann es also nicht einer von den Händlern gewesen sein«, sagte sie halb zu sich, indem sie in die Küche zurückging, wo sie noch mal laut »Oh, mein Wasserglas« ausrief.

Der Verlust drückte immer noch schwer auf Mrs. Welchs Gemüt, als nach dem Essen Miss Burch auf einen Schwatz bei ihr hereinschaute.

»Ich hab immer wieder nachgemessen«, sagte sie zur Begrüßung, »und mehr als 'n halber Liter ist spurlos verschwunden. Mary, bring Miss Burch eine Tasse Tee.«

»Mr. Eldon fehlt mir ja so, der Mann fehlt mir wirklich«, sagte Miss Burch. »Ganz gleich, wer auch immer was in Händen gehabt hatte, er wußte es stets wiederzufinden. Man war einfach baff.«

»Aber nicht, was von mei'm Wasserglas fehlt, da nicht.«

»Ganz gleich, wo Mrs. Tennant was auch immer verlegt hatte«, fuhr Agatha ungerührt fort, »er war zur Hand und rettete die Sache. Kaum daß man etwas aus den Händen gelassen hatte, wußte er, wo es zu finden war. Ja, Mrs. Welch, das ist eine Begabung!«

»Auch 'ne Begabung, wenn einer als Langfinger zur Welt gekommen ist.«

»Ich will ja nicht sagen, jemand hat den Ring genommen, nein, soweit würde ich nicht gehen. Ich glaube, nicht eine Seele im Schloß wäre zu so etwas fähig.«

»Ich hab auch mit meinen Mädchen darüber gesprochen«, sagte Mrs. Welch, »habe sie geradezu gefragt und auch mit meinem Albert ein Wörtchen geredet. Wenn er auch nur 'n bißchen was gewußt hätte, ich hätt's aus ihm rausgekriegt, darauf können Sie sich verlassen.«

»Es ist ein Rätsel.«

»Wahrhaftig, ein dunkles Rätsel«, echote Mrs. Welch. »Ein Ring rollt eben, geb ich zu, aber erzählen Sie mir nichts über einen halben Liter Wasserglas, der aus dem Behälter, wo er drin war, wegfliegt, ohne daß ein Tropfen auf den Fußboden fällt. Ein teuflischer Streich«, fügte sie hinzu.

»Ich kannte eine Frau, die zu Pfingsten runter nach Brighton fuhr«, fing Miss Burch wieder an, »und ihr Ring fiel ihr in den Sand. Am nächsten Tag ging sie mit dem Schäufelchen ihres Sprößlings wieder hin, grub nach, wo sie gesessen hatte, und da lag er, nachdem sogar die Flut drüber hingegangen war.«

»Da müssen Sie eben die Rohre aufreißen lassen, weiter nichts.«

»Genau, was ich schon heute morgen bei meiner Tasse Kakao sagte«, erwiderte Miss Burch. »Natürlich habe ich meine Mädchen sogleich suchen lassen. Aber die würden ja nicht mal die Kronjuwelen vor ihrer Nase sehen, weil sie nur Augen für diesen Raunce haben.«

»Den möchte ich auch nicht hier in meiner Küche.«

»Sie Glückliche haben Ihr Reich ganz für sich. Immerhin, er hat sich in den letzten Tagen gebessert, das muß ich zugeben. Vielleicht können wir ihn noch zurechtstutzen.«

»Sind überhaupt die Abflüsse in den letzten zwölf Monaten inspiziert worden?« erkundigte sich Mrs. Welch.

»Das müßten sie«, sagte Miss Burch. »Anscheinend wartet man damit, bis beide Damen zu Mr. Jacks Urlaub rüberfahren, und das kann jetzt jeden Tag sein, soviel ich gehört habe.«

»Ich wollte schon selbst mit ihr darüber sprechen«, verkündete Mrs. Welch. »So ungesund, diese alten Kästen mit Senkgruben aus der Zeit, als die Wasserspülung noch nicht erfunden war. Und das mit Kindern!«

»Wo geht denn der kleine Kerl heute nachmittag hin?«

»Mein Albert? Ich schick ihn rauf zu Miss Swift, damit er an die Luft kommt.«

»Richtig«, sagte Miss Burch, »ist nichts für sie, den ganzen Tag drinnen. Wie zum Beispiel Raunce.«

»Gott steh uns bei mit diesem Mann, wenn die rüberfahren wegen Mr. Jack.« Indem sie das sagte, machte Mrs. Welch einen neuen Versuch, wütend auszusehen.

»Meinen Sie«, fragte Miss Burch und schien auf einmal verängstigt.

»Ich meine nicht nur, ich bin ganz sicher. Dagegen gibt's nur eins.« Mrs. Welch schrie plötzlich wie verrückt. »Jeder bewegliche Gegenstand gehört hinter Schloß und Riegel. Kein Schubfach, das man aufziehen, und keine Tür, durch die man irgendwo reinschlüpfen kann. Und für meine Töpfe und Pfannen werd ich mir 'n Vorhängeschloß besorgen und sie an meinem Geschirrschrank anketten«, brüllte sie fast, indem sie mit dem Finger auf die stattliche Reihe von blitzblankem Kupfer und Aluminium wies. »Und wenn ich keine passenden Ketten bekommen kann, die durch die Löcher in den Stielen gehen, dann wahrhaftigen Gotts bestell ich in Berlin, was auf dieser elenden Insel nicht zu haben ist.«

»In Berlin?« fragte Miss Burch entsetzt.

»Richtig«, sagte Mrs. Welch und schien hochbefriedigt. »Is doch 'n neutrales Land hier, oder?«

»Meine Güte, da sitz ich hier«, sagte Miss Burch und erhob sich. »Dabei hab ich noch allerlei zu tun. Vielen Dank für den Tee. Ich war ganz ausgedörrt«, fügte sie hinzu.

»Immer willkommen«, erwiderte Mrs. Welch, die schon wieder in ihrem schwarzen Notizbuch blätterte.

Agatha machte sich finster entschlossen auf den Weg über die Hinteraufgänge zu Mrs. Tennants Schlafzimmer, wo ihre Mädchen dabei waren, alles um und um zu kehren. Sie hatte den vermißten Ring zum Vorwand genommen, um dem Raum eine Spezialbehandlung angedeihen zu lassen. Doch ungewohnte Geräusche von Betriebsamkeit in der Anrichte veranlaßten sie, da hindurch nach oben zu gehen. Sie fand Raunce eifrig zugange mit dem Silber, das auf jedem Tisch in Reichweite, ja sogar bis in sein Schlafzimmer hinein, auf grünem Tuch ausgebreitet war. Untertassen mit einem violetten Poliermittel, alte Zahnbürsten, Putzleder und die langen weichen Putzwedel lagen griffbereit zwischen Saucieren, Präsentiertellern, Rosenvasen und silbernen Kerzenleuchtern jeder Form und Größe. Mit einem Schweigen, das wohlwollende Billigung auszudrücken schien, ging sie an Raunce und seinem Burschen vorbei.

»Die alte Kuh«, bemerkte Raunce, sobald sie außer Hörweite war.

»Sie sagen es«, erwiderte der Junge.

»Weißt du, Bert, ich wundere mich manchmal, daß Frauen so sauer werden können. Wenn du sie dir jung, weich und zärtlich denkst, dann scheint es fast unmöglich, wie sie sich verändern, so daß du sie nicht mal mehr mit 'm Holzapfel vergleichen würdest, so bitter sind sie.«

»Stimmt«, sagte der Junge und machte weiter.

»Und was Mr. Eldon in ihr gesehen hat, ist mysteriös. Aber der sah ja tiefer«, fügte Raunce leise bewundernd hinzu. »Der war so tief veranlagt wie nur je einer.« Bei jeder Pause in seiner Rede pfiff er durch die Zähne wie ein

Knecht beim Pferdestriegeln. Er war sichtlich glänzend in Form.

»Was für 'n Tag ist heute?« fragte er.

»Samstag«, antwortete der Junge.

»Donnerwetter, wenn wir uns morgen nach 'm Essen nach oben schleichen würden und fänden wie immer an Sonntagnachmittagen ihre beiden Sklavinnen auf ihren Bettchen liegend, was würd'st du machen, na?«

Albert unterbrach die Arbeit und starrte nur. Er schien baß erstaunt.

»Natürlich nach 'm Zähneputzen«, fügte Charley hinzu.

»Was meinen Sie damit?« fragte Albert.

»Was würd'st du zu Kate sagen? Einer reizenden Blonden? Nun nimm schon die Hände aus den Taschen und mach weiter mit der Arbeit, sonst sitzen wir die ganze Nacht hier. Hast du je was mit 'ner Frau gehabt?«

Auf Alberts Gesicht erschien die gewöhnliche störrische Miene. Er gab keine Antwort.

»Kein Grund, verschämt zu tun«, sagte Raunce. »Jeder muß irgendwann 'nen Anfang damit machen. Hast du oder hast du nicht? Mußt nicht antworten. Nehm's dir auch nicht übel. Charley mit dem großen Herz, so kennt man mich. Aber eins hämmer dir mal in deinen dicken Schädel. Hände weg von Edith, verstanden? Mit Kate kannst du rumpoussieren, soviel du willst, aber Edith ist tabu, begriffen?

»Ja, Mr. Raunce, was immer Sie sagen.«

»Was soll das heißen: was immer ich sage? Hüte dich, Junge, oder du kennst mich im nächsten Moment nicht wieder. Hol's der Teufel, ich weiß ums Verrecken nicht, wieso ich eigentlich mit dir rede. Aber ich liege nachts wach und quäle mich um diese Kleine. Hast du je nachts wachgelegen?«

»Nein, Mr. Raunce.«

»Tu's nicht. Es lohnt sich nicht. Sag mal: rasierst du dich?«

Der Junge fuhr sich mit der linken Hand übers Kinn. »Nein, noch nicht.«

»Dann schlag's dir aus 'm Kopf, sie würd's nicht mögen. Kate schon. Die ist anders. Was meinst du, gehen wir morgen rauf?«

»Da würden Sie sich nicht trauen.«

»Ich nicht trauen! Wofür hältst du mich? Laß dir gesagt sein, bei mehr als einer Gelegenheit war ich oben in Mamsells Boudoir zu einem längeren Gutenmorgen, eh sie dann nach Frankreich zurückging.«

»Das is was andres«, sagte der Junge und dann leise zu sich: »Gott steh mir bei.«

»Was soll das heißen: was andres? Sind doch alle gleich geschaffen oder nicht? Das heißt natürlich, anders gebaut als du und ich. Stimmt doch.«

»Warum fragen Sie mich dann?«

»Weil du dich in sie vergafft hast, deshalb.« Raunce brüllte fast. »Mein Gott, wie komm ich nur dazu, mich so zu ereifern«, fuhr er ruhiger fort. »Aber deine Art, mit niedergeschlagenen Augen an deiner verdammt hübschen Rotznase entlangzuschielen, geht mir auf die Nerven, verstehst du, auf die Nerven!« schloß er mit erhobener Stimme.

»Jawohl, Mr. Raunce.«

»Alsdann, schon gut. Nimm Onkel nicht zu ernst, jedenfalls nicht immer. Aber wie gehst du denn da mit dem Toastgestell um«, sagte er hilfsbereit. »Reich es mir rüber, ich zeig's dir.« Und er machte Anstalten, es ihm vorzuführen.

Währenddessen waren Mrs. Tennant und ihre Schwiegertochter, wie üblich, auf ihrem Spaziergang zu der Tempelruine.

»Violet«, sagte sie, »Mrs. Manton, Mutters alte Freundin, hat mich eingeladen, sie auf meinem Weg nach drüben in Belchester zu besuchen.«

»Ja, meine Liebe.«

»Ich dachte mir, das könnte ich. Es wäre mal eine Abwechslung.«

»Ja, meine Liebe.«

»Wann, sagtest du, bekäme Jack endgültig seinen Urlaub? Am einundzwanzigsten, nicht wahr? Nun, wenn ich am achtzehnten die Überfahrt machte, hätte ich drei Tage mit Hermione in Belchester, ehe ich rauf nach London käme. Hättest du etwas dagegen, für – nun, für vierundzwanzig Stunden hier allein zu bleiben?«

Mit jeder Faser ihres Körpers, ihr Kehlkopf ausgenommen, schrie sie das eine Wort: Dermot. Sie konnte nicht wagen, den Mund zu öffnen.

»Je nachdem«, fuhr Mrs. Tennant etwas unsicher fort, »könnte ich Hermione auch besuchen, wenn Jack wieder bei seiner Einheit wäre. Denn ich nehme an, du wirst noch ein paar Tage länger in London bleiben wollen.«

»Nimm auf meine Wenigkeit keine Rücksicht«, brachte Mrs. Jack endlich heraus. »Ich komme schon zurecht.«

»Bist du sicher? Ich würde wirklich gern mal kurz von hier fort sein. Das Personal widert mich regelrecht an. Und dazu die Sache mit meinem wunderschönen Brillantring, den Jacks Tante Emily mir geschenkt hat. Denk dir, ich hab von keinem von denen auch nur ein mitfühlendes Wort gehört.«

»Eine Schande ist das, meine Liebe«, sagte Mrs. Jack. »Badger, hierher. Komm her, wenn ich dich rufe.«

»Ich weiß, es ist absurd, so etwas zu erwarten«, fuhr Mrs. Tennant mit einem Aufblick zum Himmel fort, »aber Eldon, bei all seinen Fehlern, hatte stets ein tröstendes Wort bei jedem Mißgeschick. Oh, ist's nicht wirklich furchtbar? Violet, was meinst du denn?«

»Ich denke, er wird wieder auftauchen. Ja, in deinem Schlafzimmer haben sie nichts gefunden, aber er kann doch nicht einfach verschwunden sein.«

»Eben deshalb denke ich, wenn ich mal kurz weg bin, wendet sich das Glück vielleicht«, sagte Mrs. Tennant. »Eine Stimme sagt mir, ich brauch nur mal eben den Rükken zu kehren, und schon finden sie meinen Ring.«

»Aber ist Raunce nicht ein bißchen ein Querkopf?« bemerkte die Schwiegertochter.

»Quertreiber, meinst du wohl«, sagte Mrs. Tennant. »Ach, was kann man heutzutage schon von Dienstboten erwarten.« Dann schlug sie einen freundlicheren Ton an. »Also abgemacht. Ich fahre ein oder zwei Tage voraus, und wir alle treffen uns in London und machen's dem lieben Jungen schön. Doch was Raunce betrifft«, fuhr sie fort, und Mrs. Jack konnte nicht ahnen, was kommen würde, »er wies mir heute morgen sein Kontobuch vor. Du weißt, ich seh's mir kaum je an, aber nun, da er zum ersten Mal damit kam, ich weiß nicht, wieso, vielleicht hat's mit dem Krieg zu tun, aber vier Pfund sieben Shilling und Sixpence für einen neuen Zeiger über der Landkarte in der Bibliothek! Ich glaubte, nicht richtig zu sehen. Doch was ist denn los, meine Liebe?« Denn Mrs. Jack lehnte hilflos mit abgewandtem Gesicht an einem Baum.

»Nichts«, murmelte sie schwach.

Mrs. Tennant fragte sich insgeheim, ob ihr Schwiegerkind vielleicht wieder ein Baby erwartete, und sie zählte schon die Monate, seit die beiden sich zuletzt gesehen hatten.

»Setz dich. Nein, hier ist's feucht. Stütz dich auf meinen Arm« sagte sie, während ihre Lippen weiter stumm März, April, Mai formten.

»Ich bin gleich wieder ganz in Ordnung.«

»Ach, hätte ich dich nur in diesem Zustand nicht zum Ausgehen veranlaßt, du Ärmste«, sagte Mrs. Tennant. »Du hättest doch gleich sagen sollen, daß du nicht ganz auf dem Posten warst.«

»Was hat er gesagt?« fragte Mrs. Jack wie unter einem Zwang, gleichsam außer sich.

»Wer soll was gesagt haben? Setz dich. Hier ist's wenigstens trocken.«

»Dieser Raunce«, erwiderte die junge Frau.

»Wirklich, meine Liebe, was du da gesagt hast, werde ich mir immer als das größte Beispiel von Selbstbeherrschung vorhalten, das mir je begegnet ist. Ich muß schon sagen, ihr seid eine außergewöhnliche Generation. Da sitzt du hier, du Ärmste, nahezu ohnmächtig, und doch weißt du genau, daß ich gerade von dem Kompaß-Zeiger über der Landkarte in der Bibliothek sprach. Lehn dich jetzt an mich. Und halte den Kopf tief.«

Die Schwiegertochter sagte mit großer Anstrengung: »Du willst doch wohl nicht, daß ich über meinen dummen Magen reden sollte!«

»Aber nein, mein Herzchen!« rief Mrs. Tennant in beinah singendem Ton, offenbar im Hinblick auf ein drittes Enkelchen.

»Nein, das ist's nicht«, sagte Mrs. Jack, und die Wut, die nun, da sie plötzlich begriff, über sie gekommen war, brach laut aus ihr hervor. Dann fügte sie milder und gleichsam schuldbewußt hinzu: »Ich glaube, es kommt von irgendwas, das ich zum Lunch hatte.«

»Ich werde mit Mrs. Welch reden.«

»Oh, nein, bitte nicht«, flehte die Schwiegertochter. Mrs. Tennant sagte weiter nichts, aber sie hatte ihren Entschluß gefaßt. Die Töpfe und Pfannen wurden nicht sauber gehalten. Daran lag's, ganz klar.

Raunce sorgte auch in Mrs. Tennants Schlafzimmer für Gesprächsstoff. Miss Burch war bald wieder gegangen. Während die beiden Mädchen allein dabei waren, alles um und um zu kehren, versuchte Edith vergebens, Kate zum Sprechen zu bringen. Sie nahmen die Bezüge von allen Sesseln, hoben jeden Teppich auf, deckten das Bett ab, aber auf jede Bemerkung von Edith, etwa wie ›hier ist er nicht‹ oder ›ich find 'n nicht, und du?‹, antwortete Kate nur mit einem Schweigen, das Edith allmählich zusetzte. Denn schließlich sagte sie:

»Glaubst du etwa, ich hätte Mr. Raunce auch nur im geringsten was gesagt wegen diesem Wasserglas?«

»Ach, aus dir wird man nicht klug«, war Kates prompte Antwort.

»So bin ich nicht, was immer du damit meinst«, protestierte Edith, während sie mit beiden Händen ein spitzengesäumtes, monogrammbesticktes Kopfkissen bearbeitete. Kate gab keine Antwort, aber Edith wollte offenbar die Sache nicht auf sich beruhen lassen, denn sie bohrte weiter.

»Nach allem, was gesagt und getan wurde, nicht, als ob Albert weiter in Verdacht stünde. Das ist nur so die Art von Mr. Raunce«, sagte sie.

»Was veranlaßt dich, ihn mit Mister zu titulieren«, fragte Kate.

»Das ist doch jetzt seine Stellung, oder?«

»Drum ist er aber kein anderer als früher«, widersprach Kate.

»Wenn man's so ansieht, dann nicht«, sagte Edith, »aber jedenfalls sieht er selbst sich als der Butler.«

»Meinetwegen, wenn du es so ansiehst.«

»Aber Kate, was ist nur mit dir los? Du willst ihn doch nicht etwa kränken?«

»Hör zu«, sagte Kate, »es ist mir ganz gleich, was er denkt, daß wir denken. Für mich wird er weiter Charley sein, derselbe, der er immer war.«

»Gut«, sagte Edith, »ich werd ihn also Charley nennen und den ›Mister‹ weglassen.«

»Und ihm ins Gesicht erröten?«

»Kate Armstrong, ich bin überrascht.«

»Du kannst gern überrascht sein. Tut mir leid. Nein, ich bin von dir enttäuscht, Edie, ja, das bin ich.«

Sie standen auf beiden Seiten vom Bett einander gegenüber und sahen sich an.

»Dann meinst du also, ich hätte niemals schweigen sollen. Damit sagst du, ich hätte gleich beim ersten Knatsch mein Wort tun sollen, als Mrs. Welch in unsern Tee hereinplatzte?« Edith sprach, als würde sie gehetzt, aber Kate lächelte nur. Sie sagte:

»An deiner Stelle würde ich nicht die Unschuld spielen, nicht mit mir. Es lohnt sich nicht, soviel steht fest.«

»Alsdann, worauf du hinaus willst, ohne daß du den Mut hast, es zu sagen, was du also zu sagen versuchst, ist, daß du meinst, ich wär hinter ihm her, wo er doch dein Einundalles ist. Stimmt das?«

»Mein Gott, er ist überhaupt nichts für mich. Charley Raunce? Eher würde ich tot umfallen.«

»Das könnte dir leicht passieren.«

»Was willst du damit andeuten, Edie? Ich muß dir doch nicht erst sagen, wie weit du gehen darfst und wo Schluß ist bei mir. Nein, vielen Dank.«

»Schön, dann schreib dir eins hinter die Ohren«, sagte Edith, indem sie keuchend nach Atem rang, »ich liebe Charley Raunce, ich liebe ihn, liebe ihn. Nun weißt du's. Ich könnt mir am Arm die Pulsadern aufschneiden für den Mann!« schloß sie, kehrte Kate den Rücken und schritt hinaus.

»Brauchste mir nicht zu sagen. Ich wußte Bescheid, nichts für ungut«, sagte Kate in den leeren Raum, aber mit einer gewissen Genugtuung, die sie dennoch zu schmerzen schien.

Am Achtzehnten trat Mrs. Tennant ihre Reise nach England und Belchester an. Noch am selben Abend speiste Captain Davenport im Schloß allein mit Mrs. Jack, die Raunce Anweisung gegeben hatte, er brauche nicht aufzubleiben, um den Captain hinauszubringen.

Das war nicht ungewöhnlich und kein Anlaß für irgendwelches Gerede, und am nächsten Morgen rieb sich Edith, gähnend wie ein Kind, die Augen, als es Zeit war, die Lady zu wecken. Sie klopfte leise an. Sie bekam keine Antwort, aber das war immer so. Als sie nach nochmaligem Anklopfen hineinging, ließen die Vorhänge draußen in der Galerie, die Miss Burch schon vorsorglich aufgezogen hatte, genügend Licht herein, daß Edith ihren Weg im Zimmer finden konnte. Sie ging ganz leise und vorsichtig, um nicht über das vom Fußende des Bettes abstehende goldene Ruderblatt zu stolpern. Dann schob sie die Vorhänge zur Seite, faltete die Fensterladen zurück ans Mauerwerk und blickte hinaus in einen mild strahlenden Morgen, der ihre verwirrt blinzelnden Augen blendete.

Eine Bewegung drüben in dem Bett ließ sie aufmerken. Sie wandte sich langsam um. Sie sah, wie neben den Locken der schlafend liegenden Mrs. Jack ein anderes behaartes Haupt bemüht war, sich unter die seidene Bettdecke zurückzuziehen. Ein Mann! Ihr Herz hämmerte zum Zerspringen. Sie rang nach Luft.

Dann war das dunkle Haupt ganz verschwunden. Aber es blieben zwei Buckel von Körpern, Grabhügeln ähnlich, unter der rosa Bettdecke. Und in diesem Moment fuhr Mrs. Jack hoch, als wäre sie gekniffen worden. Noch nicht ganz wach, richtete sie sich auf. Sie war nackt. Dann, sich offenbar erinnernd, sagte sie überstürzt: »Oh, Edith. Sie sind's. Schon recht, ich werde klingeln.« Dann fiel ihr wohl plötzlich ein, daß sie nackt war. Mit einem kleinen Aufschrei, ihre hübschen Arme über ihrer weiß prangenden oberen Hälfte kreuzend, auf der zwei dunkle aufgerichtete Wundmale widerspenstig zitterten, glitt sie rasch unter die Decke.

Als Edith zu sich kam, fand sie sich draußen in der Langen Galerie, die Tür vom Schlafzimmer hinter ihr geschlossen, und Miss Burch, die ihr entsetzt ins Gesicht sah. Einer Ohnmacht nahe, sagte sie schwach:

»Ich weiß nicht, wie ich da rausgekommen bin.«

»Was meinst du damit, Edith?«

»Wär's mit der ihr'm Morgentee gewesen, ich hätt 'n glatt hinfallen lassen.«

»Doch kein Grund, so auf mich loszustürzen.«

»Da drinnen«, sagte Edith, offenbar am Ende ihrer Kräfte.

»Wo drinnen?« fragte Miss Burch ungehalten.

Ein paar Augenblicke rang Edith nach Atem.

»Ein Mann«, brachte sie endlich heraus.

»Großer Gott, ein Mann«, murmelte Miss Burch, klopfte an und ging stracks hinein, die Tür hinter sich schließend. Edith lehnte sich gegen den Tisch, den mit den Intarsien nackter Cupidos. Sie senkte den Kopf. Sie fürchtete, ihr würde übel werden. Doch als Miss Burch sogleich wieder herauskam, stand Edith steif aufrecht, um ihren Urteilsspruch zu hören.

»Er zieht gerad sein Hemd an«, war alles, was Miss Burch, bis zum äußersten schockiert, sagte. Dann fügte sie, zutiefst erschüttert, hinzu:

»Komm hier weg, Mädchen. Lassen wir 'n von alleine gehn.«

Edith rührte sich nicht, starrte sie nur an.

»Nun komm schon«, wiederholte Miss Burch ruhiger, »hier haben wir nichts zu suchen, meine Liebe«, sagte sie und fuhr sich mit der Hand über den Mund.

Da nahm Edith die Beine in die Hand und rannte. Sie rannte, was sie konnte, die hintere Treppe hinauf und durch den Gang in das niedrige Zimmer, das sie mit Kate teilte. Die war gerade mit ihren Haaren beschäftigt, um zum Frühstück hinunter zu gehen. Sie war immer noch böse auf Edith, vielleicht weil sie vorhin nicht als erste kehrtgemacht hatte. Aber Ediths Keuchen und Schnaufen ließ sie aufblicken.

»Nanu, was is ... ?« begann sie.

»Da war er«, brachte Edith stammelnd heraus, »ich hab's Haar auf sei'm Kopf gesehn, leibhaftig, hätt'st mich glatt umpusten können«, japste sie.

»Wer, was?« rief Kate entsetzt.

»'n Mann«, sagte Edith.

»Ein IRA-Mann?« fragte Kate erregt.

»Der Captain«, antwortete Edith und mußte heftig schlucken. Kate, mit einem Mal hellhörig geworden, hatte begriffen.

»In deiner jungen Lady ihr'm Bett. Ach du liebes bißchen«, brüllte sie, worauf beide einen Lachanfall bekamen. »In Lebensgröße«, sagte die eine, und die andere wiederholte es, worauf beide wieder loslachten. »In ihrem Bett«, sagte die eine, was wie ein Echo zurückkam, und beide brüllten vor Lachen. »Und die ganze Nacht?« schrie Kate, die anscheinend ihr Zerwürfnis mit Edith wegen Charley Raunce vergessen hatte. »Die ganze Nacht«, schrie Edith zurück, und beide hielten sich die Seiten und krümmten sich vor Lachen.

»Und du hast's Mütterchen Burch erzählt?« fragte Kate, als sie sich etwas beruhigt hatten.

»Die hat 'n auch gesehn«, antwortete Edith, während sie ihre Lachtränen mit dem Handrücken wegwischte.

»Sie hat?« echote Kate.

»Ist reingegangen«, rief Edith schrill, von Lachen geschüttelt, worauf sie rücklings in die Kissen fiel und hilflos mit den Beinen strampelte.

Kate mußte erst Luft holen, um sprechen zu können.

»Ging rein?« fragte sie.

»Und weißte, wasse gesagt hat?« prustete Edith.

»Was denn?«

»Als se rauskommt«, begann Edith, hustend und prustend, »stell dir vor – nein, da kommste nich drauf – es bringt mich um – ich krieg Seitenstiche – weißte, wasse gesagt hat?« – und Kate, vor ihr stehend, krümmte sich, Hände auf den Knien, und schrie und kreischte hemmungslos – »sie sagte«, und Edith rang sich mühsam die Worte ab – »also sie sagte: er zieht sich gerad sein Hemd an«, worauf Kate rücklings zusammenbrach. Beide Mädchen brüllten vor Lachen, bis Kate wieder zu sich kam. »Hör auf, oder ich mach mich naß«, worauf Edith sogleich ruhiger wurde.

»Still, Liebes, jemand könnte uns hören.«

»Zieht gerad, sein Hemd an«, wiederholte Kate gedämpft.

»Ja, das hat sie gesagt«, bestätigte Edith.

»Ach Edie, ich gäb 'n ganzen Wochenlohn drum, dabeigewesen zu sein. Was hast du denn gemacht?« Worauf Edith zu einer langen Beschreibung ausholte, was sie sich nach ihrem zarten Anklopfen an der Schlafzimmertür gedacht und was sie dann Schritt für Schritt getan hatte.

»Aber wer war's denn nun?« fragte Kate schließlich.

»Ich habe doch sein Gesicht nicht gesehen, nur seinen Kopf oben, wo er schon kahl wurde. Es war der Captain, kein Zweifel.«

Darüber lachten sie noch ein bißchen mehr, und dann wollte Kate wissen, ob sie denn nicht die alte Aggie Burch gefragt habe.

»Pst, Kate, vielleicht hört sie uns«, sagte Edith, »du hättest nur der ihr Gesicht sehen sollen, dann hätt'st du auch nicht gefragt.«

»Wart, ich werd mir 'n bißchen kaltes Wasser übergießen, und dann geh ich runter in die Halle«, erwiderte Kate. »Was für 'n Gesicht die macht, möcht ich um nichts in der Welt versäumen, nicht mal um 'n Knutscher von so 'nem ekligen Bastard von Kesselflicker«, sagte sie.

»So 'n ekliger was? Kate Armstrong, was meinst du damit?«

»Nichts Besonderes, Liebling. So«, sagte sie und warf das Handtuch hin. »Ich bin weg.« Und Edith mußte sich sputen, um unten nichts zu versäumen. Aber während Kate geradewegs zur Dienstbotenhalle ging, wandte Edith sich nach rechts zur Anrichte. Sie hatte Glück. Raunce war noch da. Sobald sie ihn sah, schien sie überglücklich. Mit einer für ihre Verhältnisse ungewöhnlichen Munterkeit tänzelte sie geradezu herein. Er stand, als wäre er verlegen, und fummelte leicht schielend an seiner Nase.

»Na, Charley«, lachte sie, »wissen Sie's?«

»Ja«, sagte er förmlich.

»Ist das nicht 'n tolles Ding?« fragte sie. »Und so was passiert mir«, fügte sie hinzu. »Nach all den Jahren.«

»Ruhig, Mädchen, wir müssen auf Bert Rücksicht nehmen.«

»Bert?« fragte sie. »Ich denk, er holt unser Frühstück oder sollte es wenigstens. Was ist denn mit ihm?«

»Der Junge ist noch nicht richtig erwachsen«, antwortete Raunce wie zur Entschuldigung. Sie wurde ruhiger, hörte auf, sich hin und her zu wiegen, und kam ihm dabei mit ihrem geröteten Gesicht ganz nahe.

»Nun, und freuen Sie sich nicht?« sagte sie dann, »für mich, meine ich«, scherzte sie.

»Ich werd überhaupt nicht klug aus dir«, antwortete er.

»Wieso, und all diese Sachen, die Sie erlebt haben, mal durch 'ne offene Tür alles gesehen, als Sie in Dorset in Stellung waren, oder durchs Badezimmerfenster da unten in Wales, und so weiter, oh, ich hab gehört, Sie waren's oder Kate, und jetzt trifft's mich. Richtig im Bett waren sie und eng beieinander. Stopfen Sie sich das mal in Ihre stinkende Pfeife und rauchen's.« Wieder versuchte sie, ihren Körper vor ihm zur Geltung zu bringen, kam ihm ganz nah, dann wieder weg von ihm, wie in einem Tanz. Dann drehte sie sich unmittelbar vor ihm um sich selbst. Ihm schien schwindlig zu werden.

»Aber woher wußten Sie denn, daß ich es war?« fragte sie, indem sie plötzlich stehenblieb.

»Miss Burch«, antwortete er. »Es kam völlig überraschend für mich. Ich hätte ihr nicht soviel Gerechtigkeitssinn zugetraut, daß sie mich ins Vertrauen zog. Aber an deiner Stelle würde ich mich aus der schmutzigen Geschichte raushalten.«

»Wie meinen Sie das: raushalten?« fragte sie gereizt.

»Was die zu tun für richtig halten, geht uns nichts an«, sagte er, sie weiter beobachtend, als schäme er sich. Und auf einmal gähnte er.

»Sie meinen, nicht weiter wichtig nehmen, weil ich ihn entdeckt hab? Den Captain in Mrs. Jacks Bett?« Sie errötete, vielleicht vor Zorn. »Sie wollen das also von mir nehmen?«

»Von dir nehmen, wie das?« fragte er.

»Den Druck von mir nehmen«, sagte sie noch einmal, und ihre Augen füllten sich wundervoll mit Tränen.

»Liebes«, und zum ersten Mal nannte er sie so, »du willst doch nicht hingehen und darüber reden, nicht wahr, oder du kannst leicht deine Stellung verlieren?«

»Meine Stellung verlieren?« echote sie, »mich grämen, um diesen lausigen Kasten?«

»Ohne ein Zeugnis«, fügte er hinzu, »merk dir das.«

»Mich grämen«, wiederholte sie und sah aus, als wollte sie in Tränen ausbrechen. Er setzte ein Lächeln auf. Er blickte flehend und zugleich bestürzt.

»Was die tun, geht uns nichts an«, sagte er wieder. »Und drüben in England wartet so ein verdammter Offizier vom Nationalen Hilfsdienst nur auf dich.«

»Beschimpfen Sie mich nicht so«, erwiderte sie, machte auf dem Absatz kehrt und rannte hinaus.

Das Frühstück an diesem Morgen vollzog sich zunächst in absolutem Schweigen. Sogar Kate hielt die Augen gesenkt. Raunce fingerte nervös herum und warf öfter einen raschen Blick auf Edith, die bei allem, was sie tat, gehetzt wirkte. Aber Miss Burch konnte so gut wie nichts essen. Ihre Hand zitterte so sehr, daß sie Tee aus ihrer Tasse verschüttete. Nur Paddy war wie immer, ganz mit seinem Essen beschäftigt.

Noch ehe die Mahlzeit vorbei war, hastete Miss Burch durch die Tür zur Spülküche hinaus und weiter in die

Küche. Aber Mrs. Welch thronte wie ein Fels bei Albertchen und wandte kaum den Kopf, um Agathas düsteren Morgengruß zu erwidern. So ging denn Miss Burch auf ihr Zimmer, um mit sich allein zu sein.

Inzwischen nahm Charley in der Halle das Wort. »Jemand müßte das Frühstückstablett rauftragen«, sagte er.

»Oh, ich könnt's nicht«, sagte Edith auf einmal, »ich würd's auf das Bett fallen lassen.« Da dies jeden Morgen zu ihren Pflichten gehörte, war es an ihr zu antworten.

»Es werden zwei Tabletts sein müssen«, bemerkte Kate hinterhältig.

»Das ist nicht nötig«, erwiderte Raunce mit einem Blick zu Bert, »die andere Gesellschaft verließ das Schloß in aller Frühe per Fahrrad«, sagte er.

»Der Captain?« fragte Bert, »ich hab 'n gesehn, als ich das Messingschild putzte.« Möglicherweise aus Instinkt setzte er hinzu:

»Welches Zimmer hatte er denn?«

»Das magst du wohl fragen, Junge«, antwortete Raunce ganz ernst. Worauf Edith losplatzte: »Ich muß mich wirklich über Sie wundern, Mr. Raunce, daß Sie aus einem Nichts ein Geheimnis machen wollen.« Sie schien wütend, und Kate beobachtete gierig. »Hör zu, Bert«, fuhr Edith fort, »der Captain verbrachte die Nacht in meiner Lady ihr'm Bett dicht neben ihr, und die war nackt, hab's gesehen, und die beiden haben verschlafen, das weiß ich, weil ich am Morgen reinging, um die Vorhänge aufzuziehen. Und laß dir von niemand was andres erzählen, denn ich hab sie gefunden und auf der Stelle Aggie Burch geholt.«

»Jede Wette, daß sie verschlafen haben«, tönte Kate, während Raunces Bursche Edith mit offnem Mund anstarrte. Das konnte Raunce nicht so hingehen lassen.

»Jetzt langt's aber, dank dir, mein Mädchen«, sagte er, »ich muß dir danken...« Er wollte noch mehr sagen, als ein wieherndes Lachen aus dem Lampenmann hervorbrach, das immer mehr anschwoll und den ganzen Raum erfüllte. Raunce sagte: »Sieh nur, was du angerichtet hast«, und mußte nun selbst lachen. Kate stimmte mit ein und schließlich auch Edith. Diesmal kicherten die beiden Mädchen nicht, sondern lachten aus tiefster Seele. Nur Bert, der eine Gabel vom Tisch um und um drehte, wurde, offenbar aus Verlegenheit, nicht weiter beachtet.

»Wie denn?« tönte Raunce in die entstehende Pause, wobei er die Fistelstimme von Nanny Swift imitierte, »die ganze Nacht? Und im selben Bett? Mein Gott.«

»Und ich hoffe, sie hat's genossen«, äußerte Kate ganz ernsthaft.

»Aber Kate!« sagte Edith und begann wieder zu erröten. Raunce beobachtete sie.

»Ich hab nichts gegen sie«, fuhr Kate fort. »Recht hat sie. Schließlich ist's nicht normal für 'ne verheiratete Frau, mit dem Ehemann draußen im Krieg. Nicht daß Mrs. Jack je...« Doch hier unterbrach Raunce sie laut tönend.

»So, so«, sagte er, »was weißt denn du, wie's ist als verheiratete Frau?«

»Nicht, daß je viel mit ihm anzufangen war«, vollendete hartnäckig Kate ihren Satz.

»Du kannst sagen, was du willst«, erwiderte Edith, ganz rot im Gesicht, und alle konnten es sehen, daß sie immer noch ernstlich böse war. »Mich jedenfalls hat er eines Morgens in eine dunkle Ecke zu drängen versucht, jawohl«, sagte sie.

»Das hat er nicht«, stieß Raunce hervor.

»Oh, kein Grund für Sie, sich zu entrüsten, Mr. Raunce. Es war nichts weiter dabei, und ich hab's nicht übelgenommen, wenn Sie's unbedingt wissen müssen.«

»Das geht mich gewiß nichts an«, sagte er. Dabei saß er wie auf glühenden Kohlen.

»Da du schon davon sprichst, so möchte ich nicht sagen, daß er's bei mir nie versucht hat«, äußerte Kate bescheiden. Und Raunce bemerkte dazu ganz ruhig:

»Das überrascht mich.«

»Du willst nicht sagen, daß er nie, aber du sagst auch nicht, daß er je«, sagte Edith gleichsam anklagend.

»Schon recht, meine Liebe, ich weiß ja, daß du es warst, die Mrs. Jack und den Captain entdeckt hat.«

»Allerdings habe ich sie entdeckt«, bemerkte Edith ruhiger werdend.

»Schön, also wer trägt nun das Tablett rauf?« fragte Raunce. »Ich sag's euch: ich werd's tun.«

»Aber dann könnte sie auf die Idee kommen, wir meinten, der Captain wär immer noch da«, wandte Edith ein.

»Also dann werd ich das olle Tablett raufbringen«, erbot sich Kate.

»Dann denkt sie, ich kümmerte mich drum, was sie letzte Nacht getan hat«, sagte Edith.

»Das muß sie schon, da du die beiden ja entdeckt hast.«

»Hast recht, meine Liebe, ich muß es also tun, auch wenn ich's fallen laß«, entschied Edith, indem sie vom Tisch aufstand. Dabei sah sie Raunce voll an.

»Das ist nichts für 'n Mann, schon gar nicht heut morgen«, sagte sie und ging hinaus.

»Was meinst denn du dazu, Paddy?« fragte Kate, aber Raunce gebot ihr plötzlich mit solcher Heftigkeit Schweigen, daß sie die Augen niederschlug. Dann ging er hinaus, um das Tablett für Edith fertig zu machen.

So war es denn an Edith, das Frühstück hinaufzubringen, und sie tat das, als wenn überhaupt nichts passiert wäre. Sie traf die Herrin im Bett sitzend an, in ihrem besten

Nachtgewand und Bettjäckchen. Sie sah Edith überhaupt nicht an, sondern sagte unvermittelt, ganz gelassen:

»Ich werde mit dem Nachtdampfer rüber nach England fahren. Wollen Sie also Raunce sagen, er soll, wenn möglich, übers Telefon eine Kabine für mich reservieren lassen, ja? Und bitten Sie Nanny, wenn sie gerade frei ist, jetzt zu mir.«

»Heute, Madam?«

»Ja, heute abend, denk ich. Nicht erst übermorgen. Ich habe mich anders entschlossen.«

»Sehr wohl, Madam.«

Als Edith die Tür hinter sich zugemacht hatte und draußen in den Durchgang kam, traf sie Miss Burch kreidebleich. Sie fragte im Flüsterton:

»Hast du's überstanden, Kleine?«

»Ich war ganz normal«, flüsterte Edith zurück. Und dann: »Sie fährt schon heute abend.«

»Mit ihm, wen wundert's?«

»O nein«, erwiderte Edith ganz ernst, »es ist doch sonnenklar, daß sie mir nicht ins Gesicht sehen kann. Deshalb.«

»Es war doch nichts zwischen dir und dem Captain, Mädchen?«

»Sind sie wahnsinnig?« fuhr Edith auf. Mrs. Jack drinnen, die das hörte, duckte sich angstvoll, eine zitternde Hand auf den Mund gepreßt, und stieß das Tablett von sich. »Hat man Worte?« Edith konnte sich gar nicht beruhigen.

»Pst, Mädchen«, zischte Miss Burch. »Ist schon gut. Kein Wort mehr über das, was du gesehen hast. Ich verlaß mich auf dich. Kein Sterbenswort, hörst du?«

»Ja, Miss Burch«, antwortete Edith. Sie schien ruhiger zu werden. Aber auf ihrem Weg, die Nanny zu suchen, sagte sie wieder und wieder zu sich: »So was, ist das zu glauben?« – und beim Kinderzimmer angelangt, wiederholte sie tief in ihrem Innern: »So sind sie nun mal in ihrem Alter, sie werden komisch.« Und sie richtete ihre Bestellung an Miss Swift wie an einen Feind.

»In diesem Augenblick?« fragte die Nanny entsetzt.

»So hat sie gesagt.«

»Ausgerechnet jetzt, mitten am Vormittag? Dann mußt du so nett sein, auf die beiden aufzupassen, bis ich zurück bin, sonst stürzen die sich noch zu Tode.«

Und während Nanny ihr Haar glättete, sich das Gesicht mit einem Taschentuch abrieb und dann nach einigem Zögern entschwand, blieb Edith abgekämpft an einem der hohen Fenster stehen, anscheinend ohne einen Blick auf die blauen Hyazinthen zwischen den verkrüppelten Buchen, die sich aus dem Wäldchen bis auf diesen Teil des Rasens vorgewagt hatten und ihre Spitzen auf gleiche Höhe mit Ediths Augen emporreckten. Auch von dem Regenbogen vor einer vom Meer hereinwehenden nassen Brise nahm sie keine Notiz, wie sie auch das Gekreisch der beiden spielenden Mädchen im benachbarten Zimmer nicht beachtete.

Miss Swift war Mrs. Jacks Nanny gewesen, als diese noch ein kleines Ding war, daher redete sie die Lady mit Miss Violet an. Nachdem sie über die vorverlegte Reise informiert worden war, ging Miss Swift nicht um den heißen Brei herum. Sie sagte ganz offen, was der armen alten Nanny Herzenskummer bereite, sei ihre Vergeßlichkeit. Denn gerade heute hätte sie ihren freien Nachmittag haben sollen. Und wenn Miss Violet wegführe, wer bliebe dann, um nach den Kindern zu sehen, um die sich niemand kümmere? Oder sollte die dumme alte Nanny wieder mal das Opfer sein?

»Wie könnten Sie, wenn ich mich doch nicht wohl fühle?« war Mrs. Jacks Antwort, wobei sie den weinerlichen Ton eines kleinen Mädchens annahm, und fügte hinzu: »Edith macht das schon perfekt.«

»Und wer soll für Sie packen, Miss Violet? Ich nicht mit meinem schlimmen Rücken.«

»Hab ich noch nicht bedacht. Aber wenn ich Agatha freundlich bitte?«

»Sie sind blaß, Miss Violet, Sie brauchen eine Pille«, war Miss Swifts ganze Antwort.

»Brauch eine Pille?« Die junge Frau sprach jetzt in scharfem Ton, als wittere sie einen bösen Hintersinn.

»Wenn Sie so blaß sind, heißt das, Sie haben Verstopfung. Sie mögen's nicht wissen, aber ich weiß es, weil ich sie von Kindesbeinen an umsorgt hab. Richtig blaß. Sie bleiben schön liegen. Ich bin in einer Minute zurück.«

Mrs. Jack hielt es wohl für besser, sich zu fügen. »Dann bitten Sie Agatha einmal zu mir«, war alles, was sie sagte.

Miss Swift traf draußen sogleich auf Miss Burch. Fast hätte man sagen können, Agatha habe dort auf der Lauer gelegen.

»Sie werden da drinnen gewünscht«, sagte Miss Swift knapp und nicht gerade höflich.

»Ich?« wollte Miss Burch wissen, »wozu?«

»Weiß ich nicht«, erwiderte Miss Swift, »ich misch mich nicht in fremde Angelegenheiten.«

»Also, ich geh nicht«, erklärte Miss Burch. »Nicht noch mal. Keine zehn Pferde bringen mich dazu.«

»Was haben Sie denn?« fragte Miss Swift, indem sie ein paar Schritte weiter haltmachte. »Zuerst kommt eins Ihrer Mädchen mir unverschämt, was ich nicht weiter wichtig nehm, weil ich weiß, wie die in dem Alter sind, immer nur Männer im Kopf, und jetzt springen Sie mir mit Miss Violet ins Gesicht. Was soll das?«

»Es ist mir gleich, was Sie ihr sagen, ganz nach Belieben, aber ich gehe nicht hin«, und in bösem Flüsterton fügte Miss Burch hinzu, »und ich könnte Ihnen über Ihre lilienweiße Schöne etwas erzählen, da wären Sie platt, aber das will ich Ihnen nicht antun.«

»Das ist ja reizend, muß ich schon sagen«, erwiderte Miss Swift in ihrer Ahnungslosigkeit. »Sie kassieren monatlich Ihren Lohn, und doch wollen Sie genau wie Ihre Mädchen alles nach Ihrem Gusto haben.«

»Meine Mädchen können Sie ruhig aus dem Spiel lassen, Miss Swift. Die haben hier Eindrücke zu verkraften, von denen Sie hoffentlich für immer verschont bleiben.«

»Jetzt machen Sie sich nur noch lächerlich. Ich Ärmste!« sagte Miss Swift noch, und ihr Gesicht runzelte sich dermaßen, als wollte die Haut abblättern.

»Nein, vielen Dank«, sagte Miss Burch ohne rechten Zusammenhang und wandte ihr den Rücken.

Die Nanny gewann ihre Fassung wieder. Sie machte sich auf den Weg. »Ich weiß nicht, ob ich meiner Sache sicher bin«, sagte sie zu sich, während sie zu dem Medizinschrank eilte. Sie hatte Miss Burch vor der Schlafzimmertür verlassen, aber als sie mit einem Glas Wasser und einer flachen Schachtel zurückkam, fand sie Miss Burch drinnen im Zimmer zu seiten des Bettes, wo sie, offenbar sehr bekniffen, unter ständigem »Ja, Madam, nein, Madam« Anweisungen entgegennahm, was sie einpacken sollte und was nicht.

Aber Agatha konnte es anscheinend nicht hindern, daß ihre Blicke sich immer wieder auf das andere Kopfkissen von Mrs. Jacks Doppelbett hefteten. Das Kissen war ordentlich geklopft, und die Bettdecke war schön glattgezogen da, wo der Körper jenes Mannes gelegen haben mußte. Wie unter einem inneren Zwang starrte sie immer wieder hin. Bis schließlich die junge Lady, sozusagen gestärkt durch die Rückkehr von Miss Swift, ihr sagte, sie möge jetzt gehen. Und Agatha verließ mit einer steifen Kehrtwendung das Zimmer.

Als sie fort war, sagte die Nanny diensteifrig: »Jetzt nehmen Sie ein bißchen und schlucken es schnell runter.« Dann fügte sie hinzu: »Es ist was mit Lebertran, ja, das tut gut, meine Liebe. Die da unten gönnen sich einen Verdauungsspaziergang. Die mästen sich auf Ihre Kosten, trinken Ihren Tee und stützen sich beim Faulenzen auf die Besenstiele.«

»Wer tut was?« fragte Mrs. Jack. Sie schien sich mit nichts und niemand mehr auszukennen.

»Natürlich die, die dafür bezahlt werden, das Schloß für uns in Schuß zu halten«, erwiderte die Nanny.

»Oh, ich bin erschöpft. Ihr kleines Mädchen hat nicht gut geschlafen«, platzte Mrs. Jack heraus.

»Ist das nicht schlimm genug? Jetzt bleiben Sie mal schön liegen und lassen die Pille ihre Wirkung tun. Ich sag Ihren Engelchen, daß Sie sie um Mittag zu sehen wünschen. Und Sie tun brav, was die alte Nanny sagt, und Sie werden blühend aussehen für den jungen Gemahl.«

Damit ging sie hinaus. Die Lady sank wie erschöpft zurück. Aber ihr Frühstückstablett war leer. Sie hatte wohl doch zwischendurch genügend Kraft gehabt, alles aufzuessen.

»Also, ich soll diese kleinen Quälgeister heute nachmittag spazieren führen«, verkündete Edith am selben Tag beim Mittagessen. »Das ist gemein, ja wirklich.«

»Wie bitte?« fragte Raunce, so ernst er konnte, »du behauptest doch immer, sie wären deine Lieblinge.«

»Da will ich Sie fragen, wie denn die Arbeit getan werden soll?« sagte sie im Ton von Miss Burch.

»So mußt gerade du reden, wo du im Begriff bist, dich um die Arbeit zu drücken«, schaltete sich Kate ein.

»Dafür wird eben morgen um so mehr zu tun sein«, war Ediths Antwort. »Du reißt dich ja nicht darum, einer anderen Arbeit abzunehmen, und warum solltest du auch.«

»Nun aber genug damit«, wies Miss Burch die beiden zurecht.

»Aber eins mache ich nicht«, fuhr Edith gedämpft, aber eigensinnig fort. »Mrs. Welchs Albert. Den nehm ich nicht auch noch mit.«

»Ruhig doch, ihr beiden. Oh, mein armer Kopf. Ich weiß nicht wohin vor Kopfweh«, erklärte Miss Burch an Charley Raunce gewandt, worauf Kate murmelte: »Ich hab doch nichts gesagt.«

»Hör zu«, sagte Charley zu Edith, »wenn du willst, komm ich eben mit.«

»Das ist aber ein wirklicher Fortschritt«, sagte Miss Burch, und ihre Miene hellte sich auf. Dann fügte sie gleichsam gegen ihren Willen hinzu: »Das wird Ihnen mächtig guttun.«

Trotz ihrer so urplötzlich aufgebrochenen Zwistigkeiten und ihrer schlechten Laune ausgerechnet an diesem Tag warfen Kate und Edith einander Blicke zu, und in ihren Augen funkelte es schon vor Übermut.

»Mal eben an die Luft, das könnten auch Sie mit Ihrem elenden Kopfweh gebrauchen«, meinte Raunce, so höflich wie nur irgendeiner.

»Ich?« fragte sie, »und mit all dem Kofferpacken, das getan werden muß? Ein Aspirin statt frischer Luft wird heute nachmittag das einzige für mich sein.«

»Um das Packen könnte sich Edith kümmern, während Sie die Kinder ausführen«, sagte Kate, und ihre Augen blitzten.

»Aber wir können doch Miss Burch nicht zumuten, einen Gang mit diesen Kindern im Schlepptau zu machen, wenn sie sich schlecht fühlt, und weiß der Himmel, was Mrs. Welchs Kleiner dabei noch alles anstellen würde«, sagte Raunce. »Alsdann gegen halb drei«, sagte er etwas hastig zu Edith, »ich bin auf meinem Zimmer.«

Kate mußte husten, während Edith errötete, was Miss Burch anscheinend nicht bemerkte.

»Ich denk, ich leg mich für zehn Minuten hin«, sagte sie zu denen, die noch am Tisch waren. Und Edith entzog sich Kates Blicken, indem sie aufstand und Miss Burch folgte, um ihr vielleicht eine Tasse Tee zu bringen.

Dann, um viertel vor drei, waren sie beide draußen in Regenmänteln und Charley mit seinem steifen Hut. Während die beiden kleinen Mädchen hinter ihnen einherliefen, bückte sich Charley nach zwei Pfauenfedern, die er Edith anbot.

»Was soll ich damit?« fragte sie leise.

»Du trugst doch eine am Tag des Begräbnisses«, erwiderte er.

»Jetzt aber nicht«, sagte sie, während sie voneinander getrennt gingen.

»Was ist nur mit all diesen kranken Vögeln«, fragte er in mattem Ton.

»Es liegt am Regen«, antwortete sie, »den mögen die nicht.« Eine Weile Schweigen.

»Soll ich dir sagen, wo sie dann sind«, begann er wieder. »In dem Verschlag hinter Paddys Raum.« Sie sagte nichts. »Sollen wir mal hingehen?«

»Jetzt nicht«, sagte sie.

»Wenn du willst, könnt ich für dich ein paar Eier finden? Ich weiß, wo sie liegen.«

Sie lachte. »Oh, nein, trotzdem vielen Dank. Diese Art Eier sind zu nichts nütze«, dabei kreuzte sie, vermutlich wegen dieser Lüge, zwei Finger in der Tasche des Regenmantels.

»Welche Art denn?« fragte er.

»Ach, ich weiß nicht«, sagte sie.

»Ich versteh schon«, sagte er etwas unsicher. Wieder fielen beide in Schweigen.

Inzwischen hatte Kate sich zur Behausung des Lampenmanns gestohlen, wo er das Korn für seine Pfauen aufbewahrte. Paddy war wach. Er zeigte sich nicht überrascht, als sie eintrat.

»Ich hatte keine Lust weiterzumachen, wenn sonst niemand arbeitet«, erklärte sie.

Er blieb sitzen und grunzte nur.

»Bei mir nichts mit Baby«, sagte sie, indem sie umherging, um hier und da einen prüfenden Blick zu tun. Die Örtlichkeiten schienen ihr vertraut. Offenbar war sie nicht zum ersten Mal hier mit ihm allein.

»Dieser alte Schuppen gehörte längst mal ausgefegt und geschrubbt«, sagte sie, »aber dazu bist du ja zu irisch.«

Jetzt tat er den Mund auf. Er sprach auf englisch und ganz fließend, obwohl man sich an seinem Akzent die Zähne hätte ausbeißen können. Doch offenbar hatte sie ihn verstanden.

»Ich nicht«, erwiderte sie. »Wofür hältst du mich denn? Du machst deinen Hausputz schön alleine. Ich hab keinen Bedarf.«

Er lachte. Sein Mund war mit großen braunen Zähnen bestückt. Seine hellen Augen blinkten durch das graue Stirnhaar.

»Du müßtest dich anschaun«, sagte sie, indem sie langsam näherkam und sich in den Hüften wiegte. »Hast du denn gar keinen Stolz?«

Wieder lachte er, blieb aber ruhig sitzen. Mit einer Kehrtwendung sagte sie: »Wo hast du ihn denn hingesteckt?« Sie suchte unter allerlei verstaubtem Krimskrams auf einem schweren Hängebord. Er folgte ihr mit den Augen, ohne den Kopf zu wenden, so daß minutenlang eine Pupille sich komisch neben seiner großen Nase verdrehte und die andere fast neben seiner Schläfe saß, während er weiter grinste. Dann brachte sie einen eisernen, verzinkten Hundekamm zum Vorschein, von dem sie den Staub herunterblies.

Indem sie jetzt eine zerbrochene, mit vier Nägeln an der Wand befestigte Spiegelscherbe herunternahm, sagte sie: »Nun mal schön ruhig geblieben, während ich's mache.«

Hinter ihm stehend begann sie, ihn zu kämmen. Sie machte das wie eine einfache Frau, die ihr Bohnenbeet harkt, und mit jedem Ruck des Kamms riß sie seinen Kopf nach hinten. Unter dem so zurückgekämmten Stirnhaar wurde ein Schmutzstreifen sichtbar, eine Art Grenzmarke, hinter der das Bohnenkraut seines Haupthaars grau und schwärzlich sprießte. Er drehte das Spiegelglas in den Händen, um zu beobachten.

»Guck nur dich an, wie du aussiehst, und hör auf, mir zuzusehen.«

Er murmelte irgend etwas. Diesmal schien sie es nicht verstanden zu haben.

»Sag es noch mal«, bat sie.

Er sprach schnell etwa eine halbe Minute lang, wobei er die Spiegelscherbe zwischen die Knie klemmte. Er wandte sich und sah sie an.

»Da sieh nur selbst zu«, sagte sie, als er geendet hatte. Kates Arme lagen zu beiden Seiten ihrer roten Ausgehuniform. Er roch nach verbranntem Torf und sie nach

Karbol. In sanfterem Ton fügte sie hinzu: »Du mußt dir eben eine von euren irischen Frauen suchen, die für dich sorgt.«

Er streckte eine Pfote aus wie nach einem Stück Zukkerkuchen.

»Nein, laß das!« rief sie heftig und sprang zurück. »Und wenn du noch einen Mucks machst, bin ich im Nu weg. Ich hab im Schloß genug zu tun.«

Er stammelte etwas. Er sah ein, wie er sich benommen hatte, und nahm den Spiegel wieder vor.

»So ist's recht«, sagte sie. »Obwohl weiß Gott hier alle Müh vergebens ist.« Damit begann sie aufs neue seinen Kopf zu bearbeiten.

Dann hub sie wieder an wie zu einem Selbstgespräch.

»Er ist draußen, an der Luft zu einem Spaziergang, jawohl, Mr. Charley Raunce, zum ersten Mal seit Menschengedenken. Ah, die ist tief, unsere Edith, tief wie das Wasser im See. ›Soll ich diese kleinen Engel ausführen, diese begnadeten Herzchen, dann komm mit, Liebling, gehen wir ein bißchen raus‹. Und wenn du's nicht glaubst, brauchst nur 'nen Blick nach draußen zu riskieren. Den Tod holt er sich, jawohl. Da hinten bei den Tauben, Paddy, jede Wette, da sind sie, turteln und so weiter. Was sagst du dazu, du Irischer? Oder sie sind unten beim Wasser. Aber was hast du nur mit deiner Pracht gemacht, seit ich dich letztes Mal gekämmt habe? Hier«, sagte sie, indem sie ihm den Kamm zurückgab. »Daß ich dir auch noch gratis die Zinken reinigen sollte, war nicht ausgemacht.«

Sobald sie die Hände frei hatte, hob sie sie, um ihre Locken neu zu ordnen, hielt aber in der Bewegung inne. Dann roch sie an ihren Fingern.

»Mein Gott«, sagte sie, »was uns Mädchen alles zugemutet wird.« Dann fügte sie hinzu: »Du solltest uns mal 'ne Pause gönnen und dir gelegentlich den Kopf waschen.«

Er sagte irgend etwas.

»Du meinst, man läßt dich nicht?« erwiderte sie. »Allerdings kein Wunder, wenn sie dich nicht an ihre Spülbecken lassen. Aber wie wär's denn mit einem sauberen Eimer? Wenn der junge Bert von Charley den Boiler pflegt, ist das Wasser okay«, sagte sie und nahm wieder den Kamm. Diesmal begann sie an seinem rechten Ohr. »Ich werd dir hier 'ne Locke machen, genau wie der Captain. Oh, der Captain«, und mußte wieder lachen.

Paddys gewaltiges Haupt wies jetzt Anzeichen von Ordnung in manchen Partien seines Haargestrüpps auf, die sich wie unter einem Hagelschlag gelegt hatten, aber bald aus eigener Kraft wieder wild emporstehen würden wie ein schwarzes Bohnenfeld nach einem Nachtfrost.

»Himmel, was würde wohl meine Mutter zu einem solchen Tarzan sagen? So, ich hab's satt. Nimm ihn und mach weiter.« Damit gab sie ihm den Kamm zurück.

»Ich hab's satt mit dir«, sagte in eben diesem Augenblick Mrs. Welch zu ihrem Albert, indem sie ihn an den Küchentisch setzte. »Also, sie wollte dich nicht mitnehmen, wie? Und das soll ich dir glauben, wie?« Sie beobachtete den Jungen nicht gerade wohlwollend.

»So hat sie aber gesagt.«

»Und was sagte sie dann?«

»Als sie in das Kinderzimmer kam, wartete ich da, wie du mich angewiesen hattest. Ich hatte meinen Mantel ordentlich geschlossen und die Mütze in der Manteltasche. ›Nein‹, sagte sie, ›du nicht, Albert, mein Kleiner. Du gehst schön runter in die Küche‹, sagt sie und gibt mir ein Stückchen Toffee aus einer Tüte.«

»Wo ist es?«

»Hab's gegessen.«

»Ist's noch in deiner Tasche, zusammen mit der Mütze?«

»Neien.«

»Mal sehn, ob du mich belügst.« Und Mrs. Welch rappelte sich auf und lehnte sich weit über den Tisch. Sie fühlte in seinem Mantel nach.

»Ist's das hier?« fragte sie, indem sie das Ding zum Vorschein brachte, ein Toffee in Papier gerollt. Sie setzte sich behutsam wieder hin, das Zuckerwerk auf Armeslänge in der Hand. Er gab keine Antwort.

»Du belügst mich doch wohl nicht, wie?« sagte sie.

»Neien.«

»Also dies hat sie dir gegeben?«

Er schwieg.

»Paß auf, was ich damit mache«, fuhr sie fort und enthüllte das Bonbon. Dann spuckte sie darauf und warf das Toffee in den Mülleimer. »Jetzt hör zu«, sagte sie weiter, »wenn ich dich je dabei ertappe, daß du etwas nimmst, was sie dir anbietet, dann gerb ich dir das Fell, verstanden?«

»Jaa.«

»Und was willst du nun mit dir anfangen an diesem Frühlingsnachmittag, wo du nicht mit den anderen raus kannst? Ich werd's dir sagen. Du wirst dich an die Arbeit machen, mein Bürschchen.«

Der Junge, der vor sich hin gestarrt hatte, blickte sie plötzlich erschrocken an.

»Das kommt dir wohl ein bißchen überraschend«, sagte sie. »Mach dir nichts draus. Mal mußt du ja anfangen. Kannst nicht ewig mit seinen Leuten und ihren rausgeputzten Mädelchen rumlaufen. Also, siehst du die Pfanne da oben, die letzte links?«

Widerstrebend guckte er auf das Gestell mit den drei Reihen blanker Pfannen und Tiegel, die mit den Löchern in ihren Handgriffen an Nägeln aufgehängt waren.

»Ja, die da«, fuhr sie fort, »die letzte links. Die nimmst du gefälligst runter und machst 'n Anfang mit Scheuern. Die jungsche Lady ist umgekippt. Umgekippt«, wiederholte sie und lachte kurz, ebenso wie Kate vorhin. »Ja, als sie mit Mrs. Tennant aus war. Da sagt doch Mrs. T. zu mir: ›Es muß an den Töpfen und Pfannen liegen.‹ Ich sag: ›Wenn Sie freundlichst einen Blick darauf tun wollen, Madam.‹ Sagt sie: ›Ich weiß auch nicht, Mrs. Welch, aber es muß irgendwie an der Seezunge oder der Sauce gelegen haben.‹ An meiner Sauce! Aber sie wollte nichts mehr hören. Darum wirst du nun mit dem Scheuern dieser verdammten Saucenpfannen anfangen. Auch wenn du das ganze Weißblech runterreibst und sie 'ne Kupfervergiftung kriegen. Mach schon.«

Der Junge erhob sich langsam.

»Und paß mir auf die Schnüre auf, die ich durch die Löcher in den Stielen gezogen hab«, sagte sie und geriet plötzlich ganz außer sich. »Die sind an der Seite geknotet. Ich werd mir Ketten und Vorhängeschloß besorgen«, erklärte sie voller Ingrimm.

Kate hatte den Kamm seitlich in Paddys Mähne gesteckt. Der Lampenmann saß wie zuvor auf einem Futterkasten, während sie wieder umherging. Sie kam an diese gläserne Trennwand und blickte hindurch.

»Die Eier da, kann ein Mensch die essen?« fragte sie. Er ereiferte sich.

»Schon gut«, sagte sie. »Kein Grund zur Aufregung. Ich hab ja nur gefragt, oder?«

Er murmelte irgend etwas.

»Oh, ich weiß ja, daß du auf die Vögel nichts kommen läßt«, erwiderte sie, »und wenn du dir halb soviel Mühe mit dir selbst geben würdest wie mit deren Brut, wärst du ein ganz anderer Mensch«, erklärte sie.

Er stand auf und setzte ihr nach. »Nein«, sagte sie, »nein.«

Aber sie rührte sich nicht, als er grinsend näherkam. Er umfaßte sie und verschlang sie in einem Kuß, wie ein Mann, der aus der Ferne heimkommt. Er preßte sie mit dem Rücken gegen die gläserne Trennwand. Dahinter sah man die Pfauen wie aufgestörte Kinder. Sie sank an ihn, während ihre Knie nachgaben. Doch sie blieben beide vernünftig.

Draußen im Park sagte Raunce zu Edith:

»Ich muß mich setzen.«

»Sie müssen sich setzen?« erwiderte sie, während er ratlos um sich blickte.

»Mir ist schwach geworden«, sagte er. Und wirklich war sein Gesicht jetzt von der gleichen Blässe wie sein Hilfsbursche Albert.

»Aber Sie werden doch nicht in Ohnmacht fallen wie ich vorgestern«, rief sie und beugte sich besorgt über ihn. »Setzen Sie sich auf den Stein da«, sagte sie, »der ist wenigstens trocken.«

Er saß. Er barg sein plötzlich verändertes Gesicht in den Händen. Sie verharrten schweigend. Die beiden Kinder kamen herbei, standen da und sahen ihn neugierig an.

»Lauft nur«, sagte sie freundlich zu ihnen. »Seht mal, ob ihr Michael findet.«

Als sie allein waren, tat Raunce den Mund auf. »Es muß die Luft sein«, sagte er.

Sie stand verlegen neben ihm, als wüßte sie nicht, was tun. Dann sagte sie: »Wenn wir drinnen wären, könnte ich Ihnen 'ne Tasse Tee holen.« Ihre Stimme klang weich und besorgt. Er stöhnte.

»Es ist meine Dyspepsie«, sagte er, »die meldet sich, wenn ich an der Luft bin, das ist's.«

»Aber Sie gehen doch raus«, erwiderte sie leise, »hab Sie gesehen, als wir mal mittags bei den Tauben waren.«

»Das war nur für 'ne Minute«, antwortete er. »Aber diese lange Strecke ...«, und er beendete den Satz mit einem Stöhnen. Doch ganz allmählich wurde ihm besser, während sie hilflos neben seinen hängenden Schultern stand. Nach einer Weile erhob er sich. Dann riefen sie nach den beiden kleinen Mädchen und machten sich vorsichtig auf den Rückweg zum Schloß.

»Sie sollten sich mehr in acht nehmen«, wiederholte sie noch mehrmals.

Ein paar Tage später saßen sie alle in der Dienstbotenhalle und sprachen ängstlich über die IRA. Mit der Lady und ihrer Tochter drüben in England, waren sie jetzt ganz auf sich gestellt und hatten damit das Gefühl, mehr in Gefahr zu sein als je zuvor.

Kate fragte den Lampenputzer, ob er irgendwelche neuen Gerüchte gehört habe. Paddy brabbelte eine Antwort. Mit dem Rücken zu dem Büfett mit den zwei Schwänen sitzend, vermied er ihre Blicke in diesem niedrigen Raum mit den Jagdtrophäen an den Wänden.

Raunce hatte einen seidenen Schal von Mrs. Jack um den Hals gewunden. Anscheinend nur mit Mühe wandte er den Kopf, um Kate zu fragen, was der Ire gesagt hatte.

»Er sagt: Nicht alles glauben, was einem so erzählt wird.«

»Tu ich auch nicht«, warf Raunce sogleich ein. »Und daß sie nicht halb so aktiv sind, wie sie mal waren«, schloß Kate.

Edith blickte besorgt auf Charley.

»Wirklich, das hoffe ich auch«, sagte Miss Burch an alle gewandt. »Wenn ich auch sagen muß, daß Mrs. Welch sehr recht hatte, ihren Mädchen zu verbieten, sich mit diesen Lieferanten einzulassen. Nur für alle Fälle«, fügte sie hinzu.

»Und was ist mit deren freiem Nachmittag?« wollte Mr. Raunce wissen.

»Wie ich immer sage: wenn Sie Ihren Mädchen nicht trauen können«, erwiderte Miss Burch, »dann können Sie ebensogut Ihre Kündigung einreichen und sich eine andere Stellung suchen.« Sie wandte sich an Edith. »Also du sprichst doch nie mit einem der Hiesigen, wenn du Ausgang hast?«

»O nein, Miss Burch«, antworteten beide mit einem stummen Wink zu Patrick, der seine Zähne blitzen ließ.

»Recht habt ihr«, sagte Raunce den beiden. »Ihr könnt nicht vorsichtig genug sein. Schließlich ist 'n Krieg im Gange«, schloß er.

»Zieht's Ihnen auch nicht?« fragte Edith, zärtlich besorgt. »Sie müssen sich in acht nehmen.« Und Kate sah aus, als müsse sie jeden Augenblick loslachen.

»Es zieht irgendwie«, antwortete Raunce ganz ernst. »In diesem Raum zieht's gefährlich aus jeder Ecke.«

»Dann wechseln Sie hinüber auf die andere Seite«, empfahl Miss Burch.

»Vielen Dank«, sagte er. »Ganz gleich, wo man sitzt, es ist überall dasselbe. Ich weiß nicht«, fuhr er fort, »aber jetzt, wo die weg sind, spüre ich eine besondere Verantwortung.«

»Und was ist mit den Jerries?« warf Kate plötzlich ein. »Was ist, wenn die rüberkommen, das sag mir einer.«

»Kate Armstrong«, fuhr Edith auf, »noch gar nicht lange her, da hab ich dich dasselbe gefragt, und du hast gesagt, die wären ein ordentlicher Volksstamm, genau wie wir, und würden sich nichts Ungehöriges erlauben.«

»Das sag ich auch nicht«, antwortete Kate, »so was nicht, aber für 'n junges Mädchen könnt's in der ersten Woche hart werden.«

»Gnade uns Gott, daß du nur davon sprichst«, sagte Miss Burch. »Ihr habt nur Männer im Kopf, daran liegt's. Aber wenn es dahin kommt, wäre es natürlich dasselbe für die älteren Frauen. Ausgehungert wie ein Löwe in der Wüste sind sie, diese Kämpfer«, erklärte sie.

»Da sei Gott vor«, begann Edith, aber Paddy machte Anstalten, etwas zu sagen. Er tat so selten beim Essen den Mund auf, daß alle hinhörten.

»Was hat er gesagt?« fragte Raunce, als der Lampenputzer geendet hatte.

»Er meint, die IRA würde sich schon um die Jerries kümmern«, dolmetschte Kate.

»Du liebes bißchen, der macht mich aber richtig wütend. Erst sagt er, es gibt sie gar nicht, und jetzt behauptet er, sie werden mit einer Panzerdivision fertig. Womit denn? Mit Pfeil und Bogen?«

Paddy murmelte wieder etwas.

»Er sagt«, und Kate mußte lachen, »die haben mehr Spieße als unsere Home Guard drüben in England.«

»Wenn du darüber kichern kannst, Mädchen, dann auch über all und jedes.« Raunce wurde nahezu wütend. »Du brauchst nur runter nach Kinalty zu gehen und dich zu überzeugen. Jedes zweite Haus niedergebrannt. Wenn die einmal anfangen wollten, wären sie so beschäftigt, sich gegenseitig zu bekämpfen, daß sie's nicht mal merken würden, wenn der Jerry schon im Dorf ist.«

Paddy wieherte vor Lachen.

»Lachst auch noch?« brüllte Raunce und sprang auf. Alle mit Ausnahme von Miss Burch zogen die Köpfe ein, und Raunces Bursche bekam den Mund nicht zu. »Du unterstehst dich, wie?« tobte er weiter, aber der Lampenmann war in sein eisernes Schweigen zurückgefallen, so daß auch Raunce sich wieder auf seinem Stuhl niederließ. »Wenn es wirklich dahin kommt«, sagte er noch, »so gibt's Gewehre und Munition in der Waffenkammer.«

Edith schrie leicht auf, und Kate machte ein ernstes Gesicht. Aber Miss Burch entrüstete sich:

»Was ist denn mit Ihnen los«, fragte sie, »Sie bilden sich doch nicht ein, Sie könnten einen dieser Mark-soundso-Tanks abknallen wie ein Kaninchen mit so einer Flinte, wie sie hier im Schrank stehen«, sagte sie.

»Ich dachte ja nur an eine Patrone für jede der Damen«, sagte er kleinlaut, aber ganz ernsthaft.

»Hätten Sie auch für Mrs. Welch eine übrig?« fragte Miss Burch bissig, und Kate lachte gellend auf. Auch Edith lachte, und schließlich stimmte Raunce verschämt mit ein. Paddy blieb völlig ungerührt.

»Da müßten Sie vorsichtig sein«, fuhr Miss Burch fort, »denn Sie haben keinen Jagdschein.«

»Sie würden wirklich nicht zögern ...?« fragte Edith ihn ganz ernst, aber Charley unterbrach sie.

»Das möcht ich erleben, daß die in Dublin für Mrs. Welch einen Passierschein ausstellen wie für die Lachsforellen«, sagte er zu Miss Burch. Darauf lachten alle noch mehr, während Kate plötzlich losplatzte:

»Was mich betrifft, so wär mir der Jerry lieber.«

»Unter dei'm Bett«, ergänzte Raunce, und sogar Miss Burch lachte gutmütig mit.

»Das Telefon klingelt«, stellte Raunce fest, und Bert stand auf, um den Anruf in der Anrichte entgegenzunehmen. Miss Burch heftete einen strengen Blick auf Kate, der soviel hieß wie: Vor einer Minute warst du nahe daran, wirklich ordinär zu werden.

»Nun, ich habe eben nicht vor, mich totschießen zu lassen. Um keinen Preis«, erklärte das Mädchen.

»Es gibt Schlimmeres als Tod«, wiederholte Miss Burch. »Das kann euch jeder bestätigen, der den vorigen Krieg erlebt hat.«

»Ich habe in den Zeitungen gelesen, daß sie sich gegenüber der französischen Bevölkerung tadellos benehmen«, sagte Edith, die immer noch zu Charley hinblickte.

»Was kann man diesen irischen Mistblättern schon glauben?« wandte Raunce ein.

»Aber eins muß man sagen«, belehrte ihn Miss Burch, »sie sind strikt neutral und drucken genau, was jede Seite gegen die andere vorbringt und umgekehrt.«

»Ach«, sagte Raunce, »das ist heutzutage nichts als Propaganda. Die menschliche Natur, auf die kommt es an. Es versteht sich doch von selbst bei einer Invasionsarmee...«, wollte er fortfahren, während Edith ihn mit großen Augen ansah, als Albert zurückkam.

»Es war 'n Telegramm für Sie«, sagte er zu Raunce.

»Und wo ist es?«

»Es gab kein Telegramm«, antwortete Albert. »Sie haben's über Telefon durchgegeben.«

»Wie oft habe ich dir gesagt, über den Apparat nichts entgegenzunehmen, ohne daß du es aufschreibst«, sagte Raunce in bedrohlichem Ton. »Ja, ich weiß noch von einer Stellung, wo ich mal war, wie dieses vertrackte Ding den Tod einer gewissen Mrs. Harris verursacht hat. Jawohl, mausetot, als wär sie von 'ner Schrotflinte in Stücke gerissen.«

»Und dann?« sagte der Junge interessiert.

»Ich verbitte mir deine frechen Und-Danns«, fuhr Raunce ihn nahezu wütend an. »Du weißt wohl nicht, was du hier bist?«

»Jawohl, Mr. Raunce.«

»Dann benimm dich danach.« Die Autorität, die Raunce nach Mr. Eldons Tod offenbar zugewachsen war, beeindruckte alle. Selbst Kate hörte ihm aufmerksam zu. »Und jetzt«, fuhr er fort, »nimm dir Zeit. Verhaspel dich nicht. Was stand in dem Ding?«

»Bleibe noch ein paar Tage, Tennant, Mr. Raunce.«

»Ho«, sagte Raunce, »bleibe noch ein paar Tage, wie? Das muß von Mrs. Tennant sein. Mrs. Jack unterschreibt anders. Sie bleibt noch, wie? Läßt uns die Suppe auslöffeln. Das ist der kurzen Rede langer Sinn.«

»Glauben Sie denn, es könnte wirklich was passieren?« fragte Edith.

»Ich fühle mich verantwortlich«, erwiderte er.

»Noch so was, und ich werde kündigen«, erklärte Kate.

»Wie willst du das machen, wenn sie gar nicht hier sind?« fragte Edith.

»Wieso? Ich schick's hin oder schreib's auf 'ne Postkarte, wenn mir gerade danach ist«, antwortete Kate, und alle schwiegen. »Ich bin entschlossen, wenn du's auch bist, Edie«, fügte Kate hinzu, dabei blickte sie Edith durchdringend an. Doch noch ehe sie Antwort bekam, redete Charley, warf sich sozusagen in die Bresche, um den Unsinn zu stoppen.

»Nun aber Punkt«, rief er, »was soll das alles, sagt mir mal. Ich weiß, wie man es nennen wird, mit einem Wort: Fahnenflucht. Macht euch nichts vor. Wir sind doch Briten, oder etwa nicht? Schwanz einziehen und fliehen?« fragte er überlaut mit einem drohenden Seitenblick auf den Lampenmann.

»Heißt das davonlaufen, wenn man in sein Heimatland zurückgeht, um Hilfe zu leisten?« fragte Miss Burch gleichsam belustigt.

»Und schon bei der Hinfahrt die Straßen verstopfen?« fragte Raunce.

»Wieso?« sagte sie, »natürlich die Straßen verstopfen, wenn's den Feind aufhält.«

»Aber nehmen Sie bloß an, man wollte den Generalgouverneur evakuieren? Oder das Gold auf der Bank von Irland?« gab Raunce zu bedenken.

Paddy murmelte irgend etwas.

»Da meldet er sich wieder«, sagte Raunce mit einem Blick zu Kate. »Was ist's denn diesmal?«

»Er sagt, der Generalgouverneur ist 'n Ire und würde niemals nach England gehen.«

»Das ist glatt gelogen«, sagte Raunce mit Bestimmtheit. »Es war immer ein Brite auf diesem Posten. Entschuldigen Sie«, fügte er an Miss Burch gewandt hinzu, »ich habe mich wohl etwas hinreißen lassen. Aber was meinen Sie?« sagte er noch. »Da geht wieder das Telefon.« Bert rannte hinaus. Diesmal gab's ein unbehagliches Schweigen, bis er zurückkam.

»Nun?« fragte Charley den Burschen. Der gab ihm einen Fetzen Papier. Raunce tat einen Blick darauf. »Kann ich nicht lesen«, sagte er.

»Du solltest es ordentlich auf ein Blatt Papier schreiben«, sagte Miss Burch zu Albert. Raunce starrte auf das Papier in seiner Hand. »Es ist manchmal zum Verzweifeln mit dir«, stöhnte er. Kate gab Albert einen Wink. »Na komm schon und steh da nicht so blöd«, fuhr Raunce fort, »ich wett, es ist von Mrs. Jack, und das genügt.«

»Komme ein paar Tage später zurück, Violet Tennant«, las der Junge vor.

Wieder breitete sich Schweigen aus. Dann fühlte Kate sich bemüßigt, mit einem Anflug von Genugtuung zu bemerken:

»Und wenn ihr mich fragt, das wird das letzte sein, was wir von ihr sehen oder auch nur hören werden.«

»Aber Kate«, sagte Edith, »so häßlich habe ich dich noch nie reden hören.«

»Das war auch sehr unangebracht«, erklärte Miss Burch, »und im übrigen will ich kein Wort mehr darüber hören«, fügte sie grimmig hinzu. Wieder ein lastendes Schweigen. Endlich brach Raunce den Bann.

»Alles auf uns abgewälzt«, sagte er sichtlich bewegt, ohne Rücksicht auf die anderen. »Wie gefällt euch das?«

Edith wandte sich an den Lampenmann.

»Und würden die Iren sich verhalten wie jedermann sonst?« forschte sie ihn aus, »würden sich nur um ihre Sachen kümmern, wenn Jerry käme? Keine Hand rühren, um uns zu schützen, weil sie dafür keine Zeit hätten?«

Er gab keine Antwort. Statt dessen wies Charley sie zurecht.

»Und was ist mit den Panzergrenadieren?« fragte er. »Wenn die über diese kleine mickrige Insel kommen wie eine Dosis Rizinus, würden die sich wohl mit diesen Bruchbuden und dem bißchen, was drin ist, aufhalten? Keine Rede. Die würden schnurstracks auf die großen Herrenhäuser losgehen, auf so eins, wie wir drin wohnen, meine Liebe.«

»Aber Mr. Raunce«, sagte Miss Burch vorwurfsvoll.

»Ich bitte um Verzeihung, Miss Burch«, sagte er. »Ich habe mich einen Moment hinreißen lassen. Es ist doch nur die Sorge um Sie, um die Damen, die mir keine Ruhe läßt.«

»Ich weiß, was ich sagen würde, wenn so ein dreckiger Deutscher mir zu nahe käme«, sagte Edith.

»Und was würde das nützen, wenn er nicht englisch spricht?« wollte Kate wissen.

»Ganz gleich«, sagte Edith, »er würde schon verstehen, selbst wenn er nur mit seiner eigenen Sprache vertraut ist.«

»Nun hör mal zu, Mädchen«, widersprach Raunce sehr sanft, »es ist nicht von einem die Rede, sondern von einer ganzen Kompanie. Nicht nur ein einzelner, sondern ein ganzer Haufen. Verstehst du?«

»Ooh, an die hundert«, stöhnte Edith. »Dann nichts wie weg von hier.«

Paddy äußerte sich wieder, undeutlich wie stets.

»Na, was gibt's nun wieder?« erkundigte sich Raunce bei Kate.

»Er sagt, keine Sorge, die kämen niemals rüber.«

»Ich will mich nicht wieder erregen«, sagte Raunce, für seine Verhältnisse ungewöhnlich milde, »hab's meinem Burschen hier versprochen. Aber kann mir jemand sagen, was die aufhalten soll?« fügte er hinzu.

Paddy erwiderte prompt lispelnd und krächzend. Kate wartete nicht ab, sondern übersetzte sogleich.

»Weil das Land zu arm ist, um ein Heer zu verlocken. Nichts als Moore und Steine, sagt er.«

»Ich werde mich ein bißchen hinlegen, ehe ich mich zu Miss Swift hinsetze«, verkündete Agatha, während sie sich erhob und den Weg durch die Spülküche nahm. Denn die Nanny lag zu Bett. Niemand nahm davon Notiz. Alle starrten auf den Lampenmann.

»Aber in dem Punkt soll er mich erst mal überzeugen«, rief Raunce laut aus, »was hat denn die Beschaffenheit von Irland damit zu tun? Zunächst, wenn es kein karges Land gewesen wäre, das nur für Kartoffeln taugt, dann säßen wir bis auf den heutigen Tag noch hier, das heißt unsere Regierung. Nein, wir gaben Irland zurück, weil wir es nicht haben wollten, oder jedenfalls den Teil nicht. Und auch der Jerry will's nicht haben. Denn worauf kommt's ihm an? Ich will's euch sagen: es ist 'n Sprungbrett, um auf diese Weise unser altes England zu besetzen. So wie man trockenen Fußes einen Fluß überquert.«

»Glauben Sie das wirklich, Mr. Raunce?« fragte Edith.

»Da bin ich verdammt sicher«, antwortete er.

»Also, worauf warten wir noch?« erkundigte sich Kate. »Wenn Michael uns heute nachmittag runterfährt, kämen wir mit dem Nachtschiff noch rüber.«

»Nun mach mal 'n Punkt«, wies Raunce sie zurecht, »du beziehst hier deinen Lohn. Stimmt's? Du bekommst hier, was du für angemessen hältst, nehme ich an, sonst wärst du nicht hergekommen und hättest die Stellung angetreten.«

»Ich wollte nur weg von zu Hause«, unterbrach sie ihn.

»Du wolltest dein Zuhause verlassen, also gingst du in Stellung«, wiederholte er. »Schön. Du warst hier wie lange? Sechzehn Monate, gut. Du warst bei ihnen in Kost, nahmst deinen Lohn, und deine Gegenleistung war vielleicht nur 'n Pfifferling wert. Ich mach dir daraus keinen Vorwurf, bloß nicht, ich hab's genauso gemacht. Da sie aber ein Recht auf monatliche Kündigung haben, wirst du das doch nicht der Köchin antun wollen. Nennen wir sie nicht Köchin, weil sie das nicht mag«, fügte er wegen Mrs. Welch gutgelaunt hinzu.

»Vierzig Pfund im Jahr, und das, um dann eine Hundertschaft Jerries auf den Fersen zu haben, nein, vielen Dank«, sagte sie.

»Kate Armstrong«, entrüstete sich Edith wieder.

»Reich nur deine Kündigung ein«, fuhr Raunce fort, »wenn nichts und niemand dich abhalten kann. Aber gib ihnen die vier Wochen Frist, auf die sie ein Recht haben. Und dann laß dich zur Army einziehen, sobald du drüben an Land gehst.«

»Einziehen, was soll das heißen?«

»Das weißt du nicht? Die Militärpolizei wartet schon, wenn die Reisenden von Bord kommen. Die nehmen dich gleich mit ins Depot.«

»Da würd ich nicht mitgehen.«

»Wenn du dich weigerst, blüht dir das Glashaus, Mädchen.«

»Glashaus, was ist das?«

»Army-Internierungslager. Da geht's rauh zu.«

»Versteh ich nicht, Sie scherzen wohl«, sagte Kate.

»Schon recht. Vergiß es nur«, antwortete er, dabei zwinkerte er Edith aus seinem blauen Auge zu, so daß Kate es nicht bemerken konnte.

Inzwischen war Miss Burch bei der Spülküche angelangt und schaute um die Ecke bei der großen Küche herein. Sie sagte: »Eigentlich wollte ich mich für zehn Minuten hinlegen, aber da bin ich nun.«

Mrs. Welch war allein mit ihrem Notizbuch. Sie blickte nicht auf. Sie rief nur: »Jane, eine Tasse Tee für Miss Burch.«

Agatha setzte sich ihr gegenüber an den Tisch. Sie sprach nicht, bis ihr der Tee gebracht wurde. Dann eröffnete sie sich in nahezu tragischem Tonfall, ganz anders als sie in der Dienstbotenhalle zu sprechen pflegte.

»Die kommen jetzt noch nicht zurück, keine von beiden«, sagte sie. »Es kam ein Telegramm. Sie bleiben noch drüben.«

»Doch nicht für immer?« fragte Mrs. Welch spitz, dabei zog sie ein dickes Glas mit etwas, das wie Wasser aussah, näher an sich.

»Oh, so weit würde ich nicht gehen, Mrs. Welch«, erwiderte Miss Burch, »ich will nicht sagen, sie kämen nie zurück, aber wir sind hier nun auf uns gestellt, und dann dieser Raunce, der während des Essens meine Mädchen mit seinem Gerede über den Krieg und diese IRA-Geschichten aufregt.«

»Der Mann käme mir nie in meine Küche.«

»Sie können von Glück sagen, Mrs. Welch. Sie haben ein Reich ganz für sich.«

»Ach!« antwortete die, »aber immer mit diesen zweibeinigen Mäuschen.«

»Nichts ist vor ihnen sicher«, fuhr sie nach kurzem Schweigen fort, dabei nahm sie einen Schluck aus dem Glas. »Ich hab's mit den Nieren«, erläuterte sie.

»Ich wund're mich, daß Sie dann nicht etwas Heißes trinken«, bemerkte Miss Burch.

»Heiß?« fuhr Mrs. Welch auf, »nie im Leben, schon gar nicht mit ...«, doch sie besann sich rechtzeitig. »Ist gegen die Natur, was Heißes zu sich zu nehmen, außer Suppe oder Fleischbrühe«, sagte sie schlau. Miss Burch äugte nach dem Glas. Worauf Mrs. Welch den Kopf zurückwarf und wie zum Trotz den Rest in einem Zug austrank. »So sieht's aus«, sagte sie mit belegter Stimme.

»Schon bald, wenn der so weitermacht wie jetzt«, fing Miss Burch wieder an, »muß ich die ganze Arbeit allein machen. Gerade jetzt, wo es Miss Swift schlecht geht, bleibt nur noch Edith, um auf die Kinder aufzupassen.«

Darauf stieß Mrs. Welch ganz unvermittelt einen Schrei aus.

»Wer hat von mei'm Wasserglas genommen, das sag mir einer!« Dann sank sie halb über den Tisch.

»Mein Gott!« sagte Miss Burch und beeilte sich, ihren Tee auszutrinken. »Das soll aber nicht heißen, daß es zuviel Umstände mache, Ihren Albert am Nachmittag mit hinauszunehmen. Ein drittes mit auszuführen, spielt für das Mädchen überhaupt keine Rolle«, sagte sie.

Als Agatha eben im Begriff war zu gehen, stand Mary, die Küchenmagd, in der Tür.

»Ich hab mit dem Fleischer gesprochen«, sagte sie.

Drückendes Schweigen folgte. Endlich erwiderte Mrs. Welch mit öliger Stimme: »Du hast also mit ihm gesprochen, entgegen meiner Anweisung.« Aber nach dem Ton, in dem sie das sagte, schien sie eher befriedigt.

»Er hat gesagt, Captain Davenport is plötzlich rüber nach England. Jane und ich ha'm uns gefragt, ob die vielleicht was Neues von dieser Invasion gehört ha'm.«

»Vielleicht ist's etwas, wovon du nichts weißt, Mary«, sagte Miss Burch, »und das hat gar nichts mit Krieg und Kriegsgerüchten zu tun.«

»Jetzt aber Schluß«, brüllte Mrs. Welch auf einmal los und schlug mit der Faust auf den Tisch. »Ihr bringt's noch dahin, daß wir alle in unsern Betten abgeschlachtet werden, so sieht's aus.«

»Ich war gerad draußen bei der Vorratskammer, als er die Klingel zog, und hab mich beim Denkmal versteckt, wie Sie uns angewiesen haben, aber er hat wohl 'n Zipfel von mei'm Rock erspäht, denn er kam mir nach.«

»Das hat er gewagt?« entrüstete sich Miss Burch würdevoll. »Das nimmt ja kein Ende heutzutage«, sagte sie. An der Tür wandte sie sich noch mal zu Mrs. Welch um. »Und der Captain ist rüber, sagen Sie? Ich geh jetzt und leg mich ein bißchen hin.«

»Na, steh nicht da herum, Mary, mach weiter deine Arbeit!« Mrs. Welch tat erschöpft und, sobald sie allein war, holte sie den Schlüssel hervor, schloß den Geschirrschrank auf und goß sich noch einen Gin ein.

»Was soll's?« fragte sie sich laut, »nützt ja alles nichts.«

Als sie nach dem Essen in der Dienstbotenhalle aufstanden, ging Albert, um im Kinderzimmer aufzuräumen, und

Kate ging mit, um ihm zu helfen. Paddy kehrte in seine Lampenwerkstatt zurück. Das bot Raunce eine Gelegenheit, sich ganz förmlich an Edith zu wenden.

»Hast du die Bilder in meinem Zimmer gesehen?«

Sie brachte ihm jetzt jeden Morgen seinen Frühtee. Und so sagte sie:

»Was meinen Sie?«

»Nun, die Bilder, die ich an die Wände gehängt habe.«

Sie machte seit nunmehr sechs Wochen sein Schlafzimmer und hatte sich genau angesehen, was er anstelle von Mr. Eldons Krönungsporträts von König Edward und seiner dänischen Königin hingehängt hatte.

»Und was ist damit?«

»Eine große Verbesserung, du wirst schon sehen«, antwortete er und ging voraus. Dabei sagte er zweimal leise vor sich hin, »wenn ich der Sache einen harmlosen Anstrich gebe, wird sie mitkommen«, und sah sich nicht um, denn er hörte ihre Schritte hinter sich. Aber seine Beine wollten nicht recht. Vielleicht um das zu überspielen, ging er besonders steif.

»Verdammt feucht diese Flure«, sagte er, während ihre Schritte dumpf widerhallten.

»Sie müssen sich vorsehen mit Ihren geschwollenen Drüsen«, erwiderte sie.

»Drum hab ich sie gut eingepackt«, sagte er. »Auf Charley ist Verlaß.« Und alsbald öffnete er seine Zimmertür und ging vor ihr hinein.

»Nun?« fragte er, »was sagst du dazu? Das hellt den Raum richtig auf, nicht wahr?«

Sie tat ihm den Gefallen und blickte einmal mehr auf die beiden Farblithographien von Schloß Windsor und von der Krönungskarosse des verstorbenen Königs George, dann eine Gruppenaufnahme von ehemaligen

Eton-Schülern nebst Mr. Jack im Frack und schließlich den Farbdruck von marschierenden rotberockten Soldaten mit Bärenfellmützen. Die Rahmen waren schwarz und sehr dekorativ.

»Die britischen Grenadiere, Mädchen«, sagte er, »Gardegrenadiere heißen sie. Die feinsten Soldaten der Welt«, fügte er hinzu.

Sie sagte dazu nichts, erkundigte sich nur, ob die Bilder nicht aus Mr. Jacks altem Spielzimmer wären und ob er nicht meine, die würden ihm verübeln, daß er sie einfach genommen hatte.

»Das kümmert mich nicht«, erklärte er.

»Das seh ich«, sagte sie.

»Und was soll dabei herauskommen?« meinte er. »Die wissen doch gar nicht, was sie alles haben.« Er machte sich fast lustig über sie.

»Ja«, erwiderte sie, »aber das heißt nicht, sie würden ein Bild, das an der Wand hängt, nicht wiedererkennen.«

»Schön«, sagte er, »und was weiter? Die können nicht behaupten, ich hätt's weggenommen, wenn es nach wie vor im Hause ist.«

»Oh, ich rede nicht von dem alten Bild«, entgegnete sie, ohne ihn anzusehen. »Es gibt anderes, das ich bemerkt habe.«

»Wirklich?« fragte er, gleichsam unentschlossen, ob er es komisch nehmen sollte oder nicht.

»Jawohl, Mr. Raunce«, sagte sie.

»Ach, komm doch«, begütigte er sie, »brauchst mich nicht Mr. Raunce zu nennen, schon gar nicht gerade jetzt. Wie wir hier sind, bin ich Charley für dich.«

»Also dann, ja ... Charley«, sagte sie fast tonlos.

»Hör zu, Liebchen, beschwer deinen Kopf nicht mit allem, was du siehst«, fing er wieder an.

»Ich?« sagte sie, »ich denk nicht dran.«

»Also gut, und was ist die Ausnahme dabei?«

»Oh, nichts«, sagte sie, als wäre ihr sein Tun und Lassen gleichgültig.

»Geht's vielleicht um die Lampendochte? Die sind, solange ich hier bin, mein kleiner Nebenverdienst«, erklärte er. »Ich weiß, die gute Aggie Burch meinte neulich, sie wäre auf was gestoßen, und hat darüber geredet. Aber du sollst nicht mit dem Eindruck weggehen, ich stellte neue Dochte in Rechnung und kaufte dann keine. Man muß doch etwas Vorrat haben. Eines Tages könnten die bei einem Einkaufsgang feststellen, daß auf lange Zeit keine Lampendochte mehr hergestellt werden, und wenn ich Mrs. T. nicht sagen würde, wir brauchten neue, könnte ich ihr vielleicht keine mehr beschaffen, stimmt's?«

»Stimmt alles, bis man Ihnen mal draufkommt.«

»Das ist noch keinem bei Charley Raunce gelungen. Glücks-Charley, nicht umsonst nennt man mich so.«

»Eben, die im Glück sind, tun den tiefsten Fall«, sagte sie leise.

»Aber was kann dir das ausmachen?« fragte er, als wollte er sie herausfordern. »Nichts, gar nichts.«

»Ich sorge mich«, sagte sie und wandte sich plötzlich ab.

»Das heißt?« frohlockte er, und sein Gesicht hellte sich auf. Er trat hinter sie und faßte sie bei den Schultern. »Na, gib uns 'n kleinen Kuß«, sagte er. Statt einer Antwort brach sie laut in Tränen aus. »Aber! Mädchen!« rief er in gespieltem Entsetzen, ließ die Hände sinken und setzte sich schwer bedrückt auf das Bett. Er faßte ihr Handgelenk und begann ihre Finger zu streicheln.

»Oh, ich weiß nicht, was werden soll«, stieß sie hervor, wandte ihr Gesicht ab und schnaubte die Nase. »All das

Gerede von Invasion – und die Jerries und die Iren – und was ich gesehn hab, als ich meine junge Lady aufweckte – und Sie tun so, als hätt ich nicht gesehn, was ich gesehn hab – oh, es widert mich an, dies gräßliche alte Haus, ich graule mich«, sagte sie.

»Aber, was ist denn los?« fragte Raunce beschämt und streichelte weiter ihre Hand.

»Erst reden Sie so und dann wieder so«, sagte Edith und schnuffte.

»Erst so und dann was?«

»Einmal sagen Sie, die Jerries kommen rüber«, jammerte sie, »und im nächsten Moment wollen Sie, daß keiner versucht, solange noch Zeit ist, nach drüben und heim zu gelangen.«

Er zog sie leicht am Arm. »Komm und setz dich zu Vatern«, sagte er.

»Ich?« sagte sie belustigt. »Was bilden Sie sich ein?«

»So ist's schon besser«, sagte er, obwohl sie noch stehenblieb. »Der Kummer mit dir ist, daß du alles so verdammt ernst nimmst.«

»Und wie sehen Sie die Dinge an, was das betrifft?« bohrte sie weiter.

»Also«, erwiderte er, »ich mag's nicht, wenn du ohne jeden Grund so über mich herfällst. Ich nehm mir alles zu Herzen.«

»So?« sagte sie und setzte sich, als wäre sie bestürzt.

»Bei mir dringt alles sogleich in mein Inneres, Mädchen«, sagte er, indem er einen Arm leicht um sie legte. »Wenn ich etwas spüre, egal was, geht's bei mir gleich ganz tief. Nicht wie bei den anderen«, fuhr er fort, und sie wandte ihm ihr Gesicht zu, so daß er ihr in die Augen sehen konnte, die jetzt in einem Anflug von Lächeln aufblinkten.

»Oh, Baby«, sagte er und reckte sein Gesicht nach ihr. Er schien nahe daran, sie zu küssen. Sie drehte leicht den Kopf, platzte mit einem ›Na und‹ dazwischen, und er gab es auf. »Sieh mal«, fuhr er fort und legte seinen anderen Arm um ihre Mitte, so daß er sie gleichsam umklammert hielt, wozu er sich allerdings unbequem aufrichten mußte. »Sieh mal«, sagte er wieder, »was dir zustoßen könnte, geht mir nicht aus dem Kopf, ich denke immer daran.«

»Das sollten Sie auch«, sagte sie.

»Und weiter?« fragte er und wollte sie schon an sich ziehen, aber sie legte eine Hand auf den seiner Arme, der ihr am nächsten war, hielt ihn zwischen Finger und Daumen.

»Nun«, sagte sie, während sie zugleich durch das gotische Fenster hinaus in den Regen blickte, so daß er das Lächeln auf ihrem Gesicht nicht sehen konnte, »die beiden Ladies sind fort. Sie werden nicht zurückkommen, oder? Wir sind ganz allein, Charley. Wir haben nur Sie, der sich um uns kümmert und weiß, was für uns am besten ist.«

Er entspannte sich.

»Und so ist's euch am liebsten, ihr Küken?« fragte er jovial. »Was könnte Mrs. T. schon für euch tun?«

»Sie kann die grüne Polizei anrufen, oder etwa nicht?« sagte Edith plötzlich laut und stieß und schüttelte seine Arme von sich, während er sich nicht rührte. Dabei fiel einer seiner Arme ungewollt in ihren Schoß, aber er zog ihn sogleich zurück. »Und diese Iren«, sagte sie noch, »würden uns niemals zu Hilfe kommen.«

»Zu Hilfe? Wozu?« fragte er verwirrt.

»Um uns zu schützen, wenn die Deutschen sich hier einquartieren«, sagte sie.

»Das kannst du dir aus dem Kopf schlagen«, sagte er ihr.

»So? Und wozu gehen Sie dann umher und reden von nichts anderem?«

»Weil ich mir um dich Sorgen mache«, sagte er.

Wieder blickte sie zu ihm hin. Diesmal schien er das zornige Aufblitzen in ihrem Gesicht nicht zu begreifen. Er schob einen Arm unter ihren. Als sie den Kopf abwandte, sagte er nahezu rauh: »Na, gib uns 'n Kuß.«

»Zum Glück haben wir die Tür aufgelassen, nicht wahr?« sagte sie.

»Nur 'n ganz kleinen?« bat er.

Sie stand auf.

»Haben Sie Ihre Zähne geputzt?« fragte sie.

»Meine was geputzt?«

»Ach nichts«, sagte sie. Aber es klang nicht gerade freundlich.

»Wieso, ich putz sie mir jeden Morgen, zuallererst.«

»Lassen wir das«, sagte sie, indem sie zu dem Gruppenbild von Mr. Jack hinüberging und es aufmerksam betrachtete.

»Ich versteh dich überhaupt nicht mehr«, beklagte er sich und stand auf, um ihr zu folgen.

»Das werden Sie noch«, erwiderte sie, »wenn nämlich diese Jerries rüberkommen und uns in unseren Betten umbringen oder noch Schlimmeres. Während die Polizei sich hier gegenseitig abmurkst, wie Sie immer sagen.«

Er blieb stehen mit erhobenen Händen.

»Aber gerade um dich geht's mir ja, mein Schatz«, sagte er.

»Um mich?« nahm sie ihn beim Wort. »Was hab ich zu verlieren, wenn ich heimgeh? Das sagen Sie mir mal. Denn wenn ich weiter hierbleibe, ist das schlimmer als vielleicht der Tod. Dann wird es zu spät sein. Ich hab noch

Leben vor mir, Mr. Raunce. Nicht wie so viele, die schon das Beste von ihrem gehabt haben.«

»Gerade kürzlich hab ich mich gefragt, ob mein Leben nicht jetzt erst anfängt.«

»Nun, auch wenn Sie nicht wissen, ob Sie am Anfang oder am Ende stehen, so weiß ich jedenfalls, wo ich hingehöre.«

»Hör zu, Liebes, ich könnte dir ganz und gar verfallen«, sagte er und sah, wie ihr Rücken sich straffte, als höre sie ihm jetzt wirklich gespannt zu. Aber sie sagte nichts.

»Ich könnte«, sagte er, »aber was das betrifft: ich bin's längst.«

Jetzt schwang sie sich zu ihm herum, und sein pfiffiges Gesicht war schier geblendet von der Erregung und dem Hohn, der in ihr aufflammte. Aber sie sagte nur:

»Das erzählen Sie doch allen, Charley.«

Er schien sich etwas zusammenzuraffen und wollte ihr gerade antworten, als sie plötzlich ausrief:

»Badger, du Mistkerl, was schleppst du jetzt wieder an?«

Raunce wandte sich um und hatte den Windhund vor sich, schwanzwedelnd und mit einem gerupften stinkenden Tierkadaver in der dreckverschmierten Schnauze.

»Willst du wohl raus aus meinem Zimmer!« schrie er wie elektrisiert. Dann faßte er sich: »Nein, warte. Was hast du denn da, Bursche?« Der Hund wedelte mit dem Schwanz.

»Was regen Sie sich auf?« fragte sie unwirsch. »Es ist doch nur einer von diesen Pfauen.«

»Einer von den Pfauen?« Er brüllte fast. »Das gibt ja Mord und Totschlag. Aber nein«, fügte er hinzu, »du willst mich nur anführen.« Er tat einen Schritt auf den Hund zu, der zu knurren anfing.

»Stimmt alles«, sagte sie. »Mrs. Welch hat ihn vergraben, daß keiner ihn finden sollte.«

»Du bist verrückt«, sagte er.

»Ich muß Sie daran erinnern, mit wem Sie reden, Charley Raunce«, fuhr sie ihn an. »Mrs. Welch denkt, niemand hat's erfahren, aber dieses Vogeltier reckte den Schnabel nach Alberts zierlichem Nacken, und da hat Klein-Albert aufgemuckt und hat's totgemacht. Dann hat sie's so vergraben, daß niemand was merken sollte. Die Kinder haben's mir erzählt. Aber ich will das stinkende Ding nicht bei mir herumliegen haben. Badger, ab damit, du böser Hund.«

Worauf der Hund den Kadaver zu Raunces Füßen niederlegte.

»Heiliger Bimbam, die alte Kuh«, sagte er. »Was soll das heißen«, unterbrach Edith. »Genau das«, fuhr er fort, »ich denke nämlich an dich, Mädchen. Begreifst du?«

»Nein, nichts.«

»Also: sie hat dich im Verdacht wegen diesem Wasserglas, und jetzt haben wir was gegen sie in der Hand, kapiert?«

Lautes Gekreisch und Händeklatschen kündigte Miss Evelyn und Miss Moira an, die durch die langen Gänge angerannt kamen.

»Um Gottes willen, die Kinder!« rief Edith aus. »An die hab ich überhaupt nicht mehr gedacht ...«

Inzwischen war Raunce ab in die Anrichte gesaust, nach einem bösen Wink zu dem Hund, der daraufhin den toten Pfau aufnahm und ihm folgte. Raunce machte die Tür hinter ihnen beiden zu. Für einen Augenblick war Edith allein, als die Kinder schon von der anderen Seite auf sie zuschossen. Sie faßte sich an die Brust.

»Mercy«, rief Miss Evelyn aus, mit einem Anflug von Cockney, »aber Edith, du bist ja so aufgeregt.«

Raunces Albert kam aus der Tür, die Raunce soeben geschlossen hatte. Er machte sie wieder fest zu über dem Unterschlupf von Butler, Hund und Beute.

»Hello, Bert«, sagte Miss Moira.

»Hello, Miss Moira«, sagte er. Er sah blaß und elend aus.

»Kommst du mit?« fragte Edith. »Ist doch dein freier Nachmittag, nicht wahr?«

»O ja«, sagte er, und ein Lächeln huschte über sein bleiches Gesicht.

»Ich werde mich fertigmachen«, erklärte sie. »Euch beide werde ich den ganzen Weg bis zu meinem Zimmer hetzen. Eins, zwei, drei«, rief sie, und schon waren sie weg. Der Junge zog sein Taschentuch hervor und schnaubte die Nase. In seinen trüben Augen blinkte es.

Als die drei über den Vorderaufgang an all der vergoldeten Pracht des Schlosses entlang liefen, wandte Miss Evelyn den Kopf. Sie rief: »Warum rennt Bert nicht mit uns?«

»Weil er dafür zu alt ist«, rief Edith zurück. Sie keuchte, und an einem Absatz der Großen Treppe mußte sie sich stützen, indem sie sich an der schwarzen Hand eines lebensgroßen, gußeisernen Negerjungen mit einem mächtigen roten Turban und in Gold aufgemalter Kleidung festhielt.

Albert ging hinter die Tür zum Keller, knöpfte seinen Regenmantel auf und zog seine Gummistiefel an, die dort ihren Platz hatten. Nicht lange, so kamen auch die andern zurück, fertig für Regen angezogen. Ediths Kopf steckte in einem rotseidenen Schal, den Mrs. Jack ihr geschenkt hatte und der über und über mit den Worten ›I love you‹ dekoriert war, in schwarzer, zierlich gerundeter Handschrift.

Albert stand schweigend, während die andern über das Wohin diskutierten. Schließlich entschieden sie sich für den Weg zum Tempel. Miss Evelyn hatte einen Beutel mit Brotbrocken für die Pfauen. Als sie durch Raunces Anrichte gingen, um zum Hinterausgang zu kommen, waren Raunce und der Hund spurlos verschwunden.

Aber sobald sie draußen waren, fiel der Regen so dicht, daß sie zögerten. Edith sagte nicht unfreundlich:

»Nicht sehr klug, Bert, ohne Kopfbedeckung zu erscheinen.«

Er blickte sich wortlos um und klebte seine langen, triefenden gelben Haare mit der Hand an der Backe fest. Während die beiden kleinen Mädchen erörterten, wo sie am besten der Nässe entfliehen könnten, blickte Edith verächtlich auf den jungen Burschen. Dann, als beantworte sie eine Frage, sagte sie noch: »Meinem Haar tut es gut, das weiche Wasser macht's lockig.«

Während er sie im Regen schmachtend ansah, verkündete Miss Evelyn, daß sie sich für Spielen in der Skulpturen-Galerie entschieden hätten.

»Gut, wenn ihr wollt«, erwiderte Edith, »aber nicht durch die alten Räume mit unseren nassen Sachen«, denn diese Galerie war an das äußerste Ende des Schlosses angebaut, noch jenseits von dessen unbewohntem Teil. Also liefen sie auf einem Weg außen herum, vorbei an dem Taubenschlag und an der endlosen Zahl von Türen und gotischen Fensteröffnungen in den hohen Schloßmauern. Im Laufen blitzten sie vorüber wie eine Spiegelung in einem Fluß an einem grauen Tag, und die Pfützen, durch die sie platschten, spritzten hell auf.

Breit hingestreckt unter diesem hohen gotischen Gemäuer erblickte man die getreue Nachbildung eines griechischen Tempels, komplett mit Dach und Säulen und mit zwei hohen, grün patinierten Bronzetüren als Eingang. Die Kinder schlüpften durch ein eisernes Drehkreuz, das mit einem Klicken den Weg freigab in eine weite Halle mit gedämpftem Oberlicht aus regennassen Fensteröffnungen und mit langen Reihen von Statuen in Marmor, Bronze und Gips.

»Was wollen wir spielen«, riefen Miss Evelyn und Moira. Ihre schrillen Stimmen kamen als Echo von den Wänden zurück. Die Halle war feucht und dumpfig. Albert behielt seinen Regenmantel an. Edith nahm ihren Schal ab. Sie sah blendend aus, sie glühte förmlich, als sie ihre Locken wie ein stummes Glockenspiel schüttelte.

»Blindekuh«, sagte sie. »Au fein«, riefen die Mädchen. Es war offenbar genau das, was sie erwartet hatten.

»Wird euch nicht schwerfallen zu sagen, daß ich's bin«, sagte Albert und tat bekümmert, »ich's bin« – schallte es von den Wänden zurück.

»Du muckst dich nicht, sonst hätten wir dich nicht mitgenommen«, sagte Edith, »wir spielen nicht dir zuliebe.«

Jetzt hörte man aus dem Hintergrund so etwas wie ein schwaches Piepsen. Albert zuckte zusammen, blieb aber ruhig, während die beiden anderen neugierig Hand in Hand hingingen, um nachzusehen. Weit hinten, unter einer Gruppe von knienden Würdenträgern mit zum Himmel erhobenen Armen kam etwas Kleines zum Vorschein. Es war ein junger Pfau, der sich vor der Nässe hierher geflüchtet hatte. »Du schaffst das sofort hier raus. Wir wollen ihn nicht zufällig greifen beim Blindekuh«, sagte Edith zu Albert, »wir wollen nicht noch 'n totes Tier, noch dazu so ein freches.« Aber Albert brauchte einige Zeit, um das arme Geschöpf hinauszubringen. Er mußte es zu einem kleinen Sprung über das Drehkreuz veranlassen, was nicht ohne ein zimperliches Gekreisch abging. »Du wirst's mit Paddy zu tun kriegen«, rief Edith ihm durch den Lärm nach.

Als er zurückkam, fand er, daß die Wahl auf Miss Moira gefallen war, der man die Augen mit dem aufgeweichten ›I love you‹ verbunden hatte. Sie tapste ungeschickt in Spiralen unter einer halbnackten Lady, die einen Kranz an ihren ausgestreckten Armen hielt. Mit unterdrücktem Kichern bewegten sich Edith und Evelyn am äußeren Rand des Kreises, während Albert etwas dümmlich stehenblieb, so daß er es war, der gefangen wurde.

»Mr. Raunces Albert«, verkündete Miss Moira ohne Zögern, indem sie mit ihren kurzen Armen seine Schenkel umklammerte. »Küß mich«, befahl sie, und »küß mich« kam's von den Wänden zurück.

Er beugte sich herunter. Sein gelber Haarschopf fiel im rechten Winkel über seine Nase. Er küßte ihre nasse Stirn oberhalb der Binde. Ihre kindliche Haut unter der Nässe sprühte elektrische Wärme.

Dann war die Reihe an ihm. Nur Edith war groß genug, um ihm die Augen zu verbinden, und während das ›I love you‹ über seinen Augen geknotet wurde, sog er tief die Luft ein, um festzustellen, ob vielleicht irgend etwas von Edith an diesem Stück Seide hängengeblieben war. Er wiederholte das mehrmals vorsichtig, als wäre er einem Hauch von ihr auf der Spur, von ihrer Haut, ihrer ganzen Person. Er war schon außer Atem, als er mit ausgestreckten Armen wieder und wieder um sie herum ging. Aber sie war nicht da, und ihm antwortete nur ein Sturm von Gekicher, in dem er sich nicht zurechtfinden konnte und der wie ein Echo zurückprallte von kalten marmornen Busen und naß glänzenden Marmorbäuchen, von hohen Wandnischen wie Austernschalen, in denen Knaben mit Riesenschlangen kämpften oder in Muße auf einer Flöte bliesen. Er ging langsam. Er hörte gleitende Schritte. Dann fuhr er blitzschnell herum. Er hatte Edith gefangen. Er stand linkisch, die eine Hand auf ihrem Leib, die andere auf ihrer niedlichen Rückenpartie.

»Jetzt raten«, hörte er Miss Evelyn aus der plötzlichen Stille.

»Edith«, sagte er leise.

»Dann küß sie!« schrien sie, völlig uninteressiert, und noch mal: »Küß sie!« schrien sie durcheinander. In diesem Wortschwall, der als Echo von allen Seiten zurückgeworfen wurde, begannen seine Hände ungeschickt zu tasten, nicht so sehr nach ihrem Körper, als vielmehr, um den schicklichen Abstand zu wahren. »Küß sie!«

»Mach schon«, sagte sie schroff. Zum ersten Mal tat sie einen Schritt in seine Arme. Blind, wie er war, mit diesem verknoteten Schriftband über den Augen, hatte er sie wohl mehr als nur wahrgenommen, denn mit seinem Kopf schnüffelte er unwillkürlich da hin, wo sie ihm zu einem kurzen Kontakt entgegenkam, der ihm trotz der kurzen Dauer strahlender, weicher und wärmer schien als seine kühnsten Träume.

»O jee«, sagte er und riß sich mit einem Ruck den Schal ab. Er schien völlig durcheinander, obwohl es fast schon zu dunkel war, um sein Gesicht zu sehen.

»Du bindest es mir«, sagte sie vor Miss Moira kniend. »Er ist so ungeschickt damit«, setzte sie kühl hinzu.

Doch es gab eine Unterbrechung. Während Edith noch vor dem Mädchen kniete, öffnete sich, in den rostigen Angeln knarrend, eine Tür in der Außenwand, und Raunce erschien auf der Szene, die durch dieses Geräusch und durch seine plötzliche Gegenwart zu Stein gefror.

»Dachte ich mir doch, daß du hier zu finden wärst«, sagte er, indem er gelassen auf Edith zuging. Sie hatte eine Hand zu den Augen gehoben, als wollte sie den Schal lüpfen, ließ den Arm aber wieder sinken und stand ihm, als er sprach, blind wie eine Statue gegenüber.

»Ja?« sagte sie. »Was gibt's?«

»Wollen Sie nicht mitspielen, Mr. Raunce?« fragte Miss Evelyn.

»Spielen, he?« bemerkte er zu Albert.

»Ist doch Donnerstag, oder?« fragte Edith etwas scharf, »sein halber freier Tag, wie seit je. Was ist los?«

»Nichts«, erwiderte er, »ich hab mich bloß gefragt, wie ihr wohl zurechtkämt.«

»Ist das alles?« sagte sie noch, worauf Albert selbst den Mund auftat.

»Wir waren bei einem Spielchen Blindekuh«, sagte er.

»Das sehe ich auch, Albert«, bemerkte der Butler.

»Oh, kommen Sie doch«, bettelte eins der Mädchen, aber Edith nahm jetzt die Binde von den Augen.

»Sie sind doch wohl nicht ganz allein durch diesen alten Teil vom Schloß gewandert?« fragte sie.

»Und warum nicht?«

»Oh, Charley, ich nicht, da könnte man mir sonst was geben. Ganz allein!«

»Stimmt das?«

»Sie sind komisch, muß ich schon sagen«, bemerkte sie.

»Vielen Dank«, sagte Raunce.

»Oh, bitte, kommen Sie doch, Mr. Raunce«, flehte das Kind. »Edith läßt Sie zuerst an die Reihe kommen.«

»Ich bin wirklich über das Alter hinaus, Miss Evelyn«, sagte Raunce nicht eben freundlich. »Ich habe nämlich das Blindekuhspielen schon aufgegeben, ehe ich so alt war wie mein Bursche hier. Zu meiner Zeit, wenn wir nichts Besseres zu tun hatten, als einen halben Tag herumzulungern, dann machten wir uns eben wieder an die Arbeit.«

»Also, einen Moment mal«, sagte Edith und führte ihn beiseite. »Was ist wirklich los, Charley?«

»Nichts is los. Warum fragst du so?«

»Sie sind so seltsam. Was ist denn nur?«

»Ach, meine Süße«, sagte er plötzlich leise und dringlich. »Ich seh in letzter Zeit so wenig von dir.«

»Das ist doch kein Grund«, wandte sie ein. »Sie wissen, daß ich mich um die Kinder kümmern muß, wo Miss Swift krank ist.«

»Ja«, sagte er. »Immer kommt dies oder jenes dazwischen, jedesmal.«

»Wie geht's Ihrem Hals, mein Lieber?« fragte sie im Weitergehen. Sie führte ihn Schritt für Schritt immer näher zu der Tür, durch die er hereingekommen war.

»Der Hals? Oh, schlecht«, sagte er, »tut so weh, Edith.«

»In einer feuchten Halle wie der hier sollten Sie sich auch nicht aufhalten«, erwiderte sie. »Wie um Himmels willen haben Sie nur diese weiten Durchgänge allein geschafft. Mich schaudert's jedesmal. Und was ist weiter mit Badger und dem Pfau geworden?«

»Den Hund habe ich ungeschoren gelassen. Der denkt nur mit dem Maul. Wenn ihm da was rausgefallen ist, weiß er nicht weiter, so 'n Hund. Ich hab's da versteckt, wo man's finden wird, in der äußeren Vorratskammer.«

Sie schlug sich auf den Mund. »Sie haben's in die äußere Vorratskammer gehängt?«

Jetzt lächelte er zum ersten Mal. »Stimmt genau«, sagte er. »Mein Gott«, sagte sie, »was wird die Köchin sagen, wenn Mary oder Jane es ihr berichten?« Sie mußte lachen.

»Nenn sie nicht Köchin, das mag sie nicht«, sagte Raunce mit einem breiten Grinsen.

»Also mit Ihrem Hals, Charley, dürfen Sie hier nicht bleiben. Sie gehen schön zurück, raus aus dieser Nässe.

Ich werde sehen, ob ich mich nach dem Tee davonstehlen und mal eben runterkommen kann.«

»Prima, mein Schatz. Gib uns 'n Kuß.«

»Sind Sie verrückt«, sagte sie, »hier vor aller Augen?«

»Alsdann gut«, schloß er, »ich seh dich also«. Er zog die Tür sanft hinter sich zu, obwohl sie in den Angeln quietschte und ächzte. Dann kam er noch mal zurück und sah sich die Türangeln an. »Die brauchen 'nen Tropfen Schmieröl«, bemerkte er, zwinkerte Edith zu und verschwand wieder. Während er in dem grauen, verstaubten Halbdunkel weiterging, sagte er mehrmals vor sich hin: »Wie sie sich rausgemacht hat, kaum zu glauben, daß sie noch dieselbe ist.«

»Endlich!« rief Miss Moira, »ich dachte schon, wir würden ihn nie mehr los. Hinknien, Edith«, sagte sie, indem sie den Schal aus Ediths Tasche zog.

Sobald Edith blind gemacht war, brachen die kleinen Mädchen in durchdringende Schreie aus und rannten wild umher, während Edith die Arme komisch bewegte, als wollte sie auf sie zuschwimmen. Die Schreie der Mädchen hallten rundum von den Wänden der Galerie. Miss Evelyn hüpfte auf einem Bein und drückte mit der Hand ihr Stupsnäschen hoch. Als Edith näherkam, schlug Miss Moira einen Haken und schlüpfte durch ihre blind tastenden Arme, während Miss Evelyn sich tief duckte. Nur Albert stand stocksteif, offenbar in der Absicht, sich fangen zu lassen. Was dann auch geschah. Doch als ihre tastenden Finger ihn erkannten, was nicht schwer war, murmelte sie: »Dich will ich nicht«, und unter dem Geschrei der anderen: »Uns fängst du nie«, nahm das uralte Spiel vor all den stummen Zeugen in Bronze, Marmor und Gips weiter seinen Lauf und weckte ein tausendfaches Echo.

Als Raunce zurück und auf seinem Zimmer war, schloß er das Schubfach auf, in dem er das rote und das schwarze Notizbuch aufbewahrte. Er vergewisserte sich, daß sie noch da waren. Dann zog er Papier und Bleistift zu sich heran, stellte mühsam Datum und Adresse fest und setzte sich, um an seine Mutter zu schreiben.

Liebe Mutter, begann er, *ich hoffe, Du bist wohlauf. Ich auch. Hier gibt's nichts Besonderes. Mrs. Tennant ist für eine Weile rüber nach England. Während sie drüben ist, hofft sie, Mr. Jack zu sehen, der eben jetzt Urlaub hat. Mrs. Jack ist auch rübergefahren, um mit ihnen zu sein. So sind wir also hier allein und zwar für länger, nehme ich an.*

Mutter, ich bin sehr besorgt um Dich wegen dieser Bomben. Warte nicht, bis jemand kommt, um Deinen Anderson Shelter zu montieren. Laß es jetzt gleich machen, liebe Mutter, dann wird mir leichter ums Herz.

Oft wünschte ich, bei Dir zu sein, aber Du weißt ja, wie ich hier gebunden bin. Wenn ich aus diesem Land wegginge, hätten die drüben mich gleich beim Wickel. Da gibt's das Arbeitsamt, und die Army wartet schon. Schwer zu sagen, was am besten ist.

Mutter, was meinst du dazu, hierherzukommen. Wer weiß, aber irgendwann könnte sich meine Situation hier verändern. Du hast oft gesagt, es wäre Zeit, daß ich seßhaft werde. Aber kein Wort zu irgend jemand, liebe Mutter. Es ist noch nichts ausgemacht. Aber ich habe ein Auge auf ein hübsches kleines Anwesen im Park, das dem verheirateten Butler vor Mr. Eldon gehörte. Denk drüber nach, Mutter, und vor allem kein Wort, nicht mal zu meiner Schwester Bell.

Ich muß jetzt schließen. Aber ich sorge mich weiter um Dich wegen all dieser Bombenangriffe. Sag ihr, ich meine Bell, sie soll weiter zuverlässig für Dich sorgen. Dein Dich liebender Sohn Charley.

Als ein paar Tage später Miss Swift, die zu Bett lag, von Miss Burch besucht wurde, konnte sie sich mit ihrem Dank kurz fassen, denn sie hatte das Nötige schon bei dem ersten von zwei Krankenbesuchen, die Miss Burch ihr abgestattet hatte, in Worten ausgedrückt. Doch was ihre Symptome betraf, ließ sie nichts aus.

»Ich frage mich, warum Sie nicht Doktor Conolly bitten, damit er Sie behandelt«, sagte Miss Burch schließlich.

»Arme Nanny«, rief Miss Swift aus, »der Mann?« fügte sie, wie gekränkt, hinzu.

»Es gibt eben keinen andern in erreichbarer Nähe, nur die hiesigen Landärzte, aber von denen wollen wir gar nicht erst reden, zumal man ihnen das Benzin gesperrt hat.«

»Sie können von mir nicht erwarten, daß ich den empfange, Miss Burch, nach dem, was wir alle mit Mr. Eldon erlebt haben. Das war doch nichts weniger als ein Verbrechen, wenn Sie mich fragen.«

»Mr. Eldon ist an gebrochenem Herzen gestorben, Miss Swift. Da war so vieles, worüber er zu niemand gesprochen hat.«

»Ich weiß, wie ich um ihn gezittert habe, als er darniederlag, Miss Burch, denn ich wußte Bescheid. Die Ausbildung, die ich hatte, war die allerbeste, auch wenn ich nie in einem Krankenhaus gearbeitet habe. Auf einer Stelle, wo ich war, ging's um ein Kleinkind. Die Ärzte gaben es auf, hatten es aufgegeben, obwohl zwei von Harley Street dabei waren. Nichts zu machen. Und so ein netter kleiner Junge. Lancelot hieß er, seine Mutter war Lady Mercy Swinley. Und eines Nachts, als sie alle weg waren, hatte ich Wache, denn ich wich nicht von seiner Seite, Tag und Nacht beobachtete ich ihn, jawohl, und ich beugte mich vor und guckte in sein Gesichtchen und konnte sehen, daß er buchstäblich vor meinen Augen hinschwinden würde. Es ging um alles oder nichts, Miss Burch. Da nahm ich ihn auf und schüttelte ihn. Jawohl, und gab ihm einen tüchtigen Klaps. Das Herz klopfte mir bis zum Hals, aber es ging eine Art konvulsivisches Aufstoßen durch sein ganzes Körperchen, und er brachte alles heraus. Ich hatte längst gewußt, daß sich etwas in seinem Innern festgesetzt hatte, aber niemand hörte auf mich. Und er brachte es raus. Es war schwarz wie Pech. Nachdem ich dann sein Bettchen frisch gemacht hatte, fiel er in einen heilsamen Schlaf. Irgend etwas in mir hatte es mich tun lassen, denken Sie nur. Aber hinterher zitterte ich dermaßen, daß ich die Tasse fallen ließ, als ich mir einen Tee eingegossen hatte. Die Krankenschwester konnte es nicht fassen, als sie zurückkam. Aber ich wußte es besser.«

»Richtig«, sagte Miss Burch, »war das nicht die Lady, über die ich kürzlich in der Zeitung las, die Mutter, meine ich?«

»Ja«, antwortete die Nanny, »manche von denen haben es heute schwer, ein großer Wandel bahnt sich an. Sollte mich nicht wundern, wenn alles nicht mehr wie früher wäre, da kann man sagen, was man will. Aber verstehen Sie mich recht. Ich will mich nicht über einen richtigen Arzt erheben. Obwohl wir alle bezeugen können, wie dieser arme Mr. Eldon dalag, immer einen Namen auf den Lippen, und Doktor Conolly nichts tat, als mal öfter nach ihm zu sehen, wo wir doch alle wußten, wie er buchstäblich vor unseren Augen jeden Tag schwächer wurde. Ich will ja nichts sagen, aber irgendwer hätte die Sache richtig anpakken müssen. Und er hätte über meine Hausapotheke frei verfügen können.«

»Sie entschuldigen wohl«, sagte Agatha freundlich, »aber das ist ein Thema, über das ich nicht sprechen kann.«

»Gewiß doch«, sagte Miss Swift lebhaft, »Sie möchten keine Notiz davon nehmen. Ist ja auch wahr«, sagte sie freimütig, »ich bin eine alte Frau und werde allmählich einfältig.«

»Aber Miss Swift…«

»Lassen Sie nur«, unterbrach die Nanny fast atemlos, »und das ist ja auch nicht verwunderlich. Es gibt wohl keine Frau, die ihr Leben lang Schützlinge zu umsorgen hatte und die dabei nicht scharfsichtig für Krankheiten geworden wäre. Es kann mit nicht mehr als einem Schnupfen anfangen, und man bringt sie zu Bett, und dann, noch ehe man Zeit hatte, sich ein bißchen zurechtzumachen, hat man Schwestern um sich herum mit Sauerstoffflaschen und all dem Brimborium. Verhüten ist besser als heilen, sage ich immer. Ich habe mehr als eins gerettet, wenn die anderen mit ihren gestärkten Häubchen mal den Rücken gekehrt hatten.«

»Ich möchte fast behaupten, es ist nicht viel anders als bei mir mit meinen Fußböden«, bemerkte Miss Burch beiläufig. »Nehmen Sie ein gut gebohnertes Parkett, das vernachlässigt worden ist. Mit meiner Erfahrung seh ich das auf einen Blick, ja, auf einen Blick«, sagte sie.

»So ist's eben«, rief die Nanny aus und legte sich zurück, grau um die Lippen. Sie war in den breiten gestrickten Schal eingepackt, den Miss Burch ihr bei ihrem ersten Besuch geliehen hatte.

»Und manche lernen's nie«, fuhr Agatha ungerührt fort. »Nehmen Sie nur Raunce. Ein Mann über vierzig und sein ganzes Leben in guten Stellungen, aber sein Silber ist einfach 'ne Schande. Ich weiß von Häusern, Häusern, in denen ich gearbeitet habe, wo er sich nicht eine Woche hätte halten können.«

»Ich würde Arthur nicht in meinem Kinderzimmer dulden.«

»Mrs. Welch läßt ihn auch nicht in ihre Küche. Sie beide haben ein Reich ganz für sich. Nicht wie ich, die bei all dem Raum hier nur ein Zimmerchen hat mit 'nem winzigen Schrank und einer Tür, die zum Ausguß führt. Aber eine hier hat sich in letzter Zeit sehr verändert. Kaum wiederzuerkennen: Mrs. Welch.«

»Es gab Zeiten, da hätte ich mich nicht mal bis in ihre Vorküche gewagt«, sagte die Nanny, »aber seit sie ihr Albertchen hier hat, ist das anders geworden. Ein süßer Bengel, wenn auch ein bißchen affig.«

»Ich habe den Verdacht, daß es nicht nur an dem Kind liegt, Miss Swift.«

»Ich habe so viele Kinder erlebt«, sagte Miss Swift, »du liebe Zeit, so viele habe ich gehütet, und nicht eins hat's mir gelohnt und hängt mit seinem Herzen an der alten Nanny.«

»Sollte mich nicht wundern, wenn nicht wieder der Gin die Ursache ist«, sagte Miss Burch grimmig.

»O Gott, nein, davon möchte ich nichts hören. Gott bewahre mich. Bin eine alte Frau. Ich habe Dinge gesehen, Sie würden's nicht glauben, aber von so etwas will ich nichts hören.«

»Ist aber die Wahrheit«, erklärte Miss Burch, wie es schien, sogar mit Befriedigung.

»Wenn schon, ich hab an so was überhaupt nicht gedacht, ich arme Nanny«, erwiderte Miss Swift. »Ich weiß nicht, aber Sie haben mir mit dem, was Sie gesagt haben, einen richtigen Schock versetzt. Doch ich will nichts mehr davon wissen. Gott bewahre!«

»Ich wünschte mir auch, manche Dinge vergessen zu können«, sagte Agatha gleichsam entrückt.

Miss Swift krümmte sich im Bett.

»Raunce zum Beispiel«, begann Miss Burch wieder und verstummte dann.

»Meinen Sie, Sie sollten es mir erzählen?« fragte die Nanny.

»Sie werden es nicht glauben, was er jetzt wieder fertiggebracht hat«, fuhr Miss Burch unerbittlich fort.

»Ich habe keine Kraft, so geht es mir schon die ganze Zeit, bin zu schwach«, murmelte die Nanny.

»Er nahm den Pfau, den Klein-Albert getötet hat und den Mrs. Welch beiseiteschaffen wollte, und hängte ihn in die äußere Vorratskammer. Von Maden wimmelnd und über unserem Fleisch. Wie gefällt Ihnen das, Miss Swift? Eine Gemeinheit ist das, wenn nicht was Schlimmeres.«

»Klein-Albert getötet?« Die Nanny erhob eine Art Wehgeschrei.

»Nein. Einer der Pfauen kam ihm in die Quere, und er nichts wie drauf und hat 'n umgebracht. Nicht der Rede wert, wo wir doch so viele von den Biestern haben. Aber nach dem, was ich herausbekommen konnte, ist die Sache Mrs. Welch schwer aufgestoßen, und mit Recht, muß man schon sagen, bekam sie es mit der Angst für ihr Leben, wo doch dieser verrückte Ire mit Auge und Ohr überall herumspioniert. Also hat sie das Tier in ihrer Küche unter einem Tuch versteckt, um es später so oder so beiseitezuschaffen, aber der Kadaver ist auf unerfindliche Weise wieder aufgetaucht, und das ausgerechnet bei Raunce. Und über und über von Maden wimmelnd, wie mir mein anderes Mädchen, Kate, gesagt hat. Ist das zu glauben, Miss Swift? Unsere ganze Nahrung vergiftet?«

»Mein Gott«, sagte die Nanny, der ganz schlecht wurde. »Arthur. Ja ja, Arthur.«

»Aber das ist noch gar nichts«, fuhr Miss Burch scheinbar ruhig, aber sehr entschieden fort, die Augen auf ihr Strickzeug gesenkt. »Ich komme also nach dem Essen in die Rote Bibliothek, um nach dem Feuer zu sehen. Mrs.

Tennant will in allen Kaminen Feuer haben, um die Räume wegen der Gemälde warm zu halten. Und wissen Sie, was ich da sehe? Nun, Edith und dieser unverschämte Kerl sitzen genüßlich in den Sesseln, die sie vor den Kamin gerückt haben. Als gehörte ihnen das Schloß.«

»Mein Gott«, stöhnte Miss Swift.

»Was geht denn hier vor, sagte ich«, fuhr Miss Burch fort. »Es ist wegen meinem Hals, hat er geantwortet. Nein, wegen der frechen Stirn, die Sie haben, sag ich, worauf Edith soviel Anstand hatte, sich zu erheben und sich auf ihre beiden Füße zu stellen. Aber er blieb weiter sitzen. Was kümmert Sie das überhaupt? fragt er, und ich seh genau, daß er sich für sie beide schämt. Eben das, sag ich klipp und klar. Es gibt Recht und Unrecht, sag ich, und über das hier kann's keinen Zweifel geben, hab ich gesagt.«

»Sein Hals?« kam es schwach von Miss Swift. »Da kann man nie wissen. Vielleicht sollte ich ihn mir mal ansehen.«

»Seit zwei Wochen hat er einen Wickel um den Hals«, berichtete Miss Burch, »er behauptet, die Drüsen seien geschwollen. Aber das gilt eher für seinen ganzen Kopf.«

»Geschwollene Drüsen können gefährlich werden«, sagte die Nanny sehr bestimmt.

»Wenn Sie mich fragen, so kann es nur schlimmer werden, wenn Mrs. T. nicht bald zurückkommt. Dabei liebe ich das Mädchen, diese Edith, ich mag sie gern, Miss Swift.«

»Sie ist ein gutes Mädchen, Miss Burch. Die Kinder gehen für sie durchs Feuer.«

»Das ist's ja gerade, Miss Swift, schon lange hängt sie mit ihren Augen an ihm, und daß man sich's anders wünscht, hilft nichts. Aber ich habe Angst um sie, mit diesem Mann. Er hat nichts Gutes im Sinn«, erklärte Miss Burch und machte eine Pause.

Die Nanny schien fürs erste genug zu haben. Sie wiederholte nur noch mal: »Ja, ein gutes Mädchen, die Edith.«

»Eine bessere hatte ich nie«, fing Miss Burch wieder an. »Ja, ich möchte behaupten, nie eine unter mir, die besser war«, sagte sie. »In diesem Labyrinth von Haus haben wir Tag für Tag einen Wochenputz zu machen. Aber auf die kann man sich verlassen. Und das kann man von der anderen, von Kate, nicht sagen. Manchmal wünschte ich, man hätte mir statt ihrer eine junge Irin zur Ausbildung gegeben.«

»Keine Römisch-katholischen, bloß nicht«, sagte Miss Swift bitter.

»Ja«, stimmte Miss Burch zu, »wir wollen sie nicht, diese fetten Priester mit ihrem Beichtehören und Tabakschnupfen.« Für einen Moment blickte sie von ihrem Strickzeug auf Miss Swift. »Fühlen Sie sich gut?« fragte sie.

»Ich?« sagte die Nanny, und ihre Stimme zitterte. »Danke, es geht. Arme Nanny...«, schien sie fortfahren zu wollen, aber Agatha unterbrach sie: »Es mag alles so sein, aber mich dauern die Mädchen heutzutage«, erklärte sie. »Es erinnert mich an den Krieg in Südafrika. Da sahen sie die Männer davonziehen, womöglich in den Tod, und das macht sie unruhig. Ich weiß noch, wie ich zu der Zeit war. Und dann sehen sie auf uns alte Frauen und sagen sich, sie möchten niemals enden wie wir. Ich war in deren Alter genauso. Erst wenn sie ein paar Jährchen mehr hinter sich haben, wird ihnen allmählich klar, daß es Schlimmeres gibt, als allein im eigenen Bett zu schlafen und dabei jeden Tag zum Essen sein ordentliches Fleisch auf dem Teller zu haben.«

»Und auch eine Pension und nicht bloß die Altersversorgung«, warf Miss Swift ein, die plötzlich wieder auflebte. »Ich kann Ihnen sagen, ein Stein fiel mir alter Nanny vom Herzen, als die mich baten, wieder zu Miss Violet, die ich doch schon von Kind auf gepflegt hatte, zu kommen, um mich nun ihrer Kinderchen anzunehmen.«

»Ach, Mrs. Jack«, sagte Miss Burch mit Grabesstimme.

Miss Swift, die nichts Gutes ahnte, beeilte sich fortzufahren. »Ja, zwei der bravsten kleinen Mädchen, die ich je zu betreuen hatte«, sagte sie, »so reizend, wie sie sich benehmen, diese Lämmchen. Nur eins wünschte ich mir für sie, nämlich, daß es hier noch ein paar andere Kinder für sie zum Spielen gäbe. Sie wissen, Miss Burch, daß es in dem Alter und bei der Stellung, die sie einmal im Leben einnehmen müssen, nicht gut ist, ganz auf sich angewiesen zu sein. Ich war richtig froh, als Mrs. Jack mir diesen Albert ankündigte.« Sie rang nach Atem.

»Ah, Mrs. Jack«, warf Miss Burch ein, als müsse sie ihrem tiefen Kummer Luft machen.

Die Nanny, immer noch atemlos, war nicht zu stoppen. »Natürlich liegt's an den Verhältnissen«, sagte sie. »Nicht mal nach dem letzten Krieg wäre man auf so was gekommen, auf so eine Idee. Ein Junge wie Albert, der Köchin eigner Neffe, Gott bewahre mich. Nie im Leben. Aber das ist es eben. Weil alles so knapp ist. Sogar Benzin«, schloß sie und sank zurück, ganz blau um die Lippen.

»Was da ans Licht kam, war ein richtiger Schock für mich«, sagte Miss Burch und unterbrach sich, um eine gefallene Masche aufzunehmen. Die Nanny ruhte mit geschlossenen Augen. Ein kurzes Schweigen. »Ein gewaltiger Schock«, wiederholte Miss Burch, während sie zugleich noch eifriger weiterstrickte. Miss Swift sagte nichts.

»Schließlich können die machen, was sie wollen«, fuhr Miss Burch fort, »und was wir auch sagen, wir können so gut wie nichts daran ändern. Doch ich muß an meine

Mädchen denken. Natürlich ist's nur ein Fall. Solche Sachen kommen bei jeder Gutsherrschaft vor. Aber die Aufregung für ein Mädchen in Ediths Alter und aus gutem Haus. Ich fürchte für sie.«

»Sie ist stark«, sagte Miss Swift mit schwacher Stimme, »ich weiß das.«

»Mag schon sein«, erwiderte Miss Burch, »aber im Begriff, die Lady zu wecken, zieht sie an den Fenstern die Vorhänge auf, wendet sich um und – erblickt den Captain Davenport bei der Lady im Bett, na ... das langt wohl«, schloß Miss Burch und verzog böse das Gesicht. Als keine Antwort kam, blickte sie Miss Swift voll an. Die lag tief in den Kissen. Ihre Augen waren geschlossen, die Lider zuckten in wildem Erschrecken.

»Nun wissen Sie's«, fügte Agatha hinzu und machte sich wieder an ihr Strickzeug. »Ich dachte nicht entfernt daran, es Ihnen zu sagen. Es ist mir so rausgeschlüpft. Diese ganzen Tage habe ich gefürchtet, es würde meine Edith vollends umwerfen. Ich sorge mich so um sie.«

»Die stellen sich alles mögliche vor, daran liegt's«, murmelte die Nanny. »Ich weiß noch, wie ich als Mädchen war. Bildete mir immer ein, ich wär eins, bis ich mich überhaupt nicht mehr zurechtfand.«

»Ich habe ihn ja selbst gesehen«, sagte Miss Burch mit erhobener Stimme. »Ich dachte, wie sie da heraus kam, sie würde in meinen Armen ohnmächtig werden. Natürlich bin ich, nachdem sie mir berichtet hatte, sofort hinein. Und da lag sie, die junge Lady, nackt, wie sie zur Welt gekommen war, zusammen mit ihm, der gerade sein Hemd überstreifte. Ich war im Nu wieder draußen, das kann ich Ihnen sagen.«

»Sie war immer das entzückendste Kind«, sagte die Nanny jetzt mit mehr Stimme. Miss Burch tat schnell einen Blick und sah, daß ihre Züge sich geglättet hatten und daß sie sich beruhigt zu haben schien. »Miss Violet hatte so wunderschönes goldenes Haar«, fuhr Miss Swift fort, »und sie behielt es auch. Das einzige Kind, bei dem ich das erlebt habe. Noch am Tag ihrer Hochzeit, du liebe Zeit. Wieviel Jahre ist das nun schon her.«

»Und so habe ich Edith gesagt, Miss Swift, wie sie am besten drüber wegkommen könnte. Je weniger geredet wird, desto besser, habe ich ihr gesagt. Und als wir dann mal allein waren, habe ich ihr dringend geraten, nicht weiter daran zu denken, denn was die täten, ginge uns überhaupt nichts an. Trotzdem weiß ich, daß es auf ihr lastet. Ich bin manchmal richtig verzweifelt.«

»Wirklich, ein Bild ganz in Weiß, wie sie da durch die Kapelle schritt. Ach, mir wird so komisch, aber ich werde plötzlich ganz müde. Ich glaub, ich werd ein Nickerchen machen.«

»Sind Sie sicher, daß Sie nichts brauchen, eine Tasse Tee oder so etwas?«

»Nein, nichts, vielen Dank, Miss Burch.«

Agatha packte ihr Strickzeug zusammen. Sie tat noch einen Blick auf Miss Swift, deren Lippen ganz blau waren.

»Sind Sie sicher, daß es nichts weiter ist?« fragte sie noch mal. »Sollte ich nicht vielleicht Ihre Wärmflasche auswechseln?«

»Nein, ich habe alles«, antwortete die Nanny. »Ich dachte nur, ob mir ein Schläfchen guttun würde, weiter nichts.« Also ging Miss Burch. Während sie die Tür hinter sich schloß, sagte sie zu sich: »Sie hat mir nicht mal für meinen Besuch gedankt, aber dann hätte ich auch nicht so auspacken können, dabei hat sie's nicht einmal richtig begriffen. Wir werden beide langsam alt«, wiederholte sie laut, während sie nach der anderen Seite über das weiße Linoleum mit der rotgemusterten Umrandung ging.

Miss Burch hatte der Nanny verschwiegen, daß ihr Protest bei Raunce und Edith ohne Wirkung geblieben war. Immerhin war Edith aufgestanden, als sie die beiden verließ, aber Charley hatte sich nicht gerührt. Und während Agatha jetzt langsam mit klopfendem Herzen auf ihr Zimmer ging, war Edith schon wieder unten in der Roten Bibliothek und saß in dem Lehnsessel, den Mr. Tennant besonders geliebt hatte. Aber ihr schien nicht recht wohl dabei zu sein, denn sie protestierte gerade:

»... und außerdem, ich mag das nicht.«

»Aber, Schatz«, sagte er.

»Ich will nicht, daß sie etwas gegen mich hat, Charley. Schließlich muß ich mit ihr arbeiten. Du ja nicht.«

»Sie kann uns nichts anhaben«, erwiderte er, »überhaupt niemand.« Beide schwiegen etwas betreten. Dann sagte sie unbedacht vertraulich:

»Charley, ich hab den Ring gefunden.«

»Was für 'n Ring?« fragte er, als wäre von Gänseblümchen die Rede.

»Eben den«, rief sie in plötzlicher Erregung, »Mrs. T.'s Ring, den sie verlegt hatte, bevor sie abfuhr. Gestern nachmittag stieß ich zufällig darauf.«

»Die verliert doch andauernd Wertsachen«, meinte er beiläufig, »nur 'n Wunder, wie oft sie sie wiederbekommt.«

»Das meine ich ja gerade«, sagte sie.

»Ich versteh nichts.«

»Stell dir vor, sie bekäme ihn nicht wieder?«

»Wieso, du wirst ihn ihr doch zurückgeben und ihn nicht etwa unserer Agatha abliefern, damit sie den Dank erntet. Du mußt dich behaupten. Du hast 'n gefunden, und du gibst ihn zurück und verdienst dir die Belohnung, obwohl ich fürchte, daß du damit kein Glück hast.«

»Ich fragte mich nur, was ist, wenn ich den ollen Ring nie zurückgäbe?«

»Na, immer langsam«, sagte er, »du meinst, ihn einfach verschwinden lassen?«

»Ihn behalten«, erläuterte sie ganz aufgeregt.

»Wo ist er?« fragte er.

»Hier, im Futter versteckt«, antwortete sie und stand auf. Sie holte das Ding mit dem Finger aus einer geplatzten Naht hervor. Ihre Hand zitterte.

»Laß mal sehen«, sagte er. »Du weißt, daß du dich mit solchen Vorschlägen wie eben sehr in acht nehmen mußt. Sieh nur«, sagte er, dabei hielt er den Ring in Kinnhöhe. Der blinkte und glitzerte ihm entgegen. Raunce lächelte dem Ring zu. »Hat man Worte«, sagte er leise.

»Nun, Charley, was sagst du dazu?«

»Ich sag dir, das geht nicht«, antwortete er. »Tu ihn dahin zurück, wo du ihn gefunden hast.«

»Dahin zurück, wo ich 'n gefunden hab«, wiederholte sie völlig entgeistert.

»Ja, damit sie das Beutestück nicht bei dir entdecken und von Diebstahl an Fundsachen reden. Los«, sagte er, »ich mag's nicht tun, aber du, leg ihn zurück.«

»Und was dann?« schmollte sie.

»Sobald Mrs. T. zurück ist, gehst du zu ihr rauf und sagst, du wärst zufällig drauf gestoßen, als du das Zimmer aufräumtest.«

»Ich dachte, du hättest eine bessere Verwendung dafür als das«, sagte sie.

»Ich weiß nicht, worauf du hinaus willst«, sagte er äußerst zurückhaltend.

»Was schreibst du denn immer in diese Notizbücher?« fragte sie.

»Ich habe meine monatlichen Abrechnungen für Mrs. Tennant zu machen«, erklärte er in aller Form.

»Ach so?« sagte sie.

»Das mußt du schon verstehen«, sagte er.

»Da braucht man aber 'ne Menge dazu, Charley.«

»Hör zu, ich behaupte ja nicht, ich könnte genau über den letzten Korken abrechnen oder wenn jemand zu Besuch ist und vergessen hat, einen Bleistift, den er von irgendeinem Tisch genommen hat, zurückzulegen.«

»Wem sagst du das«, sagte sie.

»Aber solche Wertsachen wie dieses Fundstück haben da nichts zu suchen«, fuhr er fort. »Das mußt du einsehen. Damit würdest du mir alles verderben.«

»Ich versteh dich nicht«, sagte sie. »Hier ist ein Ring, vielleicht mehrere Hundert wert. Er wurde vermißt, ist so gut wie verloren, und da willst du, ich soll ihn zurückgeben? Das ist für mich ohne jeden Sinn.«

»Was würdest du denn machen?«

»Ich würd 'n verkaufen und das Geld für einen verregneten Tag aufsparen.« Dabei warf sie ihm einen Blick zu, als wollte sie ihm zu verstehen geben, daß es bei Hochzeiten immer Tränen vom Himmel regnet.

»Du bist verrückt«, sagte er.

»Ich bin also verrückt«, schrie sie fast, »dann werd ich mich auch so benehmen«, und damit schnappte sie sich den Ring aus seiner Hand und warf ihn ins Feuer.

»Nun sieh, was du angerichtet hast«, sagte er und kniete sich vor den Kamin. Mit einer Feuerzange fischte er den Ring heraus. »Jetzt muß er erst mal gesäubert werden. Laß mich das machen.«

»Dich lassen, kommt überhaupt nicht in Frage«, sagte sie wie außer sich. »Dir trau ich ebensowenig wie dem Kaminrost. Gib her«, damit grapschte sie wieder nach dem Ring und nahm ihn.

»Autsch, ist der heiß«, sagte sie und ließ den Ring auf den Teppich fallen. Beide standen betreten, und aus Ediths hängenden Schultern konnte man schließen, daß ihre Wut verraucht war.

»Mein Gott, mir ist so gräßlich«, stieß sie hervor.

»Komm, Süße, nimm die Sache nicht so schwer«, sagte er, indem er den Arm um ihre Schultern legte. »Überhaupt kein Grund, sich so zu ereifern«, fuhr er fort, »ich wollte ja nur den Ring ein bißchen polieren, damit Mrs. T., wenn du ihn ihr zurückgäbst, nichts merken sollte. Im übrigen«, sagte er, »du hast kein Gefühl für Proportionen. Wenn ich mir jede Woche ein paar Shillinge mache, indem ich die Abrechnungen ein bißchen frisiere, dann heißt das nicht, daß ich mir Schmuckstücke stibitze. Da wird's gefährlich, glaub mir. Was ich mir vorgenommen hab, ist 'ne sichere Sache, Liebling, verstehst du? Solang ich diesen Posten hab, kann ich immer was beiseite bringen.«

»Was legst du denn beiseite?« fragte sie, ohne ihn anzusehen. Es folgte ein kurzes Schweigen, während sie begierig seine Antwort erwartete.

»Nun ein bißchen hier und ein bißchen da«, sagte er.

»Ich nehme an, nicht mal soviel, daß sich das kleine Risiko lohnt«, sagte sie unvermittelt heftig.

»Ich weiß nicht, Liebling, aber zwei- oder dreihundert im Jahr mögen es alles in allem sein.«

»Pfund?« fragte sie und machte große Augen.

»Hübsche englische Pfundnoten«, antwortete er.

»Oh, Charley«, sagte sie voller Bewunderung, »das willst du also schaffen?«

»Und das ist 'ne ganze Menge weniger, als der olle Eldon zusammengekratzt hat. Aber der hatte noch seine ganz besondere Geldquelle.«

»Was meinst du damit?«

»Er hielt eben die Augen offen. Der war nicht so lahm. Um die Wahrheit zu sagen, ich habe ihm nie viel zugetraut, bis ich ihm neulich draufgekommen bin. Der hat deinen Captain richtig eingeschätzt.«

»Den Captain?« fragte sie, und ihre Augen glänzten.

»Das hab ich gesagt.«

»Aber ist das nicht schlimmer, als wenn man nur 'n Ring nimmt, Charley?«

»Kommt drauf an, was man unter schlimm versteht«, erwiderte er. »Ich weiß nur soviel, daß es stimmt.«

»Willst du mir etwa ins Gesicht sagen, daß Mr. Eldon die beiden irgendwann überrascht hat? Genauso wie ich? Daß sie aufrecht im Bett saß mit ihren wippenden Brüsten vor seiner Nase, wie ich es erlebt habe? Willst du das sagen?« Sie war so erregt, daß sie fast vor ihm herumtanzte.

»Ach, ich weiß nicht«, sagte er nur und tat verlegen.

»Da sitzt sie so vor mir...«, sprudelte Edith weiter mit blitzenden Augen. Und er mußte sich die ganze Geschichte noch einmal anhören, zudem ausgeschmückt mit Details, die er noch nie von ihr gehört hatte und die selbst er nicht recht glauben konnte.

Raunces Albert, Edith, Kate, die beiden kleinen Mädchen und Mrs. Welchs Neffe hatten sich für ihr Picknick einen Platz gleich hinter dem Strand ausgesucht. Während die beiden Mädchen und Klein-Albert mit Geschrei hinunter rannten, wo große Brandungswellen sich auf dem hartgepreßten Sand fächerförmig in frisch gemolkene Milch verwandelten, legte Albert sich unter eine von roten Fuchsien überwachsene Hecke, deren Blütenglocken wie eine stumme Musik in dem Wind schwangen, den das zuverlässige Meer mit seiner rollenden Dünung heranführte. Durch die Beine des Packesels namens Peter hindurch konnte er die lichtblauen Wogen beobachten, und in seinen Ohren dröhnte und donnerte der Ozean.

»Eine große Hilfe bist du«, schrie Kate ihn an, während sie sich daranmachte, die Proviantpakete von Peters Rükken zu lösen.

»Ist so 'n grelles Licht«, rief er.

»Um Himmels willen, du wirst mir doch nicht ohnmächtig werden wie neulich Charley, als ich mit ihm draußen war?«

»Sieht er nicht schon ganz blaß aus?« sagte Kate spöttisch zu Edith.

»Jedenfalls, laß ihn in Ruhe«, sagte Edith, »wir wollen ihm erlauben, den Primus-Kocher anzuzünden.« Sie lachte, offenbar weil sie wußte, daß das Ding nicht ohne viel gutes Zureden in Gang zu bringen war.

»Hast du an Streichhölzer gedacht?« rief Kate, worauf er sich hochrappelte und ein Päckchen Zigaretten zutage förderte.

»Herrje, wir haben einen Mann bei uns«, mokierte sich Kate. Er bot sie reihum an. Während er mit den hohlen Händen die Flamme abschirmte und Edith ihr liebliches Haupt herunterbeugte, senkte er seinen strohblonden Kopf über ihren. Sie kicherte leise, wodurch das Streichholz ausging. »Eins nach dem andern«, sagte sie, ihm nah ins Auge blickend. Er wurde ganz rot.

Dann wehte der Wind ihr Haar über die Augen, wodurch sie zwiefach, von außen und von tief innen, verschleiert wirkten. Unter diesem doppelten Blick war ihm, als würde sie sich auch im Bett ihm so darbieten, abgeschirmt und zugleich ganz offen, erschreckend offen.

Dann steckten alle drei die Köpfe zusammen, als hielte er ein Vögelchen zwischen seinen gewölbten Händen, bis endlich ihre Glimmstengel brannten, worauf Albert sich völlig erschöpft zurücksinken ließ.

»Du willst doch nicht etwa an unseren Beinen hochgucken, oder?« fragte Kate. Als Antwort rollte er sich auf den Bauch und blickte landeinwärts, auf ganz Irland, das vor seinem umwölkten Blick hingebreitet lag.

»Laß ihn doch«, sagte Edith wieder. Der Wind blies eine sichelförmige Strähne schwarzen Haars in ihren Kleidausschnitt.

»Das kitzelt«, sagte sie unter leisem Kichern und warf den Kopf zurück, damit die Brise ihr Haar erfassen konnte. »Oh, dieser Wind«, sagte sie noch. Und wirklich preßte der Wind den Mädchen, während sie den verpackten und verschnürten Proviant aus den Körben nahmen, die Kleider so an den Leib, daß sie wie Statuen wirkten. Sie breiteten die Päckchen dort aus, wo der Sand in moosigen Grasboden überging. Dann unterbrach Edith ihr Tun, um den Esel zart an den Ohren zu kraulen.

»Na komm schon und spiel nicht den Miesepeter«, sagte Kate zu Albert, »ich glaub, sie hätte nichts dagegen gehabt, wenn du 'nen Blick riskiert hättest.«

»Also Kate«, wiederholte Edith, »warum kannst du ihn denn nicht in Ruhe lassen.«

»Ich niemals«, sagte der Junge, indem er sich ihnen wieder zuwandte, »ehrlich, ich niemals.«

»Dann tu auch nicht so, als wolltest du es.«

»Katie«, sagte Edith, dabei beugte sie sich vor, um den Esel auf die Nase zu küssen. Sie schien völlig uninteressiert. Jetzt meldete sich Klein-Albert.

»Darf ich das Krabbennetz haben? In der Pfütze, wo wir spielen, gibt's sie massenhaft.«

Und so begann dieser lange Nachmittag. Dann, als sie eine Tasse Tee nach der anderen getrunken hatten, brannte

Albert, als er Kate eine neue Zigarette anzünden wollte, eins ihrer blonden Haare an. Sie machte gute Miene, tat nur einen erschreckten Ausruf wegen des Gestanks.

»Ihr Pfau hat nicht halb so gestunken«, erklärte er. Der Wind hatte nachgelassen. Sie brauchten nicht mehr so zu schreien, aber der Atlantik rauschte mächtig mit seiner Brandung.

»Was für 'n Pfau«, fragte Kate.

»Na der, den der alte Charley im äußeren Vorratsraum verstaut hat. Mrs. Welch muß den Moment abgepaßt haben, wo niemand in der Anrichte war, und dann ist sie hin und hat 'n in mein'n Boiler gestopft.«

»In deinen Boiler?« schrie Edith auf. »Unerhört!«

»Habt ihr's denn nicht gerochen?« fragte der Junge.

»Das erste, was ich höre«, sagte Kate.

»Charley hat 'n ziemlichen Wirbel gemacht«, fuhr er fort. »Er hat gesagt, das reichte, damit wir alle Asthma kriegen, und ist selbst zwei Tage mit Husten rumgelaufen.«

»Die will sich wohl einen Scherz erlauben«, sagte Edith, als wäre sie entzückt, gleich darauf aber: »Himmel, seht nur, was er jetzt wieder anstellt!« Alle drei sahen Klein-Albert wie wild herumhüpfen mit einer ziemlich großen Krabbe, die sich an einem Riemen seiner Sandale festgehakt hatte. Die aufgeregten Schreie von den Kindern übertönten das Gekreisch der Möven, die sich um die verstreuten Abfälle vom Picknick stritten. Doch Albert hatte noch ein paar gute Brocken in einer Tüte bei sich.

»Laßt sie doch«, sagte Kate und schloß wieder die Augen, »ich hab noch genug, was ich erst verdauen muß.« Doch gerade als Edith zu Hilfe eilen wollte, fiel die Krabbe zu Boden. Die Kinder bewarfen sie mit Steinen und bugsierten sie so Schlag für Schlag in ihr eigenes Grab im Sand. Worauf Peter mit angelegten Ohren die Tüte mit den Brocken aus Alberts Hand schnappte und im Nu verschlang.

»Du gemeines Biest«, sagte Albert, indem er zurückwich.

»Aber Albert«, sagte Edith indifferent.

»Ich dachte, der Esel wäre eingeschlafen«, erklärte der Junge.

»Genau das wollte ich gern, wenn ihr vielleicht ruhig sein könntet«, sagte Kate hinter geschlossenen Augen. Ihre Lider waren gerötet. Die Sonne schien warm.

Als er Anstalten machte, sich wieder niederzulassen, bot Edith ihm die andere Hälfte von dem Regenmantel an, auf dem sie saß, mit dem Bemerken, er könne sich sonst seinen guten Anzug verderben. Er trug einen Zweireiher aus blauem Köper, den Mrs. Tennant ihm von einem Livree-Schneider hatte anfertigen lassen.

»Du machst dich gut«, bemerkte sie, »in diesem Aufzug könnte man meinen, du wollt'st in 'n Hyde Park.«

Er legte sich neben ihr hin, während sie kerzengerade saß, um ein Auge auf die Kinder zu haben.

»Ich hab 'ne Schwester drüben daheim«, sagte er leise.

»Was ist?« fragte sie gedankenlos. »Ich versteh nichts bei dem Meer.«

»Ich hab 'ne Schwester, die arbeitet in einer Flugzeugfabrik«, begann er. Vielleicht hörte sie ihn, ließ sich aber nichts anmerken. »Wir nennen sie Madge. Gräßlich die Stunden, die sie da arbeiten muß.«

Er lag auf dem Bauch mit dem Blick ins Land, während Edith aufs Meer blickte.

»Ich hab jetzt nur noch sie und Mum«, sagte er weiter. »Dad starb einen oder zwei Monate, ehe ich herkam. Er arbeitete bei einem Obsthändler in Albany Place. Er hatte Krebs, der hat ihn hingerafft.«

Wenn er schwieg, dröhnte der mächtige Atlantik in ihren Ohren.

»Mr. Raunce schreibt seiner«, fuhr er fort, »und bekommt nie 'ne Antwort. Und auch ich schreib an meine, das tu ich jede Woche, seit es mit diesen schrecklichen Bomben angefangen hat, aber es sieht so aus, als würde ich nie Antwort kriegen, und jedesmal, wenn der seine Bomber schickt, hab ich Angst, daß Mum und Madge was abbekommen haben. Wenn man die Zeitungen liest, möcht man nicht glauben, daß noch irgendwas von unserem alten London übrig ist.«

»He, Albert«, schrie Edith gegen das Meer an, und: »Wir hätten ihn nicht mitnehmen sollen.«

Raunces Albert blickte auf der Edith abgewandten Seite über die Schulter, konnte aber nicht sehen, was sein Namensvetter diesmal verbrochen hatte.

»Weißt du, wo Dad nicht mehr ist, fühl ich mich verantwortlich«, hub er möglichst laut wieder an. »Ich weiß, ich bin noch jung, aber ich verdiene schon, und manchmal überleg ich, ob ich nicht zurück und mich um sie kümmern sollte. Natürlich schick ich jede Woche den größten Teil von meinem Lohn rüber. Ist doch klar.«

Es entstand eine Pause.

»Was hast du gesagt, wie deine Schwester heißt?« fragte Edith.

»Mum hat sie Madge getauft«, antwortete der Junge. Er versuchte einen Blick zu Edith, aber sie sah nicht zu ihm hin. »Wirklich«, fuhr er fort, »ich hab mich gefragt, was am richtigsten wäre. Ich dachte, vielleicht könntest du mir raten?« Wieder blickte er zu ihr hinüber und sie diesmal auch zu ihm, aber er konnte hinter dem schwarzen Gitter von windzerzaustem Haar den Ausdruck ihrer großen schönen Augen nicht erkennen.

Wieder wandte er sich ab. Es schien, als wäre er verbittert.

»Ich weiß ja, daß ich eben nur jung bin«, sagte er.

»Aber sie haben doch nicht geschrieben, daß du kommen sollst?« erklärte sie, worauf er sich herumwandte und auf der Seite lag mit dem Blick zu ihr. Sie sah weiter aufs Meer.

»Nein, aber so sind sie eben. Mum meinte immer, sie würde lieber das Haus schrubben, als zu Papier und Feder greifen. Und Madge ist genauso. Da soll man wissen, was am besten zu tun ist«, schloß er.

»Ich würde ruhig dableiben«, sagte sie unbefangen. »Schließlich lernst du hier was. Und wenn sie dich je in die Army holen, könntest du ein Offiziersbursche sein. Wir sind hier schon am richtigen Platz.«

»Du meinst also, an dem Gerede über diese Invasion ist nicht viel dran? Was ich jedenfalls nicht will, das ist, von den Jerries interniert zu werden.«

»Oh, das ist in meinen Augen alles nur Geschwätz«, antwortete sie. »Da mußt du gar nicht drauf hören. O je«, sagte sie, »was für 'n lahmes Picknick haben wir. Los«, und damit lehnte sie sich über ihn, »mal sehen, ob wir die olle Kate nicht auf Trab bringen können.«

Sie langte über ihn hinweg, wo auf seiner anderen Seite ein verirrter Strohhalm lag, den sie aufnahm. Denn senkte sie sich mit ihrem ganzen Oberkörper auf ihn, wobei sie sich mit dem Ellbogen zwischen ihm und der schlafenden Kate aufstützte. Ihr Mund war offen wie zu einem lautlosen Lachen, und er sah von unten in das rosige Dach ihrer Zähne, während sie jetzt hinüberlangte, um Kate an ihren sandigen Augenbrauen zu kitzeln.

In Kates Gesicht zuckte es. Ihr Arm, der mit der Handfläche nach oben auf dem tiefgrünen Moosgrund ausgestreckt lag, versuchte, als klebte er an einem Morast, vom Boden loszukommen. Dann, immer noch im Schlaf, drehte sie sich abrupt auf die andere Seite, bis ihre andere Wange mit dem Abdruck der Stelle, auf der sie gelegen hatte, zum Vorschein kam. Von ihren Lippen kam einmal deutlich ›Paddy‹.

Darauf brach Edith in Lachen aus, während sie ihre Hand immer noch mit dem Strohhalm über Kates Mund führte und zugleich mit geweiteten Augen von oben in Alberts Gesicht blickte. Der lag ganz still und grinste einfältig. Das ließ sie jäh auffahren.

»Kannst du nicht mal ’n Spaß vertragen?« fragte sie.

»Ihr seid mir ein komisches Pärchen, wirklich«, sagte Kate und gähnte. Sie setzte sich auf, um ihre strohigen Locken zu ordnen.

»Nicht so komisch wie du, kannst mir glauben«, erwiderte Edith, indem sie sich von Albert zurückzog. Er drehte sich wieder auf den Bauch und blickte ins Land.

»Was hab ich denn getan?« wollte Kate wissen. »Darf man sich nicht mal ’n Schläfchen gönnen?«

»Kannst’s vergessen, meine Liebe«, sagte Edith.

»Ich wüßte nicht, was ich vergessen sollte«, erwiderte Kate. »Es ist nicht nett, sich über jemand lustig zu machen, der schläft.«

»Ist doch nur wegen dem, was dir rausgerutscht ist«, sagte Edith freundlich.

»Was war’s denn?«

»Du hast ’n Namen gerufen.«

»Wenn das alles ist«, erklärte Kate und errötete, was bei ihr ganz ungewöhnlich war. »Bei dem Geturtel von euch beiden, wie ihr da einander in den Armen liegt, könnte man eher an was Ernstes denken.«

»Haben wir nicht«, sagte Albert scharf und wandte den Kopf nach ihr, ohne sie anzusehen.

»Schon gut, lassen wir das«, erwiderte Kate. Ihre Röte war verschwunden. »Aber eins könnt ihr mir glauben, was ich da gesehen habe, hätte ausgereicht, daß die lieben Kinderchen bei diesem Anblick große Augen gemacht hätten.«

»Nun laß sie schon«, sagte Edith obenhin.

»Eins dulde ich keinesfalls«, sagte Kate mit verstellter Stimme und mit einem anzüglichen Blick zu Edith, »daß die Kinder dadurch beunruhigt werden, die süßen Lämmchen.«

Edith lachte nur kurz.

»Wer hat das gesagt?« fragte Albert.

»Miss Swift.«

»Wozu?« wollte er wissen.

»Und ich sag euch, die ist ganz prima und denkt nur an die Kinder«, warf Edith ein. »Denen soll erspart bleiben, was ich mit ansehen mußte, wenigstens in dem Alter. Denen bleibt noch genug Zeit für eigene Erfahrungen.«

»Du meinst, was du gesehen hast, als du Mrs. Jack aufwecktest?« sagte Albert verächtlich. »Diese alte Geschichte?«

»Er will's immer noch nicht glauben«, bemerkte Kate entzückt.

»Nenn's meinetwegen 'ne alte Geschichte«, antwortete Edith. »Wie oft habe ich mir gewünscht, nicht gerade diejenige gewesen zu sein. Kannst Agatha Burch fragen, wenn du mir nicht glaubst, aufrecht im Bett saß sie, so splitternackt, wie sie auf die Welt gekommen ist.«

»Ohne was an?« fragte Albert artig.

»Miss Swift hat ganz recht«, fuhr Edith unbeirrt fort. »Ihre Mutter ist doch alles für sie, hoff ich wenigstens.

Und wenn du's denen erzähltest, sie würden's dir nie glauben. Anders als bei dir und einem, den ich nennen könnte.«

»Jetzt reicht's aber«, fuhr Kate heftig auf. »Ich habe die Nase voll von ...«

»Um Gottes willen«, rief Edith und rappelte sich hoch, »seht euch das an, was die drei jetzt wieder machen!« Und schreiend rannte sie hinunter zum Meer.

»Komm«, sagte Kate, »gib mir 'n Kuß, wenn sie nicht hersieht.«

Aber er wollte nicht, raffte sich nicht mal zu einer Antwort auf und, sobald Edith zurück war, rollte er sich herum und fragte sie, ob sie vergessen hätte und wann sie ihm endlich diesen Stulphandschuh zurückgeben wolle.

»Was für 'n Handschuh?« fragte sie, indem sie sich wieder hinsetzte.

»Na der, den du voll mit Eiern hattest. Das muß sechs Wochen her sein.«

»Ich hab eben ein oder zwei Dinge für Mrs. T., wenn sie zurückkommt«, sagte sie.

»Wieso das, Edie?« fragte Kate mit ihrem durchdringenden Blick.

»Oh, nichts, meine Liebe, nichts, was im geringsten mit dir zu tun hätte«, antwortete Edith freundlich. »Ist ja nur, daß sie immer alles mögliche herumliegen läßt.«

»So wie ihren Ring«, bemerkte Kate durchtrieben. »Der war 'n schönes Sümmchen wert, da bin ich sicher.«

»Welcher Ring?« fragte Albert.

»Aber Albert, wie eklig von dir«, sagte Edith. »Liegst da und tust, als hättest du nie von Mrs. Tennants Ring gehört, den sie verlegt hatte.«

»Nie was gehört.«

»Hat er auch nicht«, erklärte Kate. »Er ist doch schwer von Begriff.«

»Bestimmt hast du davon gehört«, sagte Edith, »daß sie wieder mal ein Wertstück vermißte, diesmal einen Ring. Aber ich habe ihn zufällig gefunden, gestern.«

»Hast du?« rief Kate und richtete sich auf, »und hast mir nichts gesagt.«

»Oh, ich hab 'n gut versteckt, Klein-Edith kennt sich aus«, sagte sie etwas unbesonnen. »Mir können sie nichts anhängen von Fundunterschlagung und so. Wenn sie zurück ist, sag ich ihr, wo sie ihn zufällig wiederfinden kann«, sagte sie.

»So ein Wertobjekt«, gab Kate zu bedenken.

»Ist gut versteckt. Nur Miss Moira hab ich's gezeigt, und die wird nie was verraten. Dem Kind gehört meine ganze Liebe«, sagte Edith.

»Da haben wir's«, rief Kate aus, »wo die Kleine doch mit Mrs. Welchs Prachtbengel unter einer Decke steckt. Sogar alle beide. Nach dem, was er mit dem Pfau gemacht hat, ist doch so 'n Saphirring 'ne Kleinigkeit für ihn.«

»Du hast den Ring also gesehn?« fragte Edith plötzlich interessiert.

»Ich«, entrüstete sich Kate, »ich, niemals.«

»Woher weißt du denn, daß es ein Saphirring war?«

»Weil ich Augen im Kopf habe, du Dummchen. Ich hab ihn an ihrem Finger gesehen.«

»Wenn's weiter nichts ist«, sagte Edith und wandte sich wieder ab. »Nach dem, was du gesagt hast, dachte ich, du wüßtest davon.«

»Also, du hast den Ring versteckt?« sagte Albert.

»Klar, was konnte ich sonst machen, denk doch nur nach. Ich wollte ihn doch nicht Agatha Burch aushändigen, damit die sich den Dank verdient hätte.«

»Die hätte bestimmt gesagt, daß du es warst, die ihn gefunden hat.«

»Das denkst du dir so, Albert. Du redest wie einer von diesen Iren, so unschuldig, aber bei denen steckt hinter allem, was sie sagen, mehr, als sie uns wissen lassen. Ist 'n Fortschritt, wenn du so willst.«

»Aber Edie«, sagte Kate bewundernd, »du hast dich sehr verändert.«

»Ja, hab ich auch«, antwortete Edith, »aber das weißt du doch selbst: je nach den Umständen ändert sich die Lage«, sagte sie.

»Drüben auf Clancarty«, berichtete Kate, »zwingt dieser Captain Davenport seine Leute bei den Ausgrabungen sich nach der Arbeit nackt auszuziehen, damit er sehen kann, ob sie nichts mitgenommen haben. Paddy sagt, der Pfarrer hat sich der Sache angenommen.«

»Ich wette, da wärst du gern dabeigewesen«, bemerkte Albert überraschend.

Als Antwort gab Kate ihm einen Backenstreich mit dem Handrücken. Er rappelte sich hoch, während sie mit geballten Fäusten dasaß, kampfbereit und siegesgewiß. Aber er ging davon, ohne ein Wort. Der mißmutige Esel folgte ihm auf dem Fuß. Gegen den ewig ruhelosen Ozean mit seinem blendenden Glanz vom Anfang der Welt schritt er mit seinem Esel dahin wie ein wandernder Chorknabe.

»Unverschämter Bengel«, sagte Kate.

»Ist doch noch ein Kind«, bemerkte Edith, dabei legte sie sich wieder zurück in den Sand, nachdem sie ihr ›I love you‹ als Unterlage für den Kopf ausgebreitet hatte. Sie blickte direkt in den Himmel, ohne auch nur die Augenlider zu verziehen.

»Manchmal könnte ich schwachsinnig werden in diesem ollen Land«, erklärte Kate ganz ruhig und, wie es schien, ohne jeden Anlaß. »Das könnte ich wirklich.

Komm, laß uns wieder mal so ein Schwätzchen haben wie früher. Wie wär's, wenn wir bei dir anfingen. Sag deiner Freundin, wie das eigentlich ist, geliebt zu werden.«

»Kate, du bist gemein.«

»Komm schon, kein Mensch kann uns hören bei diesem Lärm vom Meer. Dein Boy-Friend ist weg und schmollt wegen seinem kostbaren Esel. Also sag's deiner Kate.«

»Ach der«, sagte Edith, »du machst es dir zu leicht mit ihm. Was dir rausgerutscht ist, als wir dich weckten, das hat Bert verstimmt.«

»Was meinst du damit?«

»Oh, ich meinte nicht den Namen, den du genannt hast.«

»Dann vielleicht, weil ich mich über dich lustig gemacht habe, wie du da über ihm lagst, Edie?«

»Ja, deshalb. Weißt du, Kate, er ist empfindlich. Erste Liebe.«

»Daß ich nicht lache«, sagte Kate verächtlich. »Erste Liebe nennst du das? Du redest ja schon wie deine junge Lady. Wir haben keine Zeit für erste Liebe, wie du das nennst. Wir gehören zum gewöhnlichen arbeitenden Volk. Nächstens fällt er uns noch in Ohnmacht.«

»Weil er, wenn ich eine Maus sehe, die mit einem Beinchen in einem Zahnrad hängt, mich höhnisch angafft und ...«

»Ach, hör doch auf«, unterbrach Kate. »Ich wollte dir ja nichts. Ich weiß gar nicht, warum wir nicht mehr wie früher miteinander sein können, aber anscheinend können wir nichts mehr miteinander tun, als uns anzugiften.«

Wieder wandte Edith sich von ihr ab. »Schön, lassen wir das«, sagte sie.

»Aber du wirst es doch nicht dulden wollen, daß der Junge dir wie ein Hündchen nachläuft?«

»Also, was soll ich deiner Meinung nach tun?« fragte Edith.

»Du hättest sein Gesicht sehen sollen, wie du über ihm lehntest. Mir wär beinah das Essen hochgekommen. Und wie du ihm in die Augen geguckt hast, als hättest du es gern so.«

»Wenn er's auch nur gewagt hätte, mich zu berühren, hätt ich's ihm gezeigt, kannst mir glauben«, sagte Edith, »eine Lektion, die er sein Leben nicht vergessen hätte«, fügte sie hinzu.

»Wenn ich dir raten soll, dann würd ich's dem Jungen beibringen, eh der Tag zu Ende geht.«

»Wieso?« fragte Edith, »du nimmst doch nicht an, ich täte mir was drauf zugute, daß er nach mir schmachtet? Bei so 'm Kind? Er sehnt sich nach seiner Mutter. Das bekümmert ihn. Aber leben und leben lassen, wie ich immer sage.«

»Dann halt dich nicht weiter über mich auf und du weißt schon wen«, sagte Kate.

»Schön, meine Liebe. Dann laß uns ein Schläfchen machen«, sagte Edith.

Und im Nu waren sie beide weg. Die Kinder wurden inzwischen ganz durchnäßt.

Raunces Albert kam zurück, gefolgt von dem Esel, den er nicht loswerden konnte. Er ließ sich neben Edith nieder. Er konnte sich vom Anblick ihres Körpers nicht losreißen.

Edith fand heraus, daß Agatha an den meisten Tagen bei Mrs. Welch eine Tasse Tee trank. Und so überredete sie Miss Burch, für alle einen Anspruch auf Tee nach dem Essen geltend zu machen, ein Privileg, das die anderen seit der Vorkriegszeit nicht mehr genossen hatten. Sie alle waren höchst überrascht, als die Köchin zustimmte. Aber das war noch nicht alles. Edith sorgte sich um Raunce wegen seinem Hals. Sie sagte, diese ewige Zugluft in der Dienstbotenhalle könnte ihm schaden. Nun war aber Kohle so knapp, daß sie morgens im Zimmer des Butlers nur ein kleines Torffeuer anlegen konnte, und sie bestand darauf, daß der Kamin in dem Zimmer für ein Torffeuer zu klein sei. Zweifellos unter diesem Vorwand brachte sie es dahin, daß er seinen Tee mit ihr zusammen in einem der Wohngemächer nahm, wo die Kamine den ganzen Tag in Gang gehalten wurden, zur Erhaltung der alten Meister an den Wänden.

So kam es also dazu, daß Charley und Edith sich am folgenden Nachmittag die tiefen purpurnen Ledersessel in der Roten Bibliothek an den Kamin gerückt hatten, nebst einer ledernen Decke auf der Ofenbank für Raunces Füße und neben sich eine trauliche Tee- und Untertasse aus Worcester. Die gotischen Fenstertüren waren zum Rasen hin geöffnet, wo die Pfauen aufgereiht standen und das trockene Wetter genossen. Eine weiche Sommerbrise wehte über die üppigen Geranien herein und spielte ein wenig mit Ediths Locken. Die Wände zwischen den Büchern waren mit kühler grüner Seide verkleidet. Aber Edith schien jetzt nicht an die Zugluft zu denken.

Er fragte: »Hast du je das Häuschen diesseits vom Osttor bemerkt?«

»Ich kann nicht sagen, daß ich's genauer angesehen hätte, wenn du das meinst«, erwiderte sie. Er schob einen Finger in den Verband, den er um den Hals trug, als müsse er sich Erleichterung verschaffen.

»Wenn du das nächste Mal dort vorbeikommst, schau's dir mal an, ja?«

»Warum denn, Charley?«

»Weil's leer steht, darum.«

»Weil's leer steht?« wiederholte sie harmlos und zugleich neugierig.

»Die verheirateten Butler haben früher immer da gewohnt«, erklärte er ihr. Dann log er. »Gestern morgen«, sagte er schlau, »hat Michael, aus der Küche kommend, mich abgefangen. Du kommst nicht darauf, was er diesmal wollte.«

»Doch wohl nicht wieder was für einen von seiner Familie?« fragte sie.

»Genau das«, sagte Raunce. »Er wollte Mrs. T., wenn sie zurückkommt, darum bitten, das war's. Das Dach auf ihrem Saustall von Hütte ging kaputt und ist seiner verdammten Schwägerin auf 'n Kopf gefallen und hat einem ihrer Kleinen den Finger gequetscht.«

»So 'ne Frechheit«, entrüstete sie sich.

»Ein verdammter Lügner ist er«, ergänzte Charley. »Ob's wahr ist, spielt keine Rolle, sondern daß es geglaubt wird«, fügte er hinzu.

»Du meinst, sie nimmt ihm so eine Geschichte ab?« fragte Edith.

»Hör mal zu, mein Schatz«, begann er, brach aber wieder ab. Er war in schwarzen Hosen und einem gestärkten Hemd ohne Jacke, so daß sein Aufzug nur durch die rot und weiß gestreifte Dienerweste etwas Farbe bekam. Wegen seines Halswehs hatte er keinen Kragen um. Zurückgelehnt blinzelte er in das Aufglühen des mächtigen Torffeuers, das in dem dunkleren seiner beiden Augen Reflexe in Form kleiner rötlicher Halbmonde hervorrief.

»Mein Schatz«, begann er neu, aber fast ohne Stimme, »wie wär's, wenn wir, du und ich, heiraten würden? So, jetzt ist's raus.«

»Das will gut überlegt sein, Charley«, erwiderte sie prompt. Dabei sah sie ihn nicht mehr an, sondern folgte seinem Blick und heftete ihre Augen mit doppelter Intensität auf diese wärmespendenden Rechtecke, die so rot aufglühten wie lebendiges Blut. Im Licht dieses Torffeuers bekamen ihre großen Augen einen rosigen Schimmer wie von einer inneren Erregung, die sich mehr und mehr sänftigte.

»Nichts da mit diesem Liebesgetändel«, begann er wieder, aber wie unter Schmerzen, um sie nicht anzusehen. »Einfach nur konsequent, das ist's, meine Liebe. Weißt du, ich dachte daran, meine alte Mutter von den Bomben weg und hierher zu holen.«

»Und das mit Recht«, antwortete sie sogleich.

»Ich bin froh, daß du es so siehst«, nahm er sie beim Wort. »O Liebling, du weißt nicht, was das für mich bedeutet.«

»Ich sage immer, eine Frau, die der Mutter ihres Mannes kein Obdach geben kann, verdient keinen eigenen Hausstand«, sagte sie.

»Dann sagst du also nicht nein?« fragte er und sah sie nun an. Über sein bleiches Gesicht huschten grüne Reflexe vom Rasen draußen.

»Ich habe nicht ja gesagt, oder?« konterte sie und sah ihn offen an, aus übervollem Herzen. Wie sie da mit dem Rücken zum Licht saß, konnte er ihren Kopf nur in einer blendenden Helle, umrahmt von schwarzen Haaren sehen und in der Mitte des Bildes diese großen Augen von ihr, abgrundtief.

»Nein, das ist richtig«, murmelte er sichtlich niedergeschlagen.

»Ich muß darüber nachdenken«, sagte sie freundlich. Mit gefalteten Händen blickte sie wieder in das Torffeuer.

»Eine gute Frau, meine Mutter«, begann Raunce wieder. »Sie hat hart gearbeitet, um uns nach Dads Tod aufzuziehen. Wir waren sechs in der Familie. Sie hatte ihre liebe Mühe mit uns.« Edith blieb weiter ganz ruhig.

»Jetzt sind wir überall verstreut«, fuhr er fort, »nur meine Schwester ist noch bei der alten Dame. Sie müssen wir auch in Betracht ziehen«, sagte er.

»Die in der Munitionsfabrik arbeitet«, fragte sie.

»Ja, die«, erwiderte er und zögerte.

»Nun, ich wüßte nicht, warum auch sie nach Irland kommen muß«, sagte Edith schließlich. »Sie hat doch einen ordentlichen Job? Ich an ihrer Stelle sähe keinen Grund für einen Wechsel.«

»Du darfst das ruhig auf deine Weise sehen«, erklärte Raunce. »Ich dachte nur, ich müßte auch sie erwähnen. Mrs. Charley Raunce«, verkündete er in geschraubtem Ton. »So wär das, oder?« Er schien wieder Zutrauen zu fassen.

Sie stand plötzlich auf und wandte sich halb von ihm ab.

»Ich sage ja nicht, so oder so, Charley. Vorläufig noch nicht.«

»Zunächst jedenfalls heißt das nicht: Nein«, sagte er und stand ebenfalls auf.

»Nein«, erwiderte sie und errötete. Bei diesem Anblick grinste er albern wie in süßer Qual. »Nein«, sagte sie dann, »ich sag nicht, daß ich's nicht könnte.« Und mit einem Mal schien ihre Stimmung umzuschlagen. Sie wirbelte herum und machte eine Art Kopfsprung auf das Kissen, auf dem sie gesessen hatte.

»Doch vor allem, ich will den alten Ring zur Verlobung tragen«, jubelte sie, »oh, laß mich, wenn auch nur für eine Minute.« Er näherte sich tapsig, während sie mit gekrümmtem Finger in dem Kissen nachfühlte. »Komisch«, sagte sie leiser, »das kann doch nicht sein.« Und dann:

»Doch, er ist weg«, verkündete sie, indem sie sich erhob und Charley ins Gesicht sah. »Einfach weg«, sagte sie.

»Was ist weg?«

»Mrs. Tennants Ring«, sagte sie.

»Nicht möglich«, sagte er, »gib her«, und er nahm das Kissen und riß die Naht auf. »Muß reingerutscht sein, das ist alles«, sagte er, während er weiterbohrte.

»Wieso kann er nicht weg sein«, sagte sie mit einem gewissen Ton in der Stimme, »er ist eben nicht da, weiter nichts.«

Er fühlte an den Rändern entlang.

»Du hast recht«, erklärte er, »da ist nichts.«

»Aber so 'n Ring kann doch nicht einfach wegfliegen«, sagte sie bedeutungsvoll.

»Edie«, sagte er, »wenn du denkst, ich hätte ihn genommen, dann mußt du mich für geringer achten als die mieseste Kreatur.«

»Nein«, murmelte sie, »tu ich auch nicht«, dabei lehnte sie sich zu ihm herüber und gab ihm einen flüchtigen Kuß.

»Dann hast du eben nie irgendwas gefunden, verstehst du?«, und er legte seine Arme um sie. »O Liebchen ...«, fing er gerade an, als sie beide hörten, wie ein Wagen über den Burggraben zum Schloß einbog.

»Paß auf«, rief er, als hätte sie ihn küssen wollen. »Das muß Mrs. Tancy sein«, sagte er und wandte sich zum Gehen. »Heiliger Himmel! So, wie ich bin, kann ich nicht an die Tür.« Während Raunce hinaushastete, ließ sie sich auf die Knie nieder, vielleicht um glauben zu machen, sie sei nur wegen des Kaminfeuers in dem Zimmer.

Aus Gewohnheit schloß Charley die Tür leise hinter sich, und erst, als er außer Hörweite auf seinem Zimmer war, rief er laut nach Bert. So sah denn niemand als nur

Edith den Wagen vorfahren. Darin saß aber nicht die eben erwähnte Lady, sondern ein Fremder, ein Mann mit einem grauen Homburg.

Bert kam angerannt in einer grünen Flanellschürze. Eben jetzt ging die Klingel. »Die Vordertür«, sagte Raunce, als auf der Anzeigetafel die Klappe fiel. »Ich bin nicht angezogen. Führ sie in die Rote Bibliothek und rühr dich nicht vom Fleck, damit da nicht irgendwas verschwindet. Aber so nicht«, er brüllte es fast, als Bert in der grünen Schürze weg wollte, »die tun wir ab«, rief er, während er die Schürzenbänder aufknotete, »und wo ist deine Jacke?« Endlich war der Junge korrekt angezogen, und Raunce schickte ihn los. Dabei rief er noch: »Nur 'n paar Minuten, ich muß mich erst anziehen.«

An Albert also war es, Michael Mathewson am Eingang zu empfangen und die Geschäftskarte des Mannes, der nach Mrs. Tennant fragte, entgegenzunehmen. Der Junge hielt die Karte verkehrt herum. Infolgedessen konnte er den Namen und die Unterzeile auf Irisch nicht lesen, auch nicht die in Klammern darunter stehende Übersetzung: Sie lautete »Irish Regina Assurance«. Schließlich noch am rechten Rand eine Dubliner Adresse.

»Wenn Sie mir bitte folgen wollen«, sagte Albert höflich, wie man es ihm beigebracht hatte. Er führte den Mann über die Karos der Marmorfliesen. Mike Mathewson, dick, untersetzt und kahlköpfig, blaue Gamaschen an den Füßen, ging hinter ihm.

»Das heißt, die Herrschaft ist nicht da«, wisperte der Junge über die Schulter.

»Macht nicht*th,* mein *Th*ohn«, lispelte Mike.

Also führte ihn Albert da hinein, wo Edith, immer noch auf den Knien, mit dem soeben erhaltenen Heiratsantrag und zum Schein mit Aufwischen beschäftigt war.

Mit Mathewson auf der Schwelle besann sich Albert offenbar, denn er sagte besonders laut: »Hier herein, bitte.«

»*Th*ie haben e*th* aber hübsch hier«, lispelte er freundlich in Ediths Richtung. Albert zog die Tür leise zu. Er kam sich überflüssig vor und war sehr verlegen. Er leckte in seiner Handfläche und strich seine blonden Haare glatt.

»Die Familie i*th* verrei*th*t?« erkundigte sich Mr. Mathewson. Dabei nahm er den Brieföffner mit dem achatenen Griff in die Hand.

»Ja, Sir«, war Ediths Antwort. Sekundenlang sah sie ihn mit all ihrem berückenden Liebreiz voll an.

»I*th*t nicht weiter schlimm, Mädelchen«, lispelte er und verdrehte dabei ein wenig die Augen. Dann legte er den Brieföffner wieder hin und trat etwas näher.

»Wie wär*th* mit 'm kleinen *Th*pa*th*«, sagte er zutunlich, »ich *th*eig dir, wie du Mike *th*um Narren machen kann*th*t. Mike, da*th* bin ich. Wa*th* er da hat, i*th*t meine Geschäft*th*-karte. Darum geht*th*. Darauf eine kleine Wette. Ich wette *Th*ixpen*th,* da*th* du nicht errät*th*t, wa*th* für 'n Job ich habe.«

Daraufhin erhob Edith sich, mit dem Rücken zum Kamin, und machte große Augen, indem sie ihren Rock glattstrich.

»Jet*th*t bi*th*t du dran, mein *Th*ohn«, forderte er den Jungen zum Mitmachen auf, aber der blieb stur.

»Mr. Raunce, mit dem sollten Sie sprechen«, unterbrach sie.

»I*th*t schon recht«, antwortete er. »Ich bin nämlich kein Handel*th*mann. Da*th* hab ich aufgegeben, al*th* die Geschäfte immer schlechter gingen. Ich bin ein Unter*th*uchung*th*kommi*th*ar«, trumpfte er auf, jetzt dicht bei ihr.

»Da*th* i*th* 'ne Überraschung, nicht wahr«, fuhr er sichtlich befriedigt fort. »Da*th* hätten *Th*ie niemal*th* erraten, ohne meine Geschäft*th*karte ge*th*ehn *th*u haben. Mike Mathew*th*on mein Name. Hab 'n *Th*ahn verloren, darum *th*prech ich *th*o«, entschuldigte er sich und legte wohlerzogen eine Hand über den Mund, nahm sie aber sogleich wieder fort, um seine getupfte Krawatte zu richten.

Dabei kam er ihr nun wirklich sehr nahe. Er roch nach Veilchenwasser.

»Ich komme hin, wenn irgendwo ein Verlust gemeldet wird«, sagte er schroff, ohne zu lispeln.

»Oh«, sagte sie ängstlich.

»Ich repräsentiere die Versicherungsgesellschaft«, erläuterte er noch mal.

Zur gleichen Zeit war Klein-Albert mit Mrs. Jacks kleinen Mädchen draußen beim Taubenschlag. Er kniete, während Miss Evelyn und Miss Moira, gesprenkelt von den durch die Bäume fallenden Sonnenstrahlen, dabeistanden. Der Junge selbst war im Schatten jenes Schiefen Turms von Pisa, aus dessen Löchern ihn hundert rubinrote Augen anstarrten.

»Du willst ihn doch wohl nicht vergraben, Bert?« fragte Miss Evelyn ängstlich.

»Nee«, erwiderte er, indem er vom Boden eine leere halbe Eischale aufhob.

Die Schwestern hockten sich hin. Er öffnete die Faust und ließ den Ring sehen, der bläulich in seiner Hand schimmerte. Er stopfte ihn in die halbe Eischale, die er sodann mit dem heilen Ende nach oben, wie eine schützende Glocke über dem Juwel, unter einem Büschel spitzer Gräser versteckte.

»Willst du ihn etwa hier im Freien liegen lassen?« fragte Miss Moira.

»Eben drum, weil diese Vögel gern Ringe klauen«, antwortete er. »Wenn Mr. Raunce zufällig vorbeikommt und ihn findet, wissen wir von nichts, die Tauben waren's. So ist das.«

»Aber Tauben stehlen keine Ringe, Albert, du meinst Dohlen.«

»Seid doch nicht so blöd«, sagte er, »Tauben sind allgemein dafür bekannt.«

»Hier wird er uns verlorengehen«, gab Miss Evelyn zu bedenken.

»Ringe haben keine Beine«, sagte er, »und aus der Eischale werden diese Vögel ihn niemals rausholen. Die denken nicht daran, ein zerbrochenes Ei auch nur anzurühren.«

»Du bist ganz schön clever«, sagte Miss Moira, und sie meinte es auch.

»Ich kenn mich aus, weiter nichts«, sagte er, »nur, ich sollte euch Mädchen nicht ins Vertrauen ziehen. Ihr könnt kein Geheimnis für euch behalten. Also werdet ihr einen Eid schwören müssen, klar?«

»Einen Eid?«

»Richtig. Ihr müßt schwören, niemals was davon zu sagen. Was ganz Besonderes. Das geht so: ich zerschlag ein Hahnei über eurem Mund, und ihr sagt: ›Meine Lippen sind versiegelt, oder ich werd tot umfallen‹. Also.«

»Hahneneier?«

»Von Pfauen, du Dummchen. Ich werd mir welche besorgen.«

Während er zu jener Tür rannte, aus der er Raunce einmal hatte herauskommen sehen, rief er noch: »Ihr rührt euch nicht von wo ihr seid.«

So unbeholfen zu reden, hatte er hier während seiner Evakuierung gelernt.

»Oh, das ist sündhaft«, sagte Miss Moira hoch befriedigt.

»Wie willst du schwören, ohne daß das Eidotter dir in den Mund läuft?« fragte Miss Evelyn.

Aber sie warteten brav. Fast im Nu war der Junge zurück. Doch da begehrte eins der Mädchen auf. Sie sagte, sie würde es sich nicht gefallen lassen, dieses klebrige schleimige Zeug auf ihrem Gesicht. Und die andere widersprach, wieso sie sich denn dagegen sträube, wo sie doch wisse, daß Edith Hunderte von diesen Eiern in Wasserglas konserviert habe als Vorrat für die Hautpflege in Notzeiten. Klein-Albert hörte aufmerksam zu. Und dann unterzog er sie der Zeremonie, und beide schienen entzückt.

Inzwischen hatte der Assessor begonnen, Fragen zu stellen. Edith wußte nichts, wie sie sagte. Oder sie konnte nicht mit Bestimmtheit sagen, was gewesen war. Mike Mathewson kam keinen Schritt weiter. Albert hüllte sich in Schweigen. Dann endlich erschien Raunce in seinem dunklen Anzug und ohne den Verband. Er kam leise herein, Mike Mathewson hörte ihn nicht. Er mußte sich erst räuspern, damit der Mann sich umwandte.

»Ja, Sir?« fragte Charley.

»Ist schon recht, guter Mann«, antwortete Mike. »Ich forsche ein bi*th*chen nach, da*th* i*th*t alles.«

Mag sein, daß Edith ihm verstört vorkam, jedenfalls faßte Raunce, immer noch bei der Tür stehend, seinen Entschluß.

»Ich weiß bestimmt, Mrs. Tennant würde keine Fragen wollen«, sagte er.

»Eben de*th*wegen hat man mich geschickt«, erwiderte Mr. Mathewson, dem etwas Grünes aus der Nase kam.

»Ich fürchte, daraus kann nichts werden«, sagte Charley mit fester Stimme. »Mrs. Tennant würde das niemals zulassen.«

»Verhält es sich so?« sagte Mike grimmig, ohne zu lispeln.

»Ich muß Sie also bitten, wieder zu gehen, das ist alles«, sagte Charley noch, jetzt ohne ›Sir‹.

»Aber man hat mich doch hergeschickt.«

»Wer?«

Edith mußte den Verstand verloren haben, denn sie schaltete sich ein. »Es ist doch wegen dem Ring«, sagte sie zaghaft.

»Was für 'n Ring?« fragte Raunce, ohne mit der Wimper zu zucken.

»Überlegen wir mal«, schlug Mike vor, »als Mr. Tennant noch lebte, waren Sie doch in seinen Dien*th*ten, nehme ich an.«

»Nein, war ich nicht.«

»Und nie von einem Ring gehört, der verschwunden war?« fragte Mike fast drohend.

»Wie meinen Sie das?« fragte Raunce in weniger feinem Ton.

»Da*th* i*th*t *th*elt*th*am«, sagte Mathewson, »niemand scheint von nicht*th* *th*u wi*th*en.«

»Was ist denn daran seltsam?« fragte Charley und guckte jetzt scheel. »Nun sagen Sie mir zunächst mal, wer Sie überhaupt sind.«

»*Th*ie *th*ind der Butler?«

»Was geht Sie das an? Die Rede ist von Ihnen. Wer sind Sie also?«

Wieder kam Edith dazwischen.

»Er kommt wegen der Versicherung«, sagte sie flehentlich.

»Dich hat niemand gefragt«, wies Charley sie zurecht, aber mit einem milden Blick zu ihr hinüber. »Du weißt doch nichts«, fügte er noch hinzu.

»Wei*th* nicht*th*?« kam es von Mr. Mathewson zurück. »Nun hören *Th*ie mir mal zu. Ich habe nie in*th*inuiert, die*the* Dame wü*th*te irgendwa*th*.« Das sagte er fast begütigend.

»In was?« fragte Charley.

»Angedeutet«, verbesserte sich Mathewson, wurde dann aber scharf. »Kommen *Th*ie mir blo*th* nicht wit*th*ig. Da*th* verfängt nicht bei mir.«

»Ich weiß gar nicht, wovon Sie reden«, sagte Raunce, etwas eingeschüchtert.

»Von dem Ring«, antwortete der Assessor scharf, »dem *Th*aphirring, der bei meiner Firma ver*th*ichert i*th*t.«

»Kennt Mrs. Tennant Sie?« fragte Raunce.

»Sie hat uns kommen lassen«, sagte der Mann äußerst heftig, diesmal ohne zu lispeln. »Genügt Ihnen das?«

»Sie hat Sie kommen lassen?« wiederholte Raunce.

»Also wissen Sie von dem Ring?«

»Davon wissen? Ich hab nur gehört, daß sie einen verlegt hat.«

»Warum haben *Th*ie mir eben gesagt, *Th*ie wü*th*ten nicht davon?« fragte Mike ihn ganz ruhig.

Raunce brauste auf. »Ich?« rief er, »das sagen Sie mir? Ich habe so etwas nie gesagt, und dieses Mädchen und mein Bursche sind Zeugen. Wahrscheinlich habe ich nur gesagt, ich wüßte nichts von Ihrem Auftrag, und darüber weiß ich jetzt ebensowenig wie zuvor. So sieht's aus.« Er schielte wie hilfesuchend nach Edith. Aber die blickte versonnen auf den Armsessel. Sie schien geistesabwesend.

»Wollen *Th*ie mir eine klare Frage beantworten?« begann Mr. Mathewson wieder. »Offen und ehrlich, nicht wahr?« Er wurde nahezu freundlich.

»Eine Frage beantworten? Da müßte ich die Frage erst kennen, nicht wahr?« erwiderte Raunce.

»*Th*ie wollen al*th*o nicht antworten?«

»Das habe ich nicht gesagt. Was soll's also. Irgendeine Falle?«

»Wer *th*pricht denn von einer Falle? Ich bin hier, um einem Ring nach*th*uforschen.«

»Und was hat das mit mir zu tun?« fragte Raunce.

»Da*th* wei*th* ich noch nicht«, erwiderte Mike freundlich.

»Dann merken Sie sich. Ich weiß von nichts, und ich werde nichts sagen, ohne daß Mrs. Tennant mich dazu ermächtigt. Ist das jetzt klar?«

Sie starrten einander an. Edith ließ sich wieder auf die Knie nieder und begann, das blitzblanke Kamingerät mit einem Lappen zu polieren. Als sie hinter Mikes Rücken mit Charley einen Blick wechseln konnte, schüttelte sie besorgt den Kopf. Albert stand wie gelähmt.

»Mi*thith* Tennant hat mich herbestellt, bevor sie selbst zurückkäme«, begann Mr. Mathewson wieder, und diesmal schien er sich besonders an Albert zu wenden.

»Mrs. Tennant kommt zurück?« rief Raunce aus.

»So jedenfalls habe ich es verstanden.«

»Dann Gott sei Dank«, sagte Raunce erleichtert. »Die kann eine ganze Menge aufklären, Mrs. Tennant, jawohl, und wenn sie's nicht tut, kann sie meine Kündigung haben. Und Sie kommen daher, machen dem Mädchen Angst und behandeln mich, als wäre ich ein Verbrecher.«

»Hören *Th*ie *th*u«, begann Mike von neuem, als wäre er es schon leid. »Ein Ring i*th*t in Verlu*th*t geraten, ein *th*ehr wertvoller *Th*aphirring. Meine Ge*th*ellschaft i*th*t aufgefordert worden, *th*u be*th*ahlen. Nun bin ich hier, um nach*th*uforschen. Da*th*u bin ich über hundert Kilometer gefahren. Verstehen *Th*ie jet*th*t?«

»Okay«, antwortete Raunce. »Und jetzt erzählen Sie mir mal, was das alles mit mir zu tun hat?«

»Das frage ich Sie«, versetzte der Assessor boshaft.

Wieder standen sie und starrten einander an. Dann sprach auf einmal Albert, der Bursche von Raunce.

»Ich hab's«, gestand er.

»Du hast was?« Raunce brüllte. Edith sprang auf die Füße. Raunce schluckte dreimal und wollte gerade loslegen, als Mike Mathewson ihn heftig unterbrach und nahezu anzischte.

»Jetzt habe ich aber genug, verstehen *Th*ie mich? Na, mein Junge, da wären wir al*th*o ein Stückchen weiter. Du ha*th*t e*th*?«

Albert zitterte, hielt aber stand.

»Nun *th*ag schon«, fuhr Mike fort. »Du ha*th*t nicht*th* *th*u befürchten. Wo ha*th*t du wa*th*?«

Der Junge schwieg wie gelähmt, wie vor dem Einschlafen. Edith ging zu ihm herüber und kniete bei ihm, beide Arme steif an den Seiten, als sollte er, der kleiner war, ihr wiederum die Augen verbinden. Dann aber wandte sie sich, tiefrot im Gesicht, gegen den Assessor.

»Er hatte nur so eine Idee, aber was fällt Ihnen überhaupt ein, ehrliche arbeitsame Menschen, die hier ihr Brot verdienen müssen, in Schrecken zu setzen?« Sie wurde lauter. »Sie machen jetzt, daß Sie hier wegkommen, das ist das Beste für Sie. Wir wollen hier keinen von Ihrer Sorte, der den armen Jungen um den Verstand bringt. Was geht uns denn dieser alte Ring überhaupt an? Wenn ich ein Mann wäre, würde ich ihm die Tür weisen«, sagte sie zornbebend zu Raunce.

»Das is 'n Vorschlag«, sagte Raunce. Er bewegte sich langsam auf den Assessor zu, der noch sagen wollte: »Welche Idee hatte wohl der junge Bursche?« – dann jedoch abbrach und mit einem »Alsdann« vor Charley den Rückzug auf die offene Fenstertür antrat.

»Den Leuten Worte in den Mund zu legen, als ob damit etwas bewiesen wäre.« Raunce schrie es fast, während er auf den Assessor vorrückte. »Dem Jungen kommt ein Gedanke, und schon heißt's, er hat den Ring!«

»Aber wa*th* für ein Gedanke war'*th* denn wohl?«

»'ne wahre Schande, weiter nichts.« Charley war jetzt dicht bei ihm. »Nun aber raus hier, verstanden?«

»Ich bin schon dabei«, erklärte Mr. Mathewson. Doch dann hatte er noch das letzte Wort. »Aber merken *Th*ie *th*ich! Wir be*th*ahlen nicht!« sagte er und ging.

»Wartet, bis er weg ist«, sagte Raunce warnend zu den beiden.

Und Mike Mathewson fuhr rasch davon.

Sobald sein Wagen über den Schloßgraben weg war, drehte Raunce sich Albert zu. Kreidebleich und böse schielend brüllte er ihn unbeherrscht an.

»So, du hast es also«, schrie er, »du hast was? Ich hab's«, äffte er ihn nach. »Also los, und raus damit.« Er drang auf Albert ein, der wie gelähmt stand. »Wo ist er?« Raunce schrie wie besessen und schüttelte den Jungen. »Wo ist er?« Alberts strohblonder Kopf schwang hin und her. Aber der Junge schwieg weiter.

»Laß es genug sein, Charley«, sagte Edith. »Er hat ihn nie gehabt.«

»Er könnte aber«, sagte Raunce, indem er von ihm abließ. Seine Wutausbrüche dauerten nie lange. »Er ist zu allem fähig, der Bursche. Dabei war er gar nicht gefragt. Keiner in dem Raum hatte überhaupt Notiz von ihm genommen. Und da geht er hin und macht so was. Wie, zum Teufel, wo doch gar keine Notwendigkeit war, rauszuplatzen, er hätte das verdammte Ding. Heiliger Strohsack!« endete Charley, offenbar wieder bei Laune. »Aber das war schlau, was du dir da ausgedacht hast. Ganz deine Idee. Na, nun fang nicht an zu jammern«, sagte er zu Albert, der auf die peinliche Art von Jungen, die über das Tränenalter hinaus sind, zu schluchzen begann.

»Charley«, sagte sie, »was hatte das zu bedeuten, als er sagte, seine Gesellschaft würde nicht zahlen?«

Mr. Raunce erklärte es ihr. Alberts Schluchzer wurden lauter, aber sie achteten nicht darauf.

»Das ist aber dumm, Charley. Ich meine, damit fällt es auf Mrs. Tennant zurück.«

»Na, Mädchen, die hat schon so viele Sachen verloren, würde mich nicht wundern, wenn die Versicherungsgesellschaft keinen Auftrag mehr von ihr annimmt. Nach so einer Absage glaube ich nicht, daß sie ihre Juwelen noch irgendwo anders versichern lassen kann. So geht das eben.«

»Ja, aber dann wird die Sache doch ernst, Charley.«

»Sehr ernst, darauf kannst du dich verlassen«, erwiderte er. »Warte nur, bis ich mir meinen Burschen da selbst vornehme. Gib mir nur zwei Minuten allein mit ihm.«

»Ach er«, sagte sie gleichgültig, »zerbrich dir über den nicht den Kopf.«

»Und warum nicht, wo er doch anscheinend was weiß? Mein Gott, was für ein Nachmittag.«

»Er hat ihn niemals genommen«, sagte sie zu ihm, ohne auch nur einen Blick auf Albert. »Er hat es nur für mich getan. Er meinte, der Inspektor wollte mich in Verdacht bringen, als hätte ich den Ring.«

»Was?«

»Das wollte er«, sagte sie. Albert schluchzte jetzt hemmungslos, wie von einem Druck befreit. »Du verstehst dich nicht auf solche Sachen, aber ich«, sagte sie. Dann beugte sie sich nieder. Vor den Augen von Raunce küßte sie den Jungen auf die Wange. »So, junger Mann, ich danke dir«, sagte sie. Aber Albert, der wegsah, führte einen blinden Schlag gegen sie, ohne sie zu treffen.

»Hast du das gesehen?« fragte Raunce leise. »Ich werd's ihm zeigen.«

»Laß ihn in Ruhe, Liebster«, mahnte sie ihn, und der Junge rannte hinaus. Raunce schloß die Tür, die Albert offengelassen hatte.

»Ich weiß auch nicht«, begann er, indem er sie um die Schultern faßte. Sie blickte ihm ins Gesicht. »So 'n Bengel«, sagte er, »aber wir müssen's rausfinden.«

»Sehr richtig«, erwiderte sie, »und ich werde bei meiner Miss Moira den Anfang machen. Du läßt die Finger davon. Ich mach das am besten allein. Und Hände weg von Albert. Ich habe nämlich den anderen Albert in Verdacht«, schloß sie.

Als Raunce gegangen war, trat sie ans Fenster. Sie rief das Kind herbei.

Die Kleine kam angerannt. Verdreckt, wie sie war, stand sie in der Sonne vor Edith.

»Wo bist du gewesen, Miss Moira?« fragte sie lieb.

»Draußen beim Taubenschlag, Edith.«

»Sieh dich nur an«, schalt Edith freundlich und hockte sich nieder. »Wie schmutzig du dich gemacht hast. Du bringst mich in Teufels Küche, wenn deine Oma zurückkommt und du nicht besser auf dich achtest.«

»Kommt Oma zurück?«

»Ja«, sagte Edith lächelnd, während sie sich daranmachte, das heiße Gesicht des Kindes mit seinem unsauberen Taschentuch abzuwischen.

»Und Mami auch?«

»Weiß ich nicht, Liebling. Was hast du nur gemacht, daß du so aussiehst?«

»Ich hoffe, Mami kommt nicht.«

»Na hör mal«, sagte Edith, ohne weiter darauf einzugehen.

»Doch. Weil der Captain Davenport ewig hier sein wird, wenn sie zurück ist.«

»Pst, Kind«, sagte Edith streng, »daß mir niemand das hört. Und so etwas solltest du nicht mal vor deiner Edith sagen.«

»Aber ich mag ihn nicht.«

»Es ist nicht an uns, zu mögen und nicht zu mögen. Außerdem bist du zu klein.«

»Liebste Edith, warum bist du so aufgeregt?«

Edith lachte. »Seh ich so aus?« Dabei wischte sie an den Flecken auf Miss Moiras dunkelblauem Rock.

»Du solltest dich nur selbst sehen.«

»Na, mir hat der Tag heute gelangt. Aber was hast du gemacht? Das möchte ich wohl gern wissen.«

»Edith, warum bist du nur so?«

»Kannst du ein Geheimnis für dich behalten, mein Täubchen?« fragte Edith dagegen.

»Ein Geheimnis, oh, wundervoll«, rief Miss Moira aus.

»Mir scheint, du weißt nicht, wie das geht.«

»O doch, ich verspreche es. Meine Lippen seien versiegelt«, sagte das Kind. ›Oder ich werde tot umfallen‹, behielt sie für sich.

»Gut so. Aber kein Sterbenswörtchen zu irgend jemand. Deine Edith hat 'nen Heiratsantrag bekommen.«

»O Edith! Von Albert, endlich? Und wirst du ihn heiraten?«

Edith steckte das Taschentuch weg und küßte das Kind.

»So sieht's schon besser aus«, sagte sie.

»Oh, und weiter«, bat das Kind inständig.

»Ein Geheimnis gegen das andere«, erklärte Edith. »Du sagst mir, worauf du aus warst.«

»Wirst du ihn also heiraten?«

»Sieh mal, ich hab dir mein Geheimnis anvertraut. Nun aber sag mir deins. So ist's fair«, sagte Edith.

»Wir waren mit Albert.«

»Das ist kein Geheimnis.«

»Doch.«

»Und was ist daran geheimnisvoll?« wollte Edith wissen.

»Er hatte Omas Ring. Den sie verloren hat.«

»So, den hatte er? Und was hat er damit gemacht?« fragte Edith ganz beiläufig.

»Weiß ich nicht«, log die Kleine, wohl im Gedanken an das ›Tot umfallen‹.

»Welcher Albert, deiner oder meiner?« fragte Edith zaghaft.

»Meiner«, antwortete Miss Moira. »Oh, ich liebe ihn.«

»Werdet ihr heiraten?«

»Selbstverständlich.«

»Ist ja entzückend«, sagte Edith. »Aber was will er inzwischen mit dem Ring machen?« fuhr sie möglichst uninteressiert fort.

»Ehrlich, das weiß ich nicht«, log das Kind noch einmal. Und Edith beließ es dabei. Der von Sonnenschein überquellende Tag mit seinem Bienengesumm senkte sich auf ihr Schweigen. Es duftete bitter nach Geranien.

»Jetzt muß ich aber weg«, sagte Miss Moira und rannte mit großen Sprüngen davon.

»Ich weiß nicht«, brummelte Charley milde gestimmt zu Albert hin, der sich in der Anrichte das Gesicht wusch. »Ich weiß nicht, was ich von dir denken soll, wirklich nicht. Red'st da etwas daher, ohne überhaupt gefragt zu sein. Ich frag mich manchmal, ob du überhaupt je etwas begreifen wirst.«

»Tut mir leid, Mr. Raunce.«

»Schon gut, Junge«, sagte Charley unerwartet milde. »Ausgerechnet heute will ich keinen Meinungsstreit mit irgendwem haben. Aber du mußt dich wirklich mal am Riemen reißen, wie schwer auch immer es sein mag, den Mund zu halten, um Himmes willen, stockstumm zu bleiben. Das gehört sich so für dich und in gewisser Weise auch für mich. Du weißt absolut nichts von diesem Ring, und ich ebensowenig. Keiner von uns weiß etwas. Mehr noch, es geht uns überhaupt nichts an. Wenn Mrs. Tennant ein Theater machte, als sie ihn eben erst verloren hatte, dann war es an jedem einzelnen, den sie darauf ansprach, sich auf die Suche zu machen. Sie verlegt ja ständig Dinge, die sie dann nicht wiederfinden kann. Wenn sich dann die erste Aufregung gelegt hat, bloß keine schlafenden Hunde wecken. Verstehst du mich?«

»Ja, Mr. Raunce.«

»Es machte deinem Herzen alle Ehre, wie du den Mund aufgemacht hast. Aber du wirst noch merken, daß es sich bei den meisten Gelegenheiten nicht lohnt, Herz zu zeigen. Schon gar nicht bei einem Mann von der Sorte. Was hat er überhaupt gesagt, von wem er käme? Was steht auf seiner Geschäftskarte?«

Albert griff nach der Karte des Mannes und reichte sie Charley.

»Nicht mit nassen Fingern«, begann Mr. Raunce wieder seine Lektion. »Zum wievielten Mal muß ich jetzt sagen, wisch dir die Hände ab, wenn du etwas anreichst, und putz die Zähne, bevor du was mit 'ner Frau hast. Heiliger Jesus«, schrie er unvermittelt aus und: »Heiliger Moses«, verbesserte er sich, »was ist denn das?«

»Stimmt was nicht, Mr. Raunce?«

»Ha, die Versicherungsgesellschaft. Ich hab's längst gewußt. Sieh her: ›Irish Regina Assurance‹. Kannst du das nicht wie ich jetzt lesen?«

»Nein, Mr. Raunce.«

»Lies doch nur mal die Anfangsbuchstaben, Junge. Irish Regina Assurance. IRA – also war er einer von deren Schnüfflern, genau das.«

»IRA?«

»Wo ist mein Mädchen hin?« fragte Raunce und sauste ab.

Ein paar Tage gingen hin. Dann am Morgen, als sie in der Dienstbotenhalle beim Frühstück saßen, klingelte das Telefon in der Anrichte. Albert kam mit einem Text zurück, den er in Blockschrift aufnotiert hatte.

»Zurückkomme Montag. Tennant«, las Raunce laut in das allgemeine Schweigen. »Na Gott sei Dank«, fügte er hinzu, »und wenn ihr mich fragt, gerade zur rechten Zeit.«

»Ich wußte gar nicht, daß Sie so drauf aus waren, wieder zu arbeiten«, bemerkte Agatha maliziös.

»Sehr richtig, Miss Burch«, sagte er.

»Da steckt mehr dahinter, als man denkt«, wandte sie ein.

»Ich hab es mit keinem Wort erwähnt«, begann er, während Edith ihn besorgt und sozusagen mißbilligend beobachtete. Doch er fuhr fort. »Ich habe nichts davon gesagt, weil ich euch nicht beunruhigen wollte. Wir alle haben unsre liebe Not mit diesem Bombenkrieg da drüben, um nur diese eine Sorge zu erwähnen. Also hab ich mir gedacht, ich will's für mich behalten. Mein Buckel ist breit genug, hab ich mir gesagt.«

»Dessen bin ich nicht sicher«, erklärte Miss Burch. Dabei führte sie eine kleine Kartoffel zierlich zum Munde. Dann schien sie sich mit gekrümmtem Finger unter ihrem falschen Zopf kratzen zu wollen, ließ es dann jedoch und griff wieder zu ihrer Gabel.

»Es passieren eben die unglaublichsten Dinge«, fing Raunce wieder an.

»Aber Charley«, sagte Edith, und es war das erste Mal, wie man an Kates Augen ablesen konnte, daß Edith ihn vor allen anderen beim Vornamen nannte. »Du willst doch wohl nicht diese ganze Geschichte noch mal aufrühren«, äußerte sie zaghaft.

»Nun, wir sind hier alle wie eine Familie, jedenfalls sehe ich das so«, begann er wieder, und Kate wollte schon wieder kichern, aber Edith machte nicht mit. »Wir können alles miteinander teilen«, fuhr er pathetisch fort. »Jetzt, da Mrs. T. zurückkommt, kann sie diese kleine Sache aufklären. Es ging um etwas, das erst fünf Tage zurückliegt.«

»Nicht doch, Charley«, unterbrach Edith ihn.

»Himmel noch mal«, sagte Miss Burch mit dem Blick auf Edith, »wenn ihr davon wißt, sollte ich es wohl auch erfahren.«

»Sie konnte ja nichts dafür«, schaltete sich Raunce ein. »Sie war nur zufällig dabei, als der mit meinem Albert aufkreuzte.«

»Wer kreuzte auf?« Miss Burch ließ nicht locker.

»Der IRA-Mann«, erklärte Raunce im Ton einer endgültigen Feststellung.

»Ich danke«, rief Miss Burch aus, »sollen wir denn mit diesem Unsinn wieder von vorne anfangen?«

»Sie mögen es für Unsinn halten, Miss Burch, aber verzeihen Sie, ich weiß es besser«, sagte er.

»Dann ist es wohl am besten, wenn Sie mich aufklären«, schlug Miss Burch vor.

»Es handelte sich um den Ring«, warf Edith ein.

»Richtig, aber das war nur sein Vorwand«, sagte Raunce, »damit hat er sich an Albert vorbeigedrückt. Ich hatte ja den Verband um«, erklärte er, »und in dem Aufzug konnte ich nicht an die Tür, als es klingelte. Also schickte ich den Jungen. Wenn ich ihm aufgemacht hätte, dann hätte ich mit meiner Erfahrung binnen einer Sekunde Bescheid gewußt, auf den ersten Blick«, sagte er ganz ernst.

»Mrs. Tennants Ring, den sie verlegt hatte?« fragte Agatha.

»So hat er sich ausgedrückt, aber nur als Vorwand«, begann Charley wieder, als Miss Burch zu aller Überraschung unbeherrscht losbrach.

»Dann müssen eben die Abflußrohre aufgerissen werden«, rief sie anscheinend in höchster Erregung. »Hab ich das nicht schon die ganze Zeit gesagt, wie?«

»Immer mit der Ruhe«, sagte Raunce, »kein Grund, die Dinge auf die Spitze zu treiben.« Er runzelte die Stirn. »Sie verlegt doch immerzu ihre Sachen.«

Paddy machte den Mund auf.

»Was hat er gesagt?« fragte Raunce.

»Er sagt, wenn er an den Haupteingang kam, war's kein IRA-Mann«, dolmetschte Kate. »Diese Herrschaften kommen nur an die Hintertür, meint er.«

»Ist ja unerhört«, sagte Raunce.

»Woher wollen Sie wissen, daß er sich irrt«, fragte Kate noch.

»Na hör mal«, sagte Raunce zu ihr, »deine frechen Antworten, Mädchen, passen uns nicht.«

»Lassen Sie gefälligst meine Mädchen aus dem Spiel«, verlangte Miss Burch, aber so schwach, als wäre sie einer Ohnmacht nahe.

»Ich hab's dir doch gesagt«, flüsterte Edith ihrem Charley zu.

»Ich kenn mich nicht mehr aus«, sagte Charley, »manchmal ist mir jede von euch ein Rätsel, wahrhaftig. Was soll denn das Ganze?«

»Was soll das Ganze?« schrillte Miss Burch wie ein Echo. »Das fragen Sie mich? Wo Sie uns erzählen, ein leibhaftiger IRA-Mann hätte das Schloß besucht?«

»Ich dachte, wir sprächen von den Abflußrohren.«

»Ach, ihr Männer«, erwiderte Miss Burch unter einem neuen Schwächeanfall, »ihr werdet nie die einfachste Sache begreifen.«

»Es war doch nur ein Versicherungsinspektor wegen dem Ring«, erklärte Edith. »Ich weiß nicht, wie Mr. Raunce darauf kommt, es wär einer von der IRA gewesen, wirklich nicht«, sagte sie.

»Du meinst, er hätte gesagt, der Ring wäre gestohlen worden?« rief Miss Burch, nun wieder ganz außer sich.

»Nie im Leben«, beruhigte Charley sie. »Ihr Frauen fallt immer auf falsche Schlüsse rein.«

»So, weswegen war er dann hier?« forschte Miss Burch weiter.

»Natürlich um zu sehen, was die Versicherungsgesellschaft in der Angelegenheit tun könnte«, rief Raunce. Aber Miss Burch, die wirklich erregt war, begnügte sich damit nicht.

»Eben haben Sie gesagt, es war ein IRA-Mann«, beharrte sie weinerlich.

»Vielleicht war er beides«, sagte Raunce. »Schließlich müssen die auch ganz normal leben wie jeder andere.«

»Und wir haben die Abflußrohre nicht nachsehen lassen«, jammerte Miss Burch weiter. »Meine Güte. Und jetzt, wo Mrs. Tennant zurückkommt, ist es zu spät dafür.

Erst neulich hat Mrs. Welch zu mir gesagt, die müßten ausgegraben werden wegen der Kinder. Sie sorgt sich so um ihr Albertchen.«

»Die Rohre?« fragte Edith.

»Die Rohre?« fragte Raunce ebenso. »Sie müssen schon entschuldigen, aber Rohre werden nicht ausgegraben.«

»Nun denn, gereinigt, wie man's eben mit diesen Dingern macht«, entgegnete Miss Burch einen Ton schärfer. »Die sind in diesem Zustand ungesund, wenn nicht schlimmer.«

»Über uns hier hängt ein böser Schatten«, verkündete Raunce. »Über uns allen. Da gibt's Sachen, die man in normalen Zeiten überhaupt nicht zur Kenntnis nehmen würde, könnt ihr mir glauben.«

Kate begann wieder vorsichtig mit ihrem Gekicher und blickte Edith hilfesuchend an. Aber die blieb ganz ernst. Ebenso Albert, der sie aufmerksam beobachtete. Dann sagte Edith zu Raunce:

»Ich weiß nicht, aber mir ist, als ginge mich das alles nichts an«, sagte sie.

»Bist eben jung«, belehrte sie Miss Burch.

»Da hat Miss Burch den Nagel auf den Kopf getroffen, wirklich«, sagte Raunce, nun seinerseits erregt. »Mal ist's ein IRA-Mann. Mal ein Inspektor von der Versicherung. Dann die Abflußrohre und so weiter, und obendrein dieser Bombenkrieg, ganz zu schweigen von der Invasion der Jerries, die schon drüben mit blankem Schwert bereitstehen, um überzusetzen, bei alledem muß man ja die Nerven verlieren.«

An diesem Punkt brach Albert sein Schweigen. Sein Gesicht war totenbleich.

»Ich geh rüber nach England und melde mich zum Militär«, sagte er.

»Was?« stöhnte Edith auf.

»Das also?« schrie Raunce ihn an, »dich melden? In deinem Alter? Wozu denn, wenn ich fragen darf?«

»Ich will ein Bordschütze werden«, sagte der Junge.

»Ein Bordschütze, wie?« lachte Raunce, aber man konnte sehen, daß er entsetzt war. »Dazu bist du nicht alt genug, Junge. Zudem der gefährlichste von all den verdammten Jobs. Dabei gehst du drauf.«

Edith und Kate waren blaß geworden. Miss Burch hatte Tränen in den Augen. Alle starrten auf Albert, mit Ausnahme von Paddy, der sich weiter mit seinem Essen beschäftigte. Edith sagte:

»Und was wird mit deiner Mammy, Bert?«

»Meine Schwester kümmert sich um sie, und auch ich bleib daheim, bis ich alt genug bin. Ich will hier raus und dann nichts wie kämpfen«, sagte er. Miss Burch weinte jetzt laut.

»Aber, aber, Sie Ärmste«, murmelte Edith und ging um den Tisch herum zu ihr.

»Nun sieh, was du angerichtet hast«, sagte Raunce.

»Tut mir leid, Mr. Raunce, das hab ich nie gewollt«, stammelte der Junge.

»Du hast eben keinen Gedanken für andere übrig, das ist der Jammer«, klagte Raunce mit besorgtem Blick auf Agatha, »redest einfach drauflos, sagst, was dir gerade einfällt. Aber so ist das in deinem Alter.«

»Ich bring Ihnen 'ne gute Tasse Tee«, beruhigte Edith Miss Burch, die vornübergebeugt saß, das Gesicht in den Händen. »Mein Gott, mein Gott«, stöhnte sie.

»Heiliger Himmel, da siehst du, was du angerichtet hast«, sagte Raunce noch einmal, worauf Albert aufstand und zur Tür hinüberging. Dort blieb er noch einen Moment stehen.

»Es tut mir so leid, Miss Burch, wirklich. Und ich werde Bordschütze werden«, schloß er kreidebleich, aber trotzig.

Als die Tür zu war, blickte Miss Burch zwischen ihren Fingern hindurch.

»Wie alt mag er denn sein?« fragte sie.

»Mein Albert?« erwiderte Raunce, »nicht mehr als sechzehn, da bin ich sicher.«

»Er ist achtzehn«, sagte Edith.

»Achtzehn?« rief Raunce aus, »brauchst ihn doch nur anzusehen. Nein, Mädchen, ich hab's irgendwo in meinem Schreibpult, den Brief, meine ich, mit dem er hier angetreten ist. Er kann keinen Tag älter sein, als ich gesagt habe.«

»Er ist achtzehn. Vor ein paar Wochen hatte er Geburtstag«, beharrte Edith ganz ruhig.

»Oh, dieser Krieg«, jammerte Miss Burch und barg das Gesicht wieder in den Händen. Edith bat Kate:

»Lauf du und hol ihr eine Tasse Tee.«

»Ich geh schon«, sagte Kate nicht sehr bereitwillig.

Aber Miss Burch wollte nicht noch bleiben. Sie sagte, sie würde sich am besten für ein Weilchen hinlegen. Also lief Edith schnell in die Küche, um Kate zu bitten, den Tee auf Agathas Zimmer zu bringen. Als sie zurückkam, saß Raunce ganz allein am Tisch. Paddy war vermutlich wieder zu seinen Pfauen gegangen. Also setzte sie sich neben ihn hin, obwohl das auffallen mußte, weil es jetzt Zeit war, wieder an die Arbeit zu gehen.

Charley sah kaum zu ihr hin. »Achtzehn«, murmelte er. »So alt soll er sein? Ich hätte schwören können, er wär zwei Jahre jünger.«

»Na, mein Lieber«, sagte sie, »da hast du dich ganz schön reingeritten.«

»Wieso?« fragte er.

»Ich mein, den Mund zu weit aufgemacht. Dieser Ring ist immer noch nicht gefunden, obwohl ich mir einbilde, ich weiß, wer ihn hat.«

»Es war doch nur wegen dir, Liebchen«, erklärte er. »Ich war besorgt um dich. Als dann das Telegramm kam, sagte ich mir, jetzt kommt alles wieder in die Reihe, wenn Mrs. T. erst zurück ist. Das hat mir die Zunge gelöst«, sagte er.

»Etwas hat sie gelöst, Lieber. Aber es bringt nichts, immer über diesen Ring zu reden, ehe wir ihn nicht fest in Händen haben.«

»Du hast nie und nimmer den Ring genommen«, sagte er und griff nach ihrer Hand. »Du fandst einen Wertgegenstand, jawohl, aber du hast ihn genau dahin zurückgetan, wo du ihn zufällig gefunden hattest. Und was solltest du auch machen? Sag mir. Du hast doch nichts Verschließbares. Schön, da gibt's den Tresor bei mir in einem der Zimmer, aber den können wir nicht den ganzen Tag bewachen, und die Sachen, die da drin sind, könnten wir ebensogut draußen in der Auffahrt hinlegen. Sicherer sind sie tagsüber in dieser ollen Schloßbaracke auch nicht. Also war für dich kein Verlaß auf diesen alten Tresor. Was machtest du also? Du tatst ihn dahin zurück, wo ihn Mrs. Tennant deines Wissens sicher versteckt hatte. Und da hat ihn am Ende, weiß der Teufel wer, wegstibitzt. Das ist alles.«

»Was hast du vor, Charley?«

»Nichts«, antwortete er, ohne sie anzusehen.

»Oh, doch, es gibt etwas. Ich weiß es«, erwiderte sie. »Außerdem hast du eben gesagt, du wärst bekümmert über mich.«

»Oh, Süßes«, brach er plötzlich aus, »ich liebe dich ja so.«

»Natürlich«, sagte sie vergnügt.

»Gib uns 'n Kuß, bitte.«

»Was, hier? Wo jede Minute jemand reinkommen kann?«

»Ich hätte mir nicht träumen lassen, daß ich einmal jemand so lieben könnte, wie ich dich liebe. Ich dachte, ich hätte schon zu lange gelebt.«

»Zu lange gelebt, dachtest du?« Sie lachte herzlich.

»Zur Zeit kann ich mich gar nicht richtig sehen«, fuhr Raunce fort. Dabei blickte er seitlich an ihr vorbei in das rote Auge eines ausgestopften Hirschen. »Ich habe mich gründlich verändert«, sagte er. »Aber sieh, Liebes, kein Mann ist jünger als seine Jahre, und zwischen uns liegen mehr als zwanzig.«

»Ich mag einen Mann, der ein Mann ist und nicht ein Jüngelchen«, murmelte sie.

»Ja, aber die Jahre vergehen im Flug«, antwortete er. »Zu denken, daß Albert schon alt genug fürs Militär ist.«

»Der Junge hat dich ganz aus dem Gleis gebracht, stimmt's?«

»Ja, Edie«, sagte Raunce etwas unsicher. »Ich muß gestehen, er hat mir einen Schock versetzt.«

»Womit?« fragte sie fast böse.

»Nun, es sieht so aus, als ob wir hier in Irland, oder wie immer dieses barbarische Stück Erde heißen mag, aus allem raus sind. Verstehst du? Ich kann das nicht richtig ausdrücken, aber das ist es. Irgendwie weit vom Schuß.«

»So haben wir's doch gewollt, oder?«

»Ja, schon.«

»Ich mein, du bist doch zu alt dafür. Die würden dich niemals nehmen.«

»Jedenfalls hier werden sie mich nicht einziehen. Nicht, solange de Valera sich neutral verhält.«

»Schön, aber wir wollen doch gar nicht rüber nach England, oder?« Sie blickte ihn scharf an. Er wirkte verträumt.

»Nein«, antwortete er, »das wollen wir nicht. Schon gar nicht, ehe wir nicht den Ring gefunden haben. Und nicht, solange wir das Haus davor bewahren können, über unseren Köpfen in Flammen aufzugehen. Oder Mrs. Jack davor bewahren, mit dem Captain durchzubrennen, worauf Mrs. Tennant für immer nach England rüberfahren würde.«

»Aber Charley«, wandte sie freundlich ein, »es gibt noch andere Stellungen für uns.«

»Keine, solange wir nicht jenen Ring finden«, sagte er.

»Aber ich dachte, du wolltest deine Mutter rüberholen«, sagte sie und schien verbittert. Sie wollte noch weitersprechen, als Kate den Kopf durch die Tür steckte.

»Ho«, sagte sie, »da bist du also immer noch. Und wo bleibt die Arbeit? Ich werd nicht alles allein machen, das merk dir mal.«

»Ich komm in einer Minute«, antwortete Edith.

»Deine Minuten kenn ich. Immer dasselbe«, bemerkte Kate.

»Aber ich hab doch noch die Kinder«, verteidigte sich Edith. »Die wollen ihren Spaziergang haben.«

»Dann denk ich, ich werd mich 'n bißchen auf mein Bett legen. Mir ist ganz schwach«, sagte Kate im Ton von Agatha.

»Was?« fragte Raunce unwirsch. »Jetzt, wo Mrs. Tennant übermorgen zurückkommt?«

»Ach, Sie können mir gestohlen bleiben«, sagte Kate und schmiß die Tür zu.

»Heiliges Kanonenrohr! Soweit kommt's noch«, Raunce blieb fast die Luft weg.

Aber Edith lachte nur. »Nichts da, Trantüte«, wies sie ihn zurecht, gab ihm einen leichten Kuß auf die Stirn und stand auf. »Moment, Moment«, rief er auf einmal hellwach. »Komm zu Vatern, du Schöne!« Aber ehe er sich aufgerappelt hatte, war sie schon weg.

Er begann anstelle von Albert, den Tisch abzuräumen, zu seiner eigenen Verwunderung.

Als Edith später am Nachmittag zu Raunce ins Zimmer kam und ihn mit hochgelegten Füßen auf dem anderen Sessel, in sich selbst versunken, antraf, wachte er ruckartig auf.

»Liebling, hier bin ich ja«, bemerkte er, um nach seinem Schläfchen krampfhaft gute Laune zu demonstrieren.

»Jetzt ist's an mir, tief bekümmert zu sein«, fing sie an.

»Wie das?« fragte er.

»Sie wollen mir nicht sagen, wo sie den Ring versteckt haben.«

Er war sofort ganz da.

»Du bist sicher, daß sie ihn haben?«

»Ich weiß es bestimmt«, antwortete sie. »Miss Moira würde mich niemals belügen.«

»Gib mir nur fünf Minuten mit Klein-Albert.«

»Nein, mein Lieber«, sagte sie, »bloß nicht noch mehr Ärger mit Mrs. Welch.«

»Nur fünf Minuten. Mehr brauch ich nicht.«

»Dabei kommt nichts heraus. Wenn ich nur noch etwas Zeit hätte. Aber sie kommt schon am Montag.«

»Du meinst Mrs. Tennant?« fragte er. »Da kann ich nur sagen, wenn ihre Enkelchen die kleinen Diebe gewesen sind, wüßte ich nicht, was sie uns anhaben kann.«

»Was hast du denn gemeint, als du beim Essen damit herausgerückt bist, wir könnten nie eine andere Stelle in Irland bekommen, wenn wir nicht erst den Ring fänden?«

»Habe ich das gesagt?«

»Ja, mein Lieber. Und auch, daß die von der Army dich schnappen würden, sobald du drüben in England vom Schiff kämst.«

»Sieh mal«, sagte er, »beschwer dir nicht den Kopf damit. Wir werden einen Weg finden. Natürlich wäre es am besten, wenn wir herausbekämen, wo sie ihn versteckt haben, zumal nachdem wir diesen Besuch hatten. Daran muß ich wohl gedacht haben. Dieser Mann, der da auftauchte, hat die Dinge noch mehr kompliziert. Und dann Albert, der so kopflos daherredete. Und jetzt will er hin und in den Tod, und es sollte mich nicht wundern, wenn er meint, als Strafe dafür, daß er so vorlaut gewesen ist.«

»Nein, Charley, du verstehst das nicht.«

»Allerdings, das stimmt. Und ich werd's wohl niemals verstehen. Aber eins sag ich dir. Du wirst es noch schwer bereuen, so ein Kind über beide Ohren in dich verliebt gemacht zu haben.«

»Das ist er nicht«, log sie, vielleicht um den Jungen zu schützen.

»Und da sagt man, einer Frau entgeht nichts«, sagte Raunce ernst. »Das sieht doch jeder, wie's um ihn steht.«

»Du redest dir da etwas ein, Charley«, sagte sie zärtlich.

»Was ich mit eigenen Augen seh!« erwiderte er. »Aber wenn er nur im Sinn hatte, fürs alte Vaterland zu kämpfen, dann soll's mir recht sein.«

Sie richtete sich auf.

»Soll das heißen, auch du wärst sogar dazu bereit?« fragte sie.

Er antwortete mit leiser Stimme. »Ich bin wie behext und ganz durcheinander«, sagte er. »Ich weiß nicht mehr ein noch aus.«

»Allerdings, das seh ich«, sagte sie bitter.

»Nein, nicht so schnell. Warte 'n Moment«, rief er, indem er sich vorbeugte und eine Hand von ihr auf der anderen Armlehne zu fassen bekam. »Versteh mich nicht falsch«, sagte er. »Es geht mir bei allem doch nur um dich und mich.«

»Und deine alte Mutter, die du so dringend rüberholen wolltest?« begehrte Edith zu wissen.

»Ach die«, erwiderte Raunce.

Beide schwiegen bekümmert. Dann begann Edith von neuem.

»Und was hattest du im Sinn, als du vor ein oder zwei Wochen erklärtest, der richtige Platz für uns wäre hier, wo wir jetzt sind, und als Miss Burch von den verstopften Straßen faselte? Und als du über Paddy so aufgebracht warst?«

»Da habe ich wohl nur daran gedacht, was man uns in den Zeitungen erzählt, wir sollten brav aushalten, wenn wir zufällig von einer Invasion überrascht würden.«

»Das klingt aber nicht sehr überzeugend«, sagte sie.

»Ist doch nur wegen Albert«, erklärte er. »Daß mein Albert sich so etwas in den Kopf gesetzt hat. Fast ist's doch, als wär er mein eigener Sohn.«

»Ich wollte, er könnte dich jetzt hören, nachdem du ihn so ausgeschimpft hast.«

»Ich?« sagte Raunce. »Ich zeig ihm nur gelegentlich meine rauhe Seite, damit er was Ordentliches lernt«, sagte er. »Und jetzt gib uns 'n Kuß!« Endlich lächelte er.

Diesmal sprang sie wirklich im Nu auf und war so kühn, sich ihm auf die Knie zu setzen.

»Du liebst mich nicht«, murmelte sie. Als er sie küßte, küßte sie ihn so leidenschaftlich wieder, hart und entschlossen, daß ihm Hören und Sehen verging und er eine leise Ahnung bekam, was ihn bei ihr erwartete.

Als der andere Albert am gleichen Nachmittag zur Teezeit in die Küche kam, fand er Mrs. Welch schlafend mit dem Kopf auf der Tischplatte. Mühsam hob sie den Blick aus blutunterlaufenen Augen in seine Richtung.

»Na?« fragte sie.

»War draußen«, antwortete er scheu.

»Wo draußen?«

»Wir waren hinten ums Haus«, sagte er.

»Und wer ist wir?« fragte sie weiter, während sie sich an ihrem dicken weichen Schenkel kratzte. Dabei gähnte sie noch ausgiebig.

»Die kleinen Frolleins«, antwortete er. Er führte eine Hand über seine Stirn, als könnte er mit dieser einen Geste sein Haar in Ordnung bringen. Dann kam er gegenüber von Tantchen zum Sitzen.

»Aber nicht mit dieser Edith?« fragte sie scharf.

»O nein.«

»Stimmt das auch?« – und Mrs. Welch beugte sich vor. »Du weißt doch, was ich dir gesagt hab?«

»Ja, M'm.«

»Und was hab ich gesagt?«

»Ich dürfte nie mehr was mit ihr zu tun haben«, wiederholte der Junge.

»Recht so«, stimmte Mrs. Welch ein. Sie lehnte sich wieder zurück und ließ die von ihrem Busen ausgestreckten Arme mit geballten Fäusten auf dem Tisch. Das dunkle Haar fiel ihr übers Gesicht. »Du belügst mich doch nicht?« fragte sie noch.

»O nein, M'm.«

»Weil ich diese Küche Tag und Nacht nicht allein lassen kann, nicht mal, wenn ich nach getaner Arbeit zu Bett geh und ich die Tür doppelt und dreifach rumschließ. Ja, ich paß auf.« Sie wurde jetzt lauter. »Denn diese Edith ist nichts weiter als 'ne Diebin, laß dir das gesagt sein, und meine Mädchen sind 'n dickes Ei mit ihr. Da kann mir keiner was erzählen.« Sie kam zu einem Stopp, und obwohl sie zu ihm herüberschielte, schien sie eher ratlos.

»Ja, M'm«, sagte er respektvoll.

»Und sie halten's mit den Lieferanten, den Händlern von der IRA, alle zusammen.« Sie geriet ein bißchen außer sich. »Merk dir das gut«, sagte sie noch und schloß gepeinigt die Augen.

Es entstand eine Pause. Dann stellte er eine Frage und guckte dabei so hinterlistig, daß sie erschrocken wäre, hätte sie es bemerkt.

»Was ist das, ein IRA-Mann, Tantchen?« erkundigte er sich.

»Diebe und Mörder«, sagte sie obenhin, als wäre sie mit ihren Gedanken woanders.

»Alle Wetter!« sagte er, und wenn sie hingesehen hätte, wäre ihr nicht entgangen, daß er sie nur verulkte.

»Tut so, als wäre sie sich zu gut, überhaupt mit uns zu verkehren«, fing Mrs. Welch wieder an. Sie machte die Augen auf. »Sagt, sie nähme dich nicht mit, zusammen mit Miss Moira und Miss Evelyn.« Sie hievte sich wieder an den Tisch und legte den Kopf in beide Handflächen. »Die gemeine Dirne«, sagte sie mehr zu sich, »und obendrein verlobt mit diesem Raunce. Und, oh«, schrie sie plötzlich, »wenn ich dich ertappe, versohl ich dir den Hintern, verstanden?«

Draußen in der Vorküche nickten Jane und Mary beim An- und Abschwellen dieser belegten Stimme einander zu.

»Mir den Hintern versohlen, wofür?« fragte der Junge.

»Wofür, du verdammter Bengel?« brüllte sie und hob sich schwerfällig auf ihrem Sitz, wobei sie ungeschickt nach ihm grapschte. Doch er wich ihr mühelos aus.

»Ich hab doch nichts getan«, sagte er weinerlich.

»Ah, die machen gemeinsame Sache mit diesem Händlerpack«, schrie sie wieder los. »Als wenn ich das nicht wüßte. Erst kürzlich wurde Jane hinterm Denkmal von einem erwischt. Ich tat, als hätte ich nichts gemerkt, als sie mir's erzählte.« Mrs. Welch senkte die Stimme. »Aber ich hab's genau gesehen. Und das vergeß ich nicht«, fügte sie schwer atmend hinzu. »Bin schließlich nicht von gestern«, sagte sie.

»Darf ich jetzt meinen Tee haben?« bat er sie.

»Ob du deinen Tee haben darfst?« höhnte sie, ohne sich zu rühren. »Ja«, fuhr sie finster fort, »ich hab ihre Dieberei beobachtet. Raunce und diese Edith. Ganz zu schweigen von Kate, die zu allem möglichen fähig ist ... Als hätte ich's nicht x-mal von meinem Speisekammerfenster aus gesehen. Daß du dich nicht unterstehst, dich je mit einem von denen einzulassen. Hast du verstanden?« krächzte sie, wobei sie ihn durchdringend ansah. Dann, ohne eine Antwort abzuwarten, rief sie nach draußen: »Jane, den Tee für Master Albert.« Das meinte sie ganz ernst.

»Und möge das Herz von Mylady bei ihrer Rückkehr aufs Schloß unbeschwert sein«, sagte Michael vom Fahrersitz aus, als wäre er entzückt, und grinste auf seine dümmliche Art, während er eilig weiter zu den Remisen fuhr und Mrs. Tennant inmitten ihrer diversen Gepäckstücke vor ihrem eigenen Hauptportal zurückließ.

»Michael«, rief sie noch hinter ihm und der kleinen Rauchfahne her.

Dann faßte sie nach dem Türgriff, der aus einem in Bronze gefaßten Ochsenhorn bestand. Aber das hohe Portal war verschlossen. Mit einem heftigen Ruck zog sie an der Türglocke.

»Was soll das heißen, Arthur, ich meine, Raunce?« fragte sie, als Charley endlich öffnete.

»Tut mir sehr leid, Madam, aber ich dachte nicht, daß das Schiff pünktlich sein würde. Ich war gerade dabei, meinen Rock anzuziehen, um nach Ihnen auszuschauen, Madam.«

»Aber wozu die verschlossene Tür?« fragte sie im Hineingehen.

»Wir hatten einen unwillkommenen Besucher, Madam«, erwiderte er mit einem Koffer an jeder Hand.

»Was meinen Sie damit, Raunce? Reden Sie mal vernünftig. Solch eine anstrengende Schiffsreise jedesmal, weil's keinen Flugverkehr gibt, und dann das hier.« Charleys Albert kam nach den anderen Gepäckstücken gerannt. Sie schien den Jungen zu beobachten, wie Raunce mit einem vorsichtigen Blick feststellte.

»Kommt denn nicht mal jemand, um mich bei meiner Heimkehr zu begrüßen?« fragte sie unvermittelt scharf. »Raunce, Sie wollen gewiß nicht unfreundlich sein, aber wenn man heimkommt, erwartet man irgendeine kleine Geste. Als Eldon noch lebte, hatte er immer einen Willkommensgruß bereit.«

»Ich kann nur sagen, Madam, Gott sei Dank, daß Sie zurück sind«, platzte Raunce heraus.

»Das soll wohl heißen, daß ihr euch wieder ganz schön in die Haare geraten seid? Also stellen Sie die Koffer ab und sagen mir, was los ist. Ich hätte es mir denken können«, fügte sie noch hinzu, während sie sich in die Rote Bibliothek begab, wohin Raunce ihr folgte.

Sie nahm in dem Sessel Platz, auf dem er gestern oder so seine Füße ausgeruht hatte. Sie zog ihre Handschuhe aus. »Hattet ihr viel Regen hier?« fragte sie.

»Fast gar keinen, Madam.«

»Dann kann ich nur hoffen, daß die Brunnen nicht austrocknen. Also, Raunce, was soll das alles?«

»Nun, Madam, wir hatten einen unerwünschten Besucher, am Samstag.« Hier stockte er schon, obwohl sie an seinem Gehabe sah, daß er sich genau überlegt hatte, was er sagen wollte.

»Das haben Sie vor einer Minute schon einmal gesagt«, bemerkte Mrs. Tennant.

»Es handelte sich um Ihren Ring, Madam«, fuhr er fort, ließ sich aber Zeit. Er starrte sie wie hypnotisiert an.

»Großer Gott, hat er ihn gefunden?«

»Nein, Madam. Um ehrlich zu sein, er kam, um herauszufinden, ob wir zufällig auf den Ring gestoßen wären.«

»Und hat ihn einer gefunden?«

»Nein, keiner von uns, Madam, soviel steht fest.«

»Ein Jammer. Und zudem so ein schöner Ring«, sagte sie. »Und wissen Sie, Raunce, daß ich von keinem von Ihnen auch nur ein mitfühlendes Wort gehört habe? Nur ein solches Wort, und alles hätte anders ausgesehen.«

»Ich bin sehr bekümmert, Madam. Wir alle waren ganz verstört, als Sie den Ring verloren, glauben Sie mir.«

»Lassen wir das. Aber was hat Sie so dankbar gemacht, daß ich zurück bin?«

»Es war nicht sehr angenehm, Madam. Dieser Kerl tat wirklich so, als hätte möglicherweise einer von uns den Ring.«

»Du kannst jetzt gehen, Albert«, rief Mrs. Tennant dem Burschen durch die offene Tür zu. »Dich betrifft's nicht. Trag nur meine Koffer und Taschen rauf zu Agatha zum Auspacken, ja?«

»Tut mir leid, Ihnen sagen zu müssen, daß Miss Burch nicht auf dem Posten ist, Madam. Und Miss Swift geht's nicht besser, leider«, berichtete Raunce.

»Was hat Agatha denn?«

»Ich kann es nicht sagen, aber ich glaube nicht, daß es etwas Ernstes ist.«

»Na, gut. Ich will nicht darauf bestehen. Ich werde selbst auspacken. Aber Sie wollen mir doch wohl nicht sagen, daß ein Versicherungsinspektor, der wegen der üblichen Erkundigungen hier war, das ganze Haus durcheinandergebracht hat?«

»Nein, aber es war nicht gerade angenehm, Madam. Es war mehr ein Verhör dritten Grades, Madam. Und anscheinend hat es meinen Burschen, den Albert, regelrecht umgehauen, Madam.«

»Raunce, darf ich etwas sagen?«

»Ja, Madam.«

»Kommen Sie mir nicht in jedem zweiten Satz mit ›Madam‹. Fügen Sie es nur hin und wieder ein, aus Höflichkeit, denn wenn man eine Floskel ständig wiederholt, wertet man sie ab«, und sie schenkte ihm wahrhaftig ein liebenswürdiges Lächeln.

»Sehr wohl, Madam.«

»Also fahren Sie fort.«

»Es war so, wie ich sage, daß mein Junge regelrecht die Fassung verlor. Ich war einfach entsetzt, Madam, anders kann ich es nicht sagen. Und das erste, was wir hörten, als dieser Typ da seine Fragen stellte, war, daß Albert sagte, er hätte es.«

»Hätte was?«

»Nun, vermutlich den Ring, Madam.«

»Albert hat ihn?« wiederholte Mrs. Tennant hoch erfreut. »Wieso, um alles in der Welt, gibt er ihn dann nicht heraus?«

»O nein, Madam, ich bin sicher, er hat den Ring niemals je gesehen. Es war nur, weil er völlig den Verstand verloren hatte, Madam.«

»Dummes Zeug, Raunce. Wenn der Junge sagte, er hätte ihn, und Sie haben's gehört, dann hat er ihn gehabt und ist ein elender kleiner Dieb, nicht wahr?«

»Ich versichere Ihnen, Madam, Albert wäre zu so etwas niemals fähig.«

»Aber Sie sagten doch selbst, er hat gesagt, er hätte ihn, und Sie haben's gehört.«

»Das war der Inspektor von der Versicherung.«

»Also der, was hat er denn gesagt, um Albert um den Verstand zu bringen? Sie wollen doch, daß ich Ihnen glaube, Albert hätte einen nervösen Zusammenbruch gehabt, oder was?«

Raunce antwortete sichtlich widerstrebend.

»Er sagte, die Versicherung würde den Schadensfall nicht anerkennen, wie ich Madam leider berichten muß.«

»Nicht anerkennen? Wirklich, Raunce, das ist ja gräßlich. Sind Sie sicher?«

»Ja, Madam.«

»Nicht wegen des Geldes bin ich bekümmert. An dem Ring hängen Erinnerungen, die mit Geld nicht aufzuwiegen sind. Nein, vielmehr denke ich daran, daß mich keine andere Versicherungsgesellschaft annehmen wird, wenn wir diese Sache nicht aufklären. Und ihr alle macht es mir nur noch schwerer. Die ganze Geschichte ist widerwärtig. Da muß ich nun darunter leiden, daß Sie ihren Pantry Boy nicht fest im Griff haben. Das sehen Sie doch ein, Raunce? Nun sagen Sie mir wenigstens, was in aller Welt Sie mir jetzt raten würden.«

»Wenn ich so sagen darf, Madam, der Albert ist ein guter Junge. Ich kann einfach nicht glauben, daß er auch nur im geringsten etwas weiß. Wenn Sie mir nur ein paar Tage Frist geben wollten, Madam, dann bin ich sicher, daß ich der Sache in Ihrem Interesse auf den Grund gehen kann.«

Dennoch entschied Mrs. Tennant, daß sie selbst mit Albert sprechen müßte. Als Raunce ging, um den Jungen zu suchen, rief sie ihn noch einmal zurück.

»Aber für was wollten Sie denn Gott danken, daß ich wieder da bin, wenn die Lage der Dinge so ist, wie ich sie vorfinde?« fragte sie.

»Es ist die Ungewißheit«, erwiderte er ganz offen und ging.

Mrs. Tennants kleines Gespräch mit Bert war nicht befriedigend. Er erklärte bereitwillig, daß er dem Assessor gesagt hatte, er hätte es, wollte aber ihr gegenüber nicht zugeben, er hätte den Ring. Er stand bloß da, aufrecht und strohblond, und gab auf fast alle Fragen keine Antwort. Sie sagte ihm, es sei verächtlich, sich ins Schweigen zu flüchten, aber das wirkte überhaupt nicht, ebensowenig ihre gezielte Andeutung, sie müsse sich die Sache überlegen. Tatsächlich wählte er diesen Moment, um zu erklären, er wünsche, seine Kündigung einzureichen.

»Die würde ich nicht annehmen«, sagte sie sofort.

Damit hatte er wohl nicht gerechnet, denn er bekam auf eine lächerliche Weise vor Verblüffung den Mund nicht wieder zu.

»Es wäre nicht fair gegen dich, Albert, jetzt, wo das über dir hängt.«

»Ich will als Bordschütze zur Air Force«, platzte er heraus.

»Dummes Zeug. Sprich mit Raunce, und laß dir von ihm den Kopf zurechtrücken. Ich bin sehr ungehalten, wirklich, und ich werde mir überlegen müssen, was da zu tun ist. Nun raus mit dir. Du hast einen Ring gestohlen, und jetzt spielst du dich noch zum Helden auf. Ja, das wär's. Nun raus.«

Er weinte nicht auf seinem Weg zur Dienstbotenhalle, er zitterte vor Wut. Und er wiederholte für sich: »Ich werd mit keinem mehr ein Wort reden in diesem verfluchten Kasten, nie wieder.«

Inzwischen war Raunce wieder auf sein Zimmer geeilt, wo Edith auf ihn wartete. »Noch kein Anzeichen?« fragte er dringend. Sie schüttelte den Kopf. Sie kaute an ihren Nägeln.

»Warum änderst du nicht deine Meinung und läßt mich mal an dieses verwöhnte Bürschchen ran?« begehrte er. »Im Ernst, Edie, wir haben keine Zeit mehr. Mrs. T. hat soeben nach meinem Albert geschickt. Nicht auszudenken, was er sagen könnte. Dieses Kind ist nur noch 'n Nervenbündel. Wenn wir den Ring heute nachmittag nicht finden, sitzen wir ganz schön in der Patsche.«

»Ich sag dir, mit Angstmachen kriegst du nichts aus diesen Kindern raus. Ich versteh mich auf sie und du nicht.«

»Das klingt alles so fein und großartig«, erwiderte Raunce. »Aber deine Methode hat in diesen zwei Tagen nichts gebracht. Und glaub mir, Liebes, die Lage ist verzweifelt«, flehte er. »Mein Gott, ich wollt, du hätt'st das Ding nie gefunden!«

»Was bedrückt dich denn so, Charley?« fragte sie. »Du bist so nervös, du regst mich richtig auf. Mal sagst du so und dann wieder so, daß man sich gar nicht mehr auskennt.«

»Hör zu, wie ich die Sache sehe«, erklärte er. »Ich muß verrückt gewesen sein, daß ich nicht gleich darauf gekommen bin. Sobald nämlich Mrs. Welchs Albert den Ring zu Geld machen will, wird man ihn fragen, wie er an so ein wertvolles Stück gekommen ist, und er wird sagen, er hätt nur gefunden, was du versteckt hattest. Und damit zieht er dich mit herein, begreifst du?«

»Aber hör doch«, widersprach sie, »das werden die kleinen Damen ihm nie erlauben.«

»Ihm nie erlauben?« echote Raunce erregt, »wie könnten sie's denn verhindern? Das ist nämlich 'ne besondere Sorte, diese Evakuierten. Ganz gleich, aus was für Häusern sie kommen, wenn sie erst 'nen Monat oder länger auf dem platten Land waren, sind sie das reine Teufelspack. Und dann einer wie er, der geradewegs aus London von der Schwester dieser Frau kommt – was kann man da andres erwarten? Diese kleinen Halunken verstehen nur eine Sprache, und zwar nur die, die man ihnen mit dem Riemen auf den Hintern buchstabiert.«

»Nein, Charley«, wandte sie ein. Sie saß in seinem Sessel und sah ihn aus großen Augen an. »Überlaß die Sache mir, jedenfalls bis zum späteren Abend. Ich kenne Miss Evelyn und Miss Moira und kann in ihnen wie in einem Buch lesen. Wenn sie geängstigt werden, dann kann nichts und niemand in der Welt ihnen auch nur ein Wort entlokken.« Es klopfte an der Tür. »Jetzt kommt es.« Und Miss Moira trat ein.

»Oh, hallo, Mr. Raunce«, sagte das Kind und blieb unschlüssig stehen. »Hallo, Miss Moira«, sagte er besonders laut.

»Kommst du wegen unserm Geheimnis?« fragte Edith. Die Kleine nickte. »Dann kannst du ruhig vor Mr. Raunce sprechen, er ist auf unserer Seite«, erklärte sie. Aber Miss Moira stand, die Hände auf dem Rücken, trat von einem Fuß auf den anderen, und ihr Blick ging von Raunce zu Edith und wieder zurück.

»Liebling, sag's Edith«, redete die ihr sanft zu.

»Ich hab's«, piepste Miss Moira endlich.

»Was hast du, Liebling?« fragte Edith, während Raunce schwer atmete.

»Dein Hochzeitsgeschenk natürlich«, antwortete das Kind. »Genau, was du dir gewünscht hast. Aber von mir, nicht von Evelyn oder Albert. Es ist ganz allein von mir«, erklärte sie.

»Oh, wie reizend«, rief Edith, aber ganz leise. »Wann darf ich es sehen?«

»Hier«, sagte das Kind. Damit zog es einen anderen von Mrs. Tennants Ringen hervor, schwer, mit ungeschliffenen Rubinen, der wohl zweihundert Pfund wert war.

»Mein Gott«, stöhnte Raunce verhalten. Edith ließ den Ring durch die Finger gleiten und fing an zu weinen. Ihr Weinen war ganz ehrlich, wurde sogar laut.

»Miss Moira, an deiner Stelle würde ich jetzt wegrennen«, begann Raunce, indem er verlegen zu Edith trat. Aber die packte ihn so heftig beim Arm, daß er sich gewarnt fühlte. Dann streckte sie tränenblind ihre Arme nach dem Kind aus, das sich sogleich an sie schmiegte.

»Nicht weinen, liebste Edith«, sagte es, »bitte nicht weinen, du Liebste.«

»Albert war's«, schluchzte Edith, »Albert und ich hatten unser Herz an den blauen Ring gehängt.«

»Warum hast du das nicht gesagt?« fragte Miss Moira dicht an Ediths Ohr, »bin gleich wieder da.«

»Aber diesen bringst du zurück«, sagte Edith, sich mühsam fassend, »und läßt deine Großmama nicht wissen, daß er weg war.«

Miss Moira grapschte sich den Rubinring. »Natürlich nicht«, sagte sie.

»Sie kann jeden Moment kommen, Miss Moira. Laß dich nicht vor ihr blicken«, sagte Raunce, aber Edith packte seinen Arm wieder so fest, daß er verstummte.

»Ihr macht soviel Aufhebens«, schmollte das Kind. »Also bis gleich.«

»Und du läßt mich meinen blauen haben?« flehte Edith. »Wir hatten uns doch auf den gespitzt, ehrlich, Kind.«

»Sei nicht so schrecklich ungeduldig«, erwiderte Miss Moira vorwurfsvoll, »ich hab doch gesagt, nur 'ne Minute. Und es ist 'ne Menge, was ich da tu, selbst wenn es sich um ein Hochzeitsgeschenk handelt«, sagte sie noch, als wäre sie erbittert, und damit war sie weg.

»O mein Gott«, stieß Raunce hervor, »hat man je so was erlebt?«

»Still, mein Lieber, fluch nicht, jetzt klärt sich alles im Nu auf«, antwortete Edith, während sie ihre Tränen abwischte. »Aber wie ist nur das Kind an den Rubinring gekommen?«

»Wo sonst als in Mrs. T.'s Zimmer«, antwortete Raunce düster. »Selbst wenn sie nach London rüberfährt, liegen die Sachen offen in einem Schubfach. Glaubst du, das Kind bringt nun den blauen?«

»Kommt in Ordnung, keine Sorge«, sagte Edith.

»Hoffentlich«, sagte er. »Und das hast du also Miss Moira erzählt«, fuhr er fort. »Du hast's hinter den Ohren, wirklich. Welcher Albert ist's denn, dessen Frau du werden willst? Meiner oder der von Mrs. Welch?«

»Sei nicht albern. Deiner natürlich, hab ich ihr gesagt.«

»Versteh ich nicht«, beharrte er. »Ich seh den Grund nicht.«

»Ich mußte so tun, damit sie's begriff. Ich hab vieles tun müssen, was mir zuwider war.«

»Mit Frauen, da kenn sich einer aus«, sagte er. Er beugte sich vor und küßte sie. Sie legte ihre Arme lose um seinen Hals, küßte ihn aber nicht. Er stand auf.

»Und wie haben wir's nun?« fragte er, indem er auf und ab ging. »Eh wir uns versehen, wird man uns mit all ihrem verdammten Juwelenkram auf frischer Tat ertappen.«

»Beruhige dich«, sagte Edith. »Ring hin oder her, ich will Mrs. Tennant nicht begegnen, wenn sie etwa auf ihrem Weg zur Küche hier vorbeikommt. Aber du wirst sehen, es kommt alles in Ordnung. Diesmal wird Miss Moira den richtigen Ring erwischen. Ich liebe das Kind«, fügte sie hinzu. Raunce war wie gelähmt, als er das hörte, und sah sie nahezu erschrocken an.

Nachdem sie mit Charleys Albert fertig war, ging Mrs. Tennant sogleich nach oben, nahm ihren Hut ab, wusch sich die Hände, wobei sie zu sich murmelte: »Besser, es gleich hinter mich zu bringen«, kam wieder herunter und ging zur Küche auf einem Umweg, der nicht durch die Anrichte führte.

Die Köchin erhob sich schwerfällig, als Mrs. Tennant eintrat.

»Nun, Ma'm, ich hoffe, daß Sie einen angenehmen Aufenthalt hatten und daß der junge Gentleman bei guter Gesundheit und guten Mutes war trotz diesem gräßlichen Krieg«, sagte Mrs. Welch.

»Sie sind ein Schatz, Mrs. Welch«, erwiderte Mrs. T., »wissen Sie, daß Sie die erste sind, die mich richtig begrüßt bei meiner Rückkehr, während die anderen so taten, als sei ich immer dagewesen. Außer Michael, aber der zählt für mich nicht. Diesen Iren glaubt man doch kein Wort, oder?«

Mrs. Welch kicherte hohl in sich hinein. Sie benahm sich wie im sicheren Besitz einer Vorzugsstellung.

»Gott bewahre uns vor denen, sind ja schließlich Ausländer«, verkündete sie. »Ja, und ich dulde nicht, daß meine Mädchen sich irgendwie mit denen einlassen«, ergänzte sie und tat ein bißchen geheimnisvoll.

»Da haben Sie gewiß recht«, pflichtete Mrs. Tennant ihr bei.

»Seltsam, daß Sie das sagen, Ma'm, aber ich hab da erst kürzlich so etwas erlebt«, beeilte sich Mrs. Welch fortzufahren, »stand ich da zufällig am Speisekammerfenster, als mir ein fürchterlicher Gestank aus den Rohren in die Nase stieg. Verschlug mir richtig den Atem. Natürlich diese Iren, sagte ich mir, lassen alles verschmutzen und verkommen.«

»Sie glauben doch nicht...?« wollte Mrs. Tennant fragen. Sie setzte sich auf einen Küchenstuhl.

»Ein fürchterlicher Gestank aus den Rohren«, wiederholte Mrs. Welch. »Dabei hatte ich geglaubt, sie würden alle aufgemacht, während Sie und Mrs. Jack verreist waren.«

»Die Abflußrohre?« wiederholte Mrs. Tennant entgeistert.

»So wurde gesagt«, beharrte Mrs. Welch.

»Wer sagte das? Ich habe keine Anweisung gegeben.«

»Nein, Ma'm, ich bin die letzte zu sagen, Sie sähen und merkten nichts. Nur, als dieser kostbare Ring, den Sie besaßen, verloren war, bei diesem schrecklichen Mißgeschick, da meinte dieser oder jener, das einzige wäre, die Abflußrohre aufzureißen.«

»Im Abflußrohr sollte er sein?« rief Mrs. Tennant. »Ist ja phantastisch.«

»Ah, hätt's denen gleich sagen können, daß sie damit nicht durchkämen«, stimmte Mrs. Welch triumphierend ein. »Phantastisch, das ist das richtige Wort, mit Verlaub. In den Abfluß runter, ausgerechnet, während er doch die ganze Zeit da war, wo er – da nehm ich Gift drauf – in diesem Moment noch ist, falls man ihn nicht schon gefunden hat.«

»Nein«, sagte Mrs. Tennant vorsichtig, »keine Spur von ihm.«

»Ah, da haben wir's«, erwiderte Mrs. Welch tiefgründig.

»Nein, Mrs. Welch, ich glaube nicht, daß wir so irgendwie weiterkommen«, protestierte Mrs. Tennant milde.

»Ganz wie Sie wollen, Ma'm«, antwortete die Köchin gelassen. »Und was würden Sie sich zum Lunch wünschen?«

»Nein, weshalb ich wirklich gekommen bin, das ist, um Ihren Rat zu erbitten«, entgegnete Mrs. Tennant. Dabei vergewisserte sie sich noch mal, daß die Küchentür zu war.

»Ich will mich auch nicht weiter mit diesem Kanalgestank aufhalten«, warf Mrs. Welch ein, »vielleicht hatte es damit gar nichts auf sich, womöglich lag es am Wind oder an sonst was.«

»Ich habe Sie nicht all die Jahre um mich gehabt, ohne dahinterzukommen, wann ich Sie eigentlich ernst nehmen kann«, erwiderte Mrs. Tennant. »Nein, es handelt sich um Albert.«

»Albert?« Mrs. Welch setzte eine starre Miene auf. »Haben die Albert bei Ihnen angeschwärzt?«

»Aber Sie wissen doch, er hat's zugegeben.«

»Was zugegeben, das möchte ich gerne wissen«, rief Mrs. Welch schrill.

»Nun, vor mir, erst vor einer Viertelstunde.«

»Worum ging's?« fragte Mrs. Welch ingrimmig.

»Wovon wir soeben gesprochen haben, um meinen Saphirring«, war Mrs. Tennants Antwort.

»Ihren schönen Saphirring«, wiederholte Mrs. Welch erschrocken. »Ha, dieses verlogene Pack von ... nein, ich werd's nicht sagen, das wär noch zu milde für die.«

»Glauben Sie denn, die andern sind in der Sache mit drin?«

»Ich glaube nicht. Ich weiß, Ma'm«, verkündete Mrs. Welch.

»Aber die werden ihn doch nicht dazu gebracht haben, sich als Verbrecher hinzustellen?«

»Verbrecher?« Mrs. Welchs Stimme schwoll bedrohlich an. »Genau das, Ma'm. Genau das sind die beiden, dieser Raunce und seine Edith. Ich sag ja nichts, daß sie sich den ganzen Tag in den Armen liegen und wahrscheinlich auch die halbe Nacht. Ich muß in meinen Ruhestunden auf der Hut sein und aufpassen, wenn es draußen noch hell ist, regelrecht einander in den Armen«, wiederholte sie, »fühlen sich als himmlische Liebende und sind doch im Grunde nichts weiter als Hurenvolk, wenn Sie den Ausdruck entschuldigen wollen, wo war ich? Ja, ›Schätzchen‹ hin und ›Liebster‹ her, so geht das Tag und Nacht, und sind doch nur 'n elendes Diebespaar, Ma'm, das sich hinter Ihrem Rücken Ihre Sachen aneignet.«

»Mrs. Welch!« wies Mrs. Tennant sie zurecht, indem sie sich angewidert erhob. »Ich werde mir das nicht anhören«, wollte sie fortfahren, aber die Köchin unterbrach sie.

»Entschuldigen Sie, Ma'm, aber Sie müssen mir erlauben, mein Wort zu tun. Es sind Andeutungen gemacht worden, und da kommt es mir von Rechts wegen zu, sie denen, die sie gemacht haben, in ihr loses Maul zu stopfen. Die sind wie ein Paar Eichhörnchen, das sich vor dem Winter einen Vorrat anlegt, von Ihrem Eigentum und im Hinblick auf die Heirat, wenn sie je 'nen Pfarrer dafür finden, was ich mir zu bezweifeln erlaube. Und es ist ja nicht Ihr Ring allein. Haben Sie je 'nen Blick in 'n Keller getan, Ma'm? Sie waren erst 'n paar Stunden rüber nach England, als ich zufällig in den Behälter mit mein'm Wasserglas gucke, so wie ich immer regelmäßig meine Vorräte kontrolliere. Und glauben Sie's oder nicht: Mehr als 'n Viertel von dem Wasserglas war aus dem Behälter raus und weg.

Kann sein, daß es Edith war, die das Wasserglas zum Aufbewahren der Pfaueneier braucht. So geht's. Aber das is 'n Kinderspiel. Hören Sie weiter.«

»Pfaueneier? Wozu das?«

»Weil drüben die einfachen Leute am Verhungern sind, wenn Madam mir verzeihen wollen.«

»Also wirklich, Mrs. Welch«, begann Mrs. Tennant noch einmal energisch.

»Tut mir leid, aber ich weiß es genau«, beharrte die Köchin. »Doch ein Dutzend Eier und eine Gallone oder zwei von diesem Wasserglas, das ist noch gar nichts. Nehmen wir nur die Sache mit dem toten Pfau. In meine Vorratskammer gestopft hat ihn Raunce, über und über von Maden wimmelnd neben dem schönen Stück Fleisch fürs Abendessen. Und wozu? Da können Sie lange fragen. Nicht zu glauben, wie durchtrieben die sind. Um diesen IRA-Mann Conor gegen mich aufzubringen, diesen Teufel, vor dem hier jeder um sein Leben zittert. Und auch da stecken die beiden dahinter, Raunce und dieser verrückte Ire, in der Sache mit Ihrem Körnerfutter für diese Vogeltiere. Genau so, wie Raunce und Michael es mit der Kies-Lieferung gemacht haben. Diebsgesindel«, sagte Mrs. Welch mit purpurrotem Gesicht und pausierte, um Luft zu holen.

»Ich höre mir das nicht weiter an. Ich werde Sie verlassen, bis Sie wieder in einem normalen Zustand sind ...«, beharrte Mrs. Tennant erschöpft, aber Mrs. Welch bezog schlurfend Stellung zwischen ihrer Herrin und der Tür.

»Jetzt werden die noch frech und rücken mit ihren Lügengeschichten heraus«, fuhr sie fort und zunehmend ordinär, »wenn die jetzt mit ekelhaften Lügen über einen Unschuldigen herfallen, an jedem Finger einen Ihrer Ringe, sobald Sie den Rücken gekehrt haben, dann kann man als ehrlicher Mensch nicht schweigen. Wenn ich darauf eingehen wollte, was die Ihnen erzählt haben, daß mein Albert, meiner Schwester leiblicher Sohn, auch nur ein Auge auf diesen Ring von Ihnen gehabt hat oder auf sonst was aus Ihrem Besitz, das Sie achtlos herumliegen lassen, dann ist das üble Nachrede und Verleumdung, jawohl, und dafür gibt's Gesetze.«

»Das ist ja völlig absurd«, sagte Mrs. Tennant kühl. »Aber was schlimmer ist, ich wäre nicht im geringsten überrascht, wenn Sie wieder getrunken hätten. Das frage ich mich schon die ganze Zeit. Im übrigen war gar nicht von Ihrem Albert die Rede, sondern von Albert dem Pantry Boy.«

»Gin?« schrie Mrs. Welch auf, »wo sollte der wohl herkommen auf dieser gottverlassenen Insel, und entschuldigen Sie, Ma'm, ich weiß, auf welchen Albert es abgesehen war...«

»Genug jetzt«, schnitt Mrs. Tennant ihr das Wort ab, und ihre Stimme drang bis in die Vorküche, wo Jane und Mary rote Köpfe bekamen und zu kichern anfingen. »Mir aus dem Weg!« Mrs. Welch mußte sich an den Geschirrschrank lehnen. Sie war blutrot im Gesicht. Ihr Atem ging schwer.

»Un meine Töpfe un Pfannen«, begann sie wieder, aber nur noch stammelnd.

»Kein Wort weiter über die Sache«, fuhr Mrs. Tennant fort, »aber wenn ich Sie noch einmal in diesem Zustand antreffe, dann gehen Sie ab mit dem nächsten Schiff, verstanden? Und wenn ich auch selbst für die ganze Gesellschaft kochen muß. Guten Morgen. Ach, eh ich's vergesse, weshalb ich überhaupt gekommen bin«, sagte sie und wandte sich noch einmal um, »Mr. Jack hat einen Sonderurlaub vor seiner Einschiffung bekommen, und Mrs. Jack bringt ihn morgen am Tage mit dem Schiff heim.« Und damit ging sie ab.

Als sie durch die Schwingtür kam, die Mrs. Welchs Reich abschloß, traf sie auf Raunce, der sie leicht vorgebeugt und sichtlich aufgeregt erwartete.

»Er hat sich wiedergefunden, Madam«, verkündete er.

»Wer hat was, Arthur?«

»Ihr Saphirring, Madam.«

»Vielen Dank«, sagte sie, als hätte sie nicht recht hingehört. Sie nahm den Ring entgegen und streifte ihn über einen Finger. Im Weitergehen sagte sie für sich, aber laut genug für ihn: »Und jetzt sagen Sie mir vielleicht, was ich der Versicherungsgesellschaft sagen soll?«

Er war wie betäubt. Das Kinn sank ihm herab.

»Oh, Raunce«, rief sie über die Schulter. Er stand stramm, brachte anscheinend keinen Laut hervor.

»Wer hat ihn gefunden?« fragte sie noch.

»Edith war's«, antwortete er beiläufig und hatte wohl gleich vergessen, wessen Namen er genannt hatte.

Doch auch da hatte sie das letzte Wort. Ein paar Schritte weiter in dem Durchgang wandte sie sich noch einmal um.

»Oh, Raunce«, sagte sie, »ich fürchte, Ihr Lunch heute mittag wird angebrannt sein.« Sie lachte kurz auf und entschwand.

Die junge Mrs. Tennant kam in die Rote Bibliothek, wo ihre Schwiegermutter an einem Lesepult saß, dessen schräge Platte aus Rhinozerosleder bestand und von goldkannelierten Säulen getragen wurde.

»Wo ist Jack?« fragte sie.

»Natürlich fischen, meine Liebe.«

»Ich dachte, der Fluß hätte nicht genug Wasser.«

»Oh, Violet«, erwiderte Mrs. Tennant, »dabei fällt mir ein, du mußt mich morgen daran erinnern, Raunce zu sagen, daß das Personal nicht mehr so oft baden kann. Daß ich das nicht vergesse. Jedenfalls nicht mehr als einmal die Woche, bis wir sicher sein können, daß die Brunnen nicht austrocknen.«

»Ich werde dich erinnern. War er eigentlich schon immer so auf Fischfang aus?«

»Schon immer. Aber sag mir, Violet, sollten wir ihm nicht an den Abenden etwas bieten? Ich meine, jemand rüber bitten. Einen Mann, damit er nicht allein über seinem Portwein sitzen muß.«

»Wen gibt's da schon, wo das Benzin so streng rationiert ist?« fragte die Jüngere. »Außerdem dachte ich, ein weiblicher Gast wäre besser.«

»O nein, so etwas wollen wir doch nicht, oder? Sind ja auch alle römisch-katholisch. Nein, ich dachte an Captain Davenport.«

»Den nicht«, erwiderte Mrs. Jack etwas übereilt.

»Warum nicht, Violet? Er war doch so ein angenehmer Gesellschafter für dich.«

»Ich glaube, Jack mag ihn nicht besonders.«

»Das würde ich nicht so wichtig finden«, sagte Mrs. Tennant obenhin. »Ich habe schon oft bemerkt, wenn die beim Thema Lachsforellen sind, kommen die gar nicht auf die Idee, einander nicht zu mögen. Ruf ihn an.«

»Ist das dein Ernst? Ich meine, wir wollen doch nicht das Haus voller Leute, gerade jetzt, wo Jack mal wieder daheim ist.«

»Oh, wirklich, Violet«, erwiderte ihre Schwiegermutter, »das ist gut gemeint von dir, aber in diesem Schuppen von Schloß, wo uns bloß das Personal die Haare vom Kopf frißt, ist es doch eine Wohltat, mal ein anderes Gesicht zu sehen. Ach, diese Dienstboten, Violet.« Mrs. Tennant nahm einen tragischen Ton an. Sie drehte ihren Lederhocker zu der Schwiegertochter herum.

»Hast du wieder Ärger mit ihnen gehabt?«

»Sagte ich dir schon, daß ich meinen Ring wieder habe?« fragte Mrs. Tennant.

»Nein. Wie wunderbar!«

»Meine Liebe, es war geradezu phantastisch. Als ich ankam, waren alle Dienstboten darüber in Harnisch, und von dem Ring keine Spur. Sie schlichen umeinander herum und beschuldigten sich gegenseitig.«

»Mein Gott«, bemerkte die Schwiegertochter und blickte fast unhöflich zu dem offenen Fenster hinaus, an dem sie saß.

»Ich weiß nicht, ob es nur daran liegt, daß sie keine Manieren haben, oder ob sie einfach so stupide sind«, fuhr die ältere Mrs. Tennant fort, »aber es gab das widerlichste Gezänk wegen meines Saphirrings.«

»Dein großer Saphir?«

»Ja, ich hatte ihn verloren, kurz bevor wir zu Jacks Urlaub rübergefahren sind. Ich hab's dir doch erzählt. Ich hatte ihn einen Tag auf, und am nächsten Tag war er verschwunden. Ich muß ihn wohl beim Händewaschen abgesetzt haben. Jedenfalls hatte er sich plötzlich in Luft aufgelöst. Und so ein schöner Ring, den Jacks Tante Emily mir vermacht hatte.«

»Du hast nie davon gesprochen«, beklagte sich Mrs. Jack nicht sehr überzeugend.

»Hab ich nicht? Aber so war's eben. Und als ich vor drei Tagen ins Haus kam, fand ich Raunce, verlegen mit den Händen in der Tasche fingernd und offenbar in höchster Erregung über irgend etwas. Ich ließ ihn also sich's von der Seele reden, und was glaubst du? Als der Versicherungsinspektor wegen meiner Verlustanzeige hier war, scheint der Hilfsbursche Albert verrückt gespielt zu haben, und hat gesagt, er hätte es, was immer er damit meinte. Was sagst du dazu?«

»Vermutlich hatte er den Ring irgendwo gefunden.«

»Natürlich, meine Liebe, das dachte ich auch. Aber nichts dergleichen. O nein, vielmehr bemühte sich Raunce, mir zu erklären, der Junge habe meinen Ring nie gesehen. Inzwischen war der Inspektor natürlich zurück nach Dublin, und ich bekam erst heute morgen einen sehr geschraubten Brief von denen, der besagte, in Anbetracht aller Umstände könnten sie den Fall nicht als Verlust anerkennen. Stimmt, denn ich trage den Ring ja wieder. Aber was ich nie begreifen werde: was meinte der Junge damit, er hätte es oder hätte es gefunden, was auch immer. Glaubst du, ich sollte die ganze Sache weiterverfolgen?«

»Ist alles so kompliziert«, klagte Mrs. Jack.

»Würdest du mir raten, Raunce noch mal kommen zu lassen und der Sache auf den Grund zu gehen?«

Auf diese Frage hin wurde die jüngere Mrs. Tennant auf einmal ungewöhnlich lebhaft. Sie stand auf, mit dem Rücken zum Fenster, und strich ihren Rock glatt.

»Keinesfalls, wenn ich du wäre«, sagte sie. »Nur keine schlafenden Hunde wecken.«

Vielleicht weckte gerade dieser Rat Mrs. Tennants Eigensinn. »Aber ich sollte doch noch wissen dürfen, wo er gefunden wurde«, rief sie. »Richtig, da ist ja noch Edith. Edith«, befahl sie mit schriller Stimme, »komm einen Moment her, ich brauche dich.«

Das Mädchen kam sittsam durch die offenen Türen herein, ohne einen Blick auf Mrs. Jack.

»Wo hast du meinen Saphirring schließlich gefunden, Edith?«

»Ich, Madam?« erwiderte sie fast ungehalten, »ich habe niemals Ihren Ring gefunden, Madam.«

»Aber als Raunce ihn mir zurückgab, hat er gesagt, du hättest ihn gefunden.«

»Ich nicht, Madam«, sagte Edith mit gesenktem Blick.

»Wer hat ihn denn nun gefunden?«

»Kann ich nicht sagen, Madam.«

»Warum nur all diese Geheimnistuerei, Edith? Die ganze Sache ist höchst unbefriedigend.«

Das Hausmädchen blieb stumm, ruhig und gelassen.

»Ja, das war's. Du kannst jetzt gehen«, sagte Mrs. Tennant nahezu erschöpft. »Und schließ bitte die Tür.«

Als sie wieder allein waren, hob Mrs. Tennant eine Hand und zupfte sich am Ohr.

»So steht's also, Violet. Was hältst du davon?«

»Ich nehme an, du hast dich verhört. Vielleicht hat Raunce jemand anderen genannt.«

»O nein, ich bin ja noch nicht taub. Ich weiß genau, er nannte Edith.«

»Liebste«, flehte Violet sie an. »Natürlich bist du nicht taub. Doch auf jeden Fall hast du deinen Ring wieder, nicht wahr?«

»Ja, aber ich mag's nicht, daß so etwas noch über mir hängt.«

»Über dir hängt?«

»Ja, wenn etwas ungeklärt bleibt. Hast du denn nie das Gefühl, du mußt in allem, was immer es sei, klarsehen? Außerdem glaube ich nicht, daß ich mir die Versicherung noch länger leisten kann. Sie wird in letzter Zeit immer kostspieliger. Aber wenn ich vermuten muß, jemand ist da nicht ganz ehrlich gewesen, und die anderen Dienstboten haben ihn ertappt und ihn dazu gebracht, den Ring zurückzugeben, dann wäre es doch heller Wahnsinn, die Versicherung zu beenden. Findest du denn nicht auch, Violet, daß man mit allem heute in das fürchterlichste Dilemma kommt? Aber das weißt du wohl nicht. Du behältst immer so wunderbar deine Ruhe, meine Liebe.«

»Das tu ich nicht, wenn du nur wüßtest. Aber du hast eben soviel Verdruß mit allem, was du beaufsichtigen mußt.«

»Das ist es gerade. Und wenn du dann merkst, da ist einer im Haus, dem du nicht trauen kannst, dann gerät alles außer Kontrolle.«

»Einer, dem du nicht trauen kannst?« fragte die Schwiegertochter in so erregtem Ton, daß Mrs. Tennant jäh aufblickte. Sie konnte aber ihren Gesichtsausdruck nicht erkennen, da Violet gegen das Licht stand.

»Ja, natürlich«, sagte Mrs. Tennant, »weil der Ring irgendwo gewesen sein muß, damit jemand ihn finden konnte.«

»Oh, natürlich.«

»Aber Violet, du meinst also wirklich nicht, ich müßte in der Sache noch etwas unternehmen?«

»Ich wüßte nicht, warum. Ich würde die Hunde schlafen lassen«, wiederholte die Jüngere.

»Vielleicht hast du recht. Ach ja, liebste Violet, da ist noch diese andere Sache. Du weißt, Agatha ist krank und das bedeutet, zusammen mit Nanny Swift, daß für jede Mahlzeit zwei Tabletts raufgetragen werden müssen. Zugegeben, Jane und Mary sind sehr anstellig, und auch sonst habe ich für ein paar Erleichterungen gesorgt, indem ich Raunce gesagt habe, er könne jetzt mit dem Heizen der Kamine aufhören, da es soviel wärmer geworden ist. Die Gemälde werden keinen Schaden nehmen bei diesem nahezu heißen Wetter. Andererseits ist es etwas viel für Edith, wenn sie jeden Tag die Kinder ausführen muß.

Denn das Putzen und Aufwischen muß gemacht werden wie immer. Also habe ich mich gefragt, liebste Violet, ob du dich vielleicht ein bißchen mehr der Kinder annimmst, wenn Jacks Urlaub zu Ende geht, aber nur an den Nachmittagen.«

Sobald von den Kindern die Rede war, entspannte sich die Jüngere und setzte sich wieder hin. Ihr Gesichtsausdruck war wie der eines verwöhnten Kindes.

»Aber natürlich«, sagte sie, »das wollte ich ohnehin.«

»Du bist ein Schatz, Violet. Auf dich kann man sich immer verlassen. Alles wird einem so widerwärtig in diesen großen Häusern. Ich muß ein Wörtchen mit Doktor Conolly reden. Recht und gut, daß er den armen Eldon unter die Erde gebracht hat, werde ich ihm sagen, aber mit Agatha muß er vorsichtiger sein«, und Mrs. Tennant kicherte in sich hinein. »Sie zu verlieren, können wir uns einfach nicht leisten. Oder was Nanny betrifft, obwohl sie natürlich, wenn es einen Ersatz für sie gäbe, allmählich pensionsreif wäre.«

»Oh, ich finde sie immer noch sehr tüchtig«, widersprach Mrs. Jack. Miss Swift unterstand ihr persönlich.

»Sie ist hervorragend, Violet, ganz hervorragend. Ich meine nur, sie wird nun bald älter als sogar ich. Aber das ist das Dilemma heutzutage. Entweder du fechtest alles mit den Dienstboten aus und erlebst dann, daß sie alle kündigen, oder du wurstelst sozusagen mit dem vorhandenen Personal weiter und denkst dir im stillen, vielleicht könnte sich noch alles zum Besseren wenden. Wie würdest du's denn machen?«

»Aber, meine Liebe, ich finde, du meisterst alles fabelhaft«, sagte Mrs. Jack in beruhigendem Ton.

»Nun ja, ich weiß davon nichts«, erwiderte Mrs. Tennant. »Aber mir scheint, wir leben hier nur noch von der

Hand in den Mund, wenn ich es kaum wagen darf, jemand zum Essen einzuladen, aus lauter Angst, die eine oder andere dieser Kreaturen würde kündigen. Richtig, erinnerst du mich, diesen Captain Davenport anzurufen, ja? Aber in gewissem Sinn betrachte ich das hier als meinen Kriegsdienst, die Erhaltung dieses Besitzes, meine ich. Wir sind hier praktisch in Feindesland, und ich finde es so wichtig, den Standard zu wahren. Dieses Land ist durch Leute heruntergekommen, die nicht auf ihrem eigenen Besitz lebten. Es könnte anders sein, wenn de Valera Bedarf für solche Besitztümer hätte. Warum bietet er nicht Irland als Lazarettbasis an? Das versteh ich nicht. Dann könnte man ein Haus wie dieses hier leichten Herzens zur Verfügung stellen. Doch schließlich muß man, wie ich immer sage, an die Kinder denken. Ich selbst fühle mich hier nur als Statthalterin. Wir könnten schon morgen Kinalty zumachen und in einer der Katen wohnen. Doch wenn ich das täte, würden dann deine lieben Kinderchen je wieder hier wohnen dürfen? Das frage ich mich.«

»Hat Jacks Stiefvater oft hier gelebt, ehe er starb?«

»Als er es zuerst gepachtet hatte, konnte Edward sich überhaupt nicht von hier trennen«, antwortete Mrs. Tennant. »Doch als er es endgültig gekauft hatte, schien er dessen überdrüssig zu werden. Immerhin war er damals ein kranker Mann und blieb die meiste Zeit in London wegen der Ärzte.«

»Wie auch immer, ich finde, du hast dir ein wunderbares Ziel gesetzt«, sagte Mrs. Jack leise.

»Ich danke dir, meine Liebe. Du bist ein großer Trost für mich. Ich liebe ja dieses Haus. Es ist mein Leben. Wenn einen nur nicht dieses Gefühl von Mißtrauen immer bedrückte.«

»Mißtrauen?« Auch diesmal hatte die Frage von Mrs. Jack einen scharfen Unterton.

»Diese Sache mit meinem Ring«, sagte Mrs. Tennant wieder. »Wie ich immer sage, wenn man den Leuten seiner Umgebung nicht trauen kann, wem denn sonst?«

»Aber natürlich kannst du. Gewiß, Edith ist bis über beide Ohren in Raunce verliebt, wie wir alle wissen, und das macht sie ein bißchen komisch, und die Phantasie geht mit ihr durch. Dennoch halte ich sie in anderer Beziehung für absolut verläßlich.«

»Ihre Phantasie, meine Liebe?«

»Du weißt doch, wie das ist, sie will sich Raunce an Land ziehen, und der ist so kalt wie ein Fisch. Zum Glück habe ich nicht mit ihm zu tun.«

»Sollen sie doch heiraten oder meinetwegen in Sünde leben, wenn wir sie nur bei der Stange halten können«, sagte Mrs. Tennant. »Denn, meine Liebe, was wissen wir schon über das Dienstpersonal? Sieh einer an«, fügte sie hinzu, »da kommt Jack. Was kann ihn nur veranlaßt haben, schon jetzt vom Angeln zurückzukommen? Hallo, Jack«, rief sie, »einen guten Fang gemacht?«

Sie war mit der Schwiegertochter an das offene Fenster getreten und reckte ihren erstaunlichen Kopf mit dem blaugetönten Silberhaar hinaus in den sonnigen Tag, als wäre sie ein Papagei, der sich zu seiner Überraschung nicht angekettet findet und seinem Käfig den Rücken gekehrt hat. Mr. Jack winkte und kam näher. Er war in grauen Flanellhosen und einem offenen rot und weiß karierten Hemd. Er wirkte zu jung, um in den Krieg zu ziehen.

»Die Glimmstengel sind mir ausgegangen«, erklärte er mit einem sanften Blick zu seiner Frau, die ihm schwach zulächelte.

»Oh, Jack«, sagte seine Mutter, »wir wollen Captain Davenport für heute abend zum Essen einladen, erinnerst du dich an ihn?«

»Den?« fragte der junge Mann. »Ist er denn zurück?«

»Ich wußte gar nicht, daß er fort war«, sagte Mrs. Tennant. Die Schwiegertochter schwieg betreten.

»O ja, wir haben ihn diesmal oft in London gesehen, nicht wahr, Puppi?« bemerkte er beiläufig zu seiner Frau.

»Es gibt eben sonst niemand in dieser Einöde, also wirst du ihn wieder einmal begrüßen müssen, weiter nichts«, sagte Mrs. Tennant bestimmt, aber nicht unfreundlich, und alle drei verließen einander ohne ein weiteres Wort.

Die Abende wurden jetzt zunehmend länger. Charley und Edith stahlen sich nach dem Abendessen hinaus zu ihrem Lieblingsplatz bei dem Taubenschlag, wo Miss Swift an jenem ersten Frühlingsnachmittag ihren Schützlingen ein Märchen erzählt hatte, während die Kinder dem Liebesspiel der Tauben zugesehen hatten. Die flogen jetzt alle hoch oben in dem Dämmerlicht eine letzte Runde, ehe sie in den Schiefen Turm zurückkehrten, um die Köpfchen unters Gefieder zu stecken.

Edith lehnte ihren lieblichen Kopf an Raunces Schulter, und über ihnen, hoch über dem Baumschatten, schwirrten diese weißen Vögel in einem Himmel aus Blau und Rosa und applaudierten gleichsam einander im Flug mit dem Schlagen ihrer steif ausgestreckten Schwingen.

Die eine Seite von Ediths Gesicht war im Widerschein des Himmels tief rot.

»Heute morgen hat sie mir meine Bücher anstandslos zurückgegeben«, murmelte er.

»Was für Bücher?« fragte sie leise und schläfrig.

»Meine monatlichen Abrechnungen«, antwortete er.

»Wirklich?« seufzte Edith zufrieden. Beide fielen in Schweigen. In einiger Entfernung riefen die Pfauen einander zu, Schrei und Antwortschrei.

»Das heißt ein bißchen mehr auf die hohe Kante für später, wenn wir erst zusammen sind«, fuhr er fort und drückte ihren Arm. Sie schmiegte sich enger an ihn.

»Du bist wunderbar«, sagte sie so leise, daß er es kaum hörte.

»Ich liebe dich«, war seine Antwort.

Ihre linke Hand hob sich an seine Wange.

»Und hast du sie wegen dem Häuschen gefragt, das wir haben wollen?« erkundigte sie sich.

»Hab ich. Aber Mrs. T. schien das nicht richtig zu verstehen. Sie sagte ja und sagte nein und ließ sich dann über Michael aus, der unleidlich wäre. Aber natürlich bin ich nicht gleich damit rausgerückt, daß es für uns sein sollte.«

»Hast dich wieder nicht getraut«, bemerkte sie traumverloren.

»Ach, bei dir muß alles immer zu schnell gehen. Langsam, aber sicher, ist meine Devise.« Und er kicherte ein bißchen. »Ich krieg sie dahin, daß sie glaubt, es wäre ihre Idee.«

»Du bist ein Schlaukopf«, sagte sie voller Bewunderung.

»Schlaukopf Charley«, ergänzte er und küßte sie auf die Stirn.

»Du siehst, Mädchen, besser auf die weiche Tour. Immer langsam voran.«

»Was bringt's dir denn ein?« wollte sie wissen, wobei sich die Hand an seiner Wange straffte. »Dieses Geschäft, meine ich«, fügte sie hinzu.

»Aber du weißt doch, wieviel ich verdiene? Hab nie 'n Geheimnis draus gemacht.«

»Ich meine die Extras von den Abrechnungen.«

»Das mögen zwei oder drei Pfund die Woche sein.«

»So«, sagte sie und zog ihr Gesicht ein wenig zurück, »vor ein oder zwei Wochen hast du noch gesagt, es wären an die fünf oder sechs Pfund.«

»Nie im Leben«, sagte er jetzt lauter. »Da hast du dich verhört. Das kann ich nicht gesagt haben.«

»Doch, hast du«, beharrte sie.

»Ihr Weiber seid alle gleich«, erklärte er gelassen, »ihr fragt so viel, bis man sich selbst nicht mehr auskennt. Und dann kommt ihr immer noch mal darauf zurück. Soviel kann es niemals gewesen sein, mein Schatz. Mrs. T. würde es merken. Die ist nicht kurzsichtig, kannst du mir glauben.«

»Du hältst doch nichts vor mir zurück, Charley?« fragte Edith liebevoll, dabei sah sie ihn aber an.

»Lassen wir das doch«, murmelte er und küßte sie auf den Mund.

»Ich weiß ja nicht, aber ich liebe dich«, sagte sie, als sie den Mund wieder frei hatte.

Nach einer Weile stellte er sie überraschend mit einigen Neuigkeiten auf die Probe. Dabei lehnte er sich zurück, wie um die Wirkung zu beobachten.

»Der Captain war zum Abendessen da«, sagte er.

»Captain Davenport? Ach der«, und dabei lachte sie.

»Was ist daran komisch?« wollte er wissen. »Ich dachte, du würdest es ein bißchen seltsam finden, so kurz nach – na, du weißt schon.«

Sie blieb an ihn gelehnt, ohne zu antworten.

»Ich fand es ein starkes Stück, wo er ihr doch nach England nachgereist ist«, fuhr er fort.

»Captain Davenport?« wiederholte sie. »So was Albernes, schlag dir das mal aus dem Kopf.«

»Ist das zu fassen! Nach all dem Theater, das du damals darum gemacht hast«, entrüstete er sich. Als Antwort hob sie ihr Gesicht zu ihm auf und küßte ihn.

»Frauen sind ein ewiges Rätsel«, sagte er noch. Er küßte sie gierig.

Doch ein paar Minuten später fing er von neuem an. »Stimmt das eigentlich, was du neulich über Mr. Jack gesagt hast, von Freiheiten herausnehmen und so?« fragte er.

»Das möchtest du wohl gerne wissen«, erwiderte sie.

»Nein, Mädchen«, sagte er, dabei rückte er ein bißchen von ihr ab. »Ich habe jetzt das Recht, es zu erfahren, hoffe ich.«

»Über den brauchst du dir ebensowenig den Kopf zu zerbrechen«, sagte sie.

»Das kann ich wohl besser beurteilen«, murrte er.

»Aber Charley, du wirst doch nicht auf einen hochnäsigen Laffen wie den eifersüchtig sein?«

»Du hast so merkwürdige Ansichten«, sagte er. »Schwer zu sagen, was du eigentlich für recht und unrecht hältst.«

»Das sag noch mal«, verlangte sie.

»Aber, Herzchen«, sagte er, »setz dich mal nicht aufs hohe Roß.«

»Ich setz mich auf gar nichts.«

»Also, was war denn nun wirklich?« fragte er.

»Mir scheint, du möchtest es so hinstellen, als hätte ich diesen Knaben ermutigt.«

»Jaja, für die Army können sie nicht jung genug sein«, erwiderte er.

»Hast du das wirklich gemeint?« fuhr sie fort. »Mit mir jedenfalls nicht, Charley.« Aber es war ihr nicht ganz ernst damit.

»Wie sollte ich?« sagte er, »nie im Leben. Du würdest meine Frage doch nicht beantworten.«

»Welches Mädchen würde das schon?« fragte sie kokett.

»Ich dachte immer, jede Frau könnte klipp und klar antworten, wenn sie gefragt wird, ob ein gewisses Individuum sich herausgenommen hätte ... nun ja, sich herausgenommen hätte ...«, und er schien den Faden zu verlieren.

»Was herausgenommen?« schnurrte sie sichtlich amüsiert.

»Also schön, versucht, sie zu küssen?« endete er seine Rede.

»Und ich hätte nie gedacht, ein lebender Mann könnte so einfältig sein, zu erwarten, man würde ihm die Wahrheit sagen.«

»Oho, also das alte Spiel«, lachte er. »Mich zappeln lassen, damit ich mir alles mögliche zwischen dir und ihm ausmale?«

»Wenn du eine so lebhafte Phantasie hast, bist du nur zu bedauern«, sagte sie schroff.

»Ich habe ja nur eine Frage gestellt«, wandte er ein.

»Es steht dir frei, dir auszumalen, was du willst«, erwiderte sie. »Ich habe keine Macht über deine antiquierten Vorstellungen, noch nicht, jedenfalls.«

»Was meinst du damit, noch nicht?«

»Ich meine, bis wir verheiratet sind«, wisperte sie mit etwas angerauhter Stimme. »Wenn wir erst verheiratet sind, werde ich dafür sorgen, daß du keine Einbildungen mehr hast, ich werde in allem so sein, wie du mich jetzt haben willst, und noch viel mehr, als du dir je erträumt hast, damit du für den Rest deines Lebens solche Hirngespinste los bist.«

»O Liebling«, sagte er mit einer Art von Aufschrei und küßte sie leidenschaftlich. Aber irgendein Rascheln unterbrach sie.

»Was 's das?« fuhr er auf.

»Pst, mein Lieber«, sagte sie. »Das sind nur die Pfauen.«

Und wirklich, eine ganze Reihe von diesen Vogeltieren, eins hinter dem anderen und in dem Dämmer kaum sichtbar, wanderte zurück zu den Ställen.

»Was hat dich nur darauf gebracht, gerade heute abend an den Schürzenjäger zu denken?« fragte er ungeschickt.

»Was du nicht alles wissen willst«, antwortete sie.

»Oh, gib mir 'n Kuß«, bettelte er.

»Nur, wenn du brav bist«, sagte sie.

An einem Nachmittag nach dem Tee ging Edith auf ihr Zimmer, um sich etwas hinzulegen. Sie war erschöpft. Agatha und Miss Swift lagen immer noch zu Bett. Die dadurch entstandene Mehrarbeit war hart.

Sie fand Kate schon ausgestreckt vor. Der Regen pladderte auf das Efeu vor dem offenen Fenster.

»Ich bin total erledigt«, sagte Kate, und Edith antwortete: »Ich denk, harte Arbeit hat noch keinem geschadet.«

»Doch, wenn sie sich ständig so gegen einen aufhäuft«, bemerkte Kate. Dann, als Edith sich setzte, um ihre Strümpfe runterzurollen, fügte sie hinzu: »Wenigstens etwas, das hier noch zu haben ist und drüben nicht.«

»Was meinst du damit?«

»Seidenstrümpfe«, erläuterte Kate.

»Wirklich neu, zu hören, daß du mal 'n gutes Wort für dieses Land hast«, sagte Edith.

Kate ließ das hingehen. »Warum können wir nicht so miteinander reden wie früher, Edie?« fragte sie.

»Herrje, ist doch nur, weil wir, erst mal hier oben in dem ollen Zimmer, zu müde für irgendwas sind«, antwortete Edith.

»Wir hatten aber immer mal 'n netten Schwatz miteinander, Edie.«

»Mag sein, daß wir übern bloßen Schwatz hinaus sind.«

»Was soll das heißen?«

»Daß eben alles anders geworden ist, Kate.«

»Wenn du darauf anspielst, daß du mit Mr. Raunce versprochen bist, dann ist das kein Grund, mir nichts mehr über dich zu erzählen oder meinetwegen über ihn, stimmt's nicht?«

Edith lachte nur.

»Okay, Liebes, du hast gewonnen«, sagte sie, »also fang mit dem Fragen an.«

»Werdet ihr bald verheiratet sein, Edie?«

»Das werden wir«, sagte Edith und legte sich längelang hin.

Beide Mädchen, auf dem Rücken ausgestreckt, ließen Luft an ihre Füße und sahen an die Decke.

»Ich wünsch dir alles, was ich mir auch für mich wünsche«, sagte Kate und senkte dabei die Stimme.

»Danke dir, meine Liebe«, antwortete Edith nüchtern.

»Wann soll es denn sein?«

»Ich denke, sobald ich ein bißchen was für mich beisammen habe«, antwortete Edith.

Daraufhin kam so etwas wie Schnaufen vom anderen Bett. Edith rollte sich herum, um nachzusehen, dann richtete sie sich auf. »Aber du weinst ja«, rief sie aus. Sie kam herüber und setzte sich auf den Rand von Kates Bettdecke.

»Weswegen denn? Du Dummchen«, fügte sie zart hinzu. »Hier, sieh dir das an, mitten auf der Steppdecke.

Laß dir's bequem machen.« Sie rollte Kate auf die andere Seite, um die Decke unter ihr wegzuziehen. Kate war ganz schlaff. »O Edie«, jammerte sie und wollte laut in Tränen ausbrechen.

»Kusch, Liebes«, murmelte Edith, »jemand könnte uns hören.« Sie versuchte, Kate aus ihren Kleidern zu helfen.

»O Edie«, stöhnte Kate. Edith wischte ihr das Gesicht ab, das von Tränen naß war.

»So«, sagte sie. »Jetzt mach dir mal überhaupt keine Gedanken. Nur 'n Haufen Klatsch und Tratsch, weiter nichts.« Sie deckte Kates grünlich schimmernden Körper zu. Ihr heftiges Weinen ging in Schluckauf über.

»Wieso?« fragte sie und drehte sich ganz zu Edith um. »Hat einer von denen über mich geredet?«

»Natürlich nicht, kein Wort.«

»Ich hab Schluckauf«, verkündete Kate und mußte fast lachen. Ihr Gesicht hellte sich auf. »Und wenn doch, hätt'st du ihnen die Meinung gesagt?«

»Aber natürlich, Liebes.« Edith streichelte Kate im Nacken.

»Oh, das ist nett von dir«, sagte Kate. Sie schnaubte die Nase in das Taschentuch, das Edith ihr hingelegt hatte. »Du weißt ja gar nicht, wie gut das tut.«

»Das sollte es ja auch«, sagte Edith.

»Danke dir. Und jetzt sind wir fast wie früher, stimmt's?«

»Hast recht.«

»Ich weiß gar nicht, was über mich gekommen ist«, fuhr Kate fort. »Ehrlich, ich weiß es nicht.«

»Ist eben grausam, diese verdammte Welt.«

»Aber Edith, zum ersten Mal hör ich dich so fluchen.«

»Ist aber trotzdem die Wahrheit, Kate.«

»Recht hast du«, sagte Kate. »Sieh an, mein Schluckauf ist weg. Wenigstens etwas Gutes. Manchmal könnte ich glatt ausbrechen aus dem Ganzen. Es macht einen fertig. Und obendrein, was du mir von dir und Mr. Raunce erzählst.«

»Du hast mal gesagt, du würd'st ihn nie im Leben Mister nennen.«

»Das ist jetzt anders, Edie. Wo ihr doch heiraten wollt. Da gehört sich Respekt.«

»Weiß ich nicht, Liebe. Was mich betrifft, kannst du ihn ruhig weiter Charley nennen.«

»Das magst du halten, wie du willst«, sagte Kate friedfertig. »Und wo wollt ihr wohnen? Wollt ihr auf Kinalty bleiben?«

»Ja, wir haben ein Auge auf das kleine Haus im Park.«

»Das ist ja wunderbar.«

»Und wir denken daran, seine Mutter rüberzuholen, damit sie bei uns wohnen kann und aus den Bombenangriffen raus ist.«

»Oh, wie nett von euch«, sagte Kate und mußte wieder heftig schlucken. Sie begann still zu weinen, mit dicken Tränen hinter ihren geschlossenen Augen.

»Aber Liebes, ist was mit dir?« fragte Edith.

»Nein«, sagte Kate weinerlich.

»Bist du ganz sicher?« fuhr Edith fort, »du hast doch nicht irgendwas zu befürchten, oder?«

»Ich?« wiederholte Kate und wurde auf einmal ruhig. »Du meinst wegen Paddy, nicht wahr?«

»Also doch«, sagte Edith und machte große Augen.

»Nein, Edie«, erwiderte Kate ganz ernst, »du würdest so etwas doch nie von mir glauben?«

»Schon gut.«

»Nie im Leben«, fuhr Kate fort, »aber du hast etwas vermutet?«

»Albert war's, er hat's meinen kleinen Damen erzählt. Er hatte es von Mrs. Welch, der Bastard, es gibt kein anderes Wort für ihn.«

»Sie selbst nennt ihn so, sagt Jane, die es gehört hat.«

»Soll man's glauben?« murmelte Edith.

»Aber Paddy ist nicht so, wie du glaubst, meine Liebe«, sagte Kate, als hätte sie Ediths Bemerkung anders verstanden. »Du hast keinen Grund, dich über das zwischen Paddy und mir zu entrüsten. Es wird nichts passieren, keine Angst. Bei mir kam auf einmal alles zusammen.«

»Du denkst also nicht in dieser Weise an ihn?«

»Was gibt's denn hier sonst schon, woran man denken könnte, Edie?«

»Aber er ist doch ein Römisch-katholischer.«

»Das macht keinen Unterschied.«

»Vermutlich nicht. Aber diese Iren sind nicht so wie wir.«

»Wenn ich Paddy erst mal ausstaffiert habe, würdest du ihn nicht mehr für einen Iren halten.«

»Doch was ist mit seiner Sprache, Kate?«

»Ich weiß, das ist 'n Problem. Da wird sich am schwersten was ändern lassen.«

»Du ziehst ihn also ernstlich in Betracht?« fragte Edith.

»Ist doch kein anderer da. Als Mädchen wird man hier einsam«, antwortete Kate und fing wieder zu weinen an. »Und ich finde, du nimmst es nicht gerade freundlich auf«, fügte sie noch hinzu.

»Aber nein, Liebes«, sagte Edith, »du bist nur erregt.«

»Geh nicht weg«, stammelte Kate unter Schluchzern.

»Ich geh nicht, Liebes. Beruhige dich doch. Ist nun mal nicht leicht, das Leben.«

»Mußt du mir sagen«, stimmte Kate zu. Sie riß sich zusammen, um die Nase zu putzen. »Und weißt du, was noch hinzukommt?«

»Was denn?« fragte Edith und streichelte sie wieder.

»Er hat sich entsetzlich aufgeregt wegen dieser Eier.«

»Was für Eier?«

»Nun die Eier, die du in Wasserglas konserviert hast, hier in dem Zimmer«, antwortete Kate.

»Aber das war vor Monaten. Wie kommt er jetzt darauf?«

»Durch den kleinen Albert, wen sonst? Glaub mir, ich hab ihm nie was davon gesagt. Niemals täte ich so etwas. Und noch dazu hat Mr. Raunce alles über den Pfau gesagt, den Mrs. Welch in ihrem Vorratsschrank fand. O Edie, darüber geriet Paddy in einen solchen Zustand, daß ich richtig Angst bekam.«

»Ich werde mit Charley sprechen«, ergrimmte sich Edith.

»Ganz wie du willst«, erwiderte Kate, »aber er liebt diese Vögel, mußt du wissen, er vergöttert sie. Ich kann nichts dagegen machen. Und nach dem, was er jetzt erfahren hat, benimmt er sich so sonderbar. Ich weiß nicht, was ich davon halten soll, ehrlich.«

»Was sagt er denn, was er tun will?« erkundigte sich Edith.

»Er redet so, als wollte er die Pfauen einsperren und nie mehr hinauslassen. Sag mir bloß, wie Mrs. Tennant das aufnehmen wird?«

»Ich hatte die Sache mit diesen Eiern längst vergessen«, sagte Edith. Dann fügte sie, wie über sich selbst verwundert, hinzu: »Ich glaube, weil ich wußte, ich hätte keine Verwendung mehr für sie.«

»Keine Verwendung mehr? Was meinst du damit? Du hast doch immer gesagt, sie wären gut für die Haut, auch wenn sie in dieser Lake gelegen hätten.«

»Ja«, sagte Edith, »kein Zweifel, daß sie für mein Gesicht gut sind, das ich immer noch brauchen kann. Aber jetzt, da Raunce und ich uns einig geworden sind, steht mir der Sinn nicht mehr nach solchen Zaubermittelchen.«

»Sollte mich nicht wundern, wenn er sich dafür interessierte, auch wenn du es nicht mehr tust«, bemerkte Kate schelmisch.

Edith wurde rot.

»Sieh da«, rief Kate und amüsierte sich noch mehr, »du errötest!«

»Nicht über das, was du meinst«, sagte Edith. »Ich dachte an so etwas wie: wenn man auf dem Jahrmarkt mit einem Silberstück ein Kreuz über der Hand einer Zigeunerin schlägt. Das wär 'n Zauber, der einen ganz verändert«, erläuterte sie.

»Glaubst du, die Pfaueneier würden auch bei mir so wirken?«

»Weiß ich nicht, Kate, weil ich's nie versucht hab.«

»Aber wenn er mir draufkäme, Edie, er würde mich erwürgen.«

»Wie Klein-Albert es mit einem seiner Pfauen gemacht hat?« lächelte Edith.

»Du kennst ihn nicht, Edie, nicht auszudenken, was er tun würde.«

»Wie sollte er's denn je erfahren?« fragte Edith.

»In diesem Haus bleibt kaum etwas verborgen, meine Liebe.«

»Mag sein. Aber das waren doch nur die Kinder, Kate, wie wir wissen, seit Klein-Albert herkam. Die werden nichts merken. Ich werd nichts sagen.«

»Also, du glaubst noch immer, daß da was dran ist?«

»Da ist was dran, Kate. Er liebt diese Vögel, wie du eben gesagt hast. Wenn du dich also mit ihren Eiern schön machst, und er weiß nichts davon, dann wird das eine gute Wirkung auf ihn haben.«

»Stell dir vor, ich soll mir diesen Dreck auf Gesicht und Brust schmieren, um hübsch zu sein. Uns Mädchen bleibt auch nichts erspart.«

»Nur los«, sagte Edith, »das ist erst der Anfang.« Beide begannen zu kichern. Edith hielt sich eine Hand vor den Mund, um nicht laut zu schreien.

»Und wenn sie dann auf dich losgehen ...«, begann Kate, hielt aber plötzlich inne und konnte sich vor Lachen nicht mehr halten. Edith stimmte mit ein, und im nächsten Moment waren sie dabei, atemlos und stoßweise ihre Ansichten über die Verrücktheiten der Männer auszutauschen. Dabei kreischten sie vor Lachen.

Später verdunkelte sich dieser Nachmittag, weil draußen ein Sturm losbrach. Edith hatte eine glänzende Kupferkanne mit heißem Wasser gefüllt und eilte durch den Langen Gang, um das Wasser in Mrs. Jacks Waschbecken zu gießen, als sie in der offenen Tür zum benachbarten Ankleidezimmer eine Bewegung sah. Sie stand wie angewurzelt und preßte die freie Hand auf ihr Herz. Aber es war Raunce.

»Du, Charley«, sagte sie leise, als sie ihn erblickte, »fast hätte ich das hier ausgekippt.«

»Entschuldige, mein Herz«, antwortete er, ebenfalls im Flüsterton, »ich war nur gerade dabei, seine Sachen auszulegen.«

»Wozu?« fragte sie, »das tust du doch sonst nicht so frühzeitig.«

»Wenn du schon von Zeit sprichst, dann möcht ich wetten, daß das heiße Wasser, das du da bringst, kalt wird, ehe sie es braucht.«

»Dafür gibt's 'n Tuch, mit dem ich die Kanne zudecke, begriffen?« antwortete sie, »du willst mir doch nicht erzählen, daß du das nicht weißt nach all den Jahren hier?«

»Ich laß dich eben nicht gern aus den Augen.«

»Aber Charley«, sagte sie erregt, »das kann doch nicht heißen, daß er dir immer noch im Kopf rumspukt?«

»Nun, es gehört sich nicht, daß er dich vielleicht hier in seinem Schlafzimmer anträfe.«

»Hat man so was je gehört?« stammelte sie belustigt und ging zurück in Mrs. Jacks Zimmer. Er immer hinter ihr.

»Ich weiß nicht«, sagte er, »aber ich hab dich ein bißchen erschreckt. Hab's gesehen.«

»Oh, diese Kannen«, begann sie, »die werden anlaufen. Und bei dem Personalmangel, den wir haben.«

»Du gibst mir morgen die Kannen, und ich putz sie dir wieder blank.«

»Aber nicht, wenn du Albert daransetzt. Das will ich nicht.«

»Was weißt denn du davon?« fragte er. Wie immer in letzter Zeit hing er mit dem Blick an ihr wie ein Spaniel.

»Ich komme eben viel herum«, antwortete sie.

»Nein. Was ich für dich tue, tue ich für dich«, verkündete er. »Wofür hältst du mich denn?«

»Dich wofür halten? In dir kann man sich nicht so leicht irren.«

»Aber gerade jetzt«, erklärte er, »hast du gedacht, ich wäre so irgendwer.«

»Was du nicht alles wissen willst«, sagte sie lächelnd. Sie standen eng beieinander. Dann hob sie den Finger zu einem Knopf an seiner Jacke. Sie drückte darauf wie auf eine Klingel. Er wagte es anscheinend nicht, sie zu berühren.

»Jedesmal, wenn du heraufkommst, werde ich in der Nähe sein müssen, weiter nichts«, sagte er.

»Und was ist mit deiner Arbeit?«

»Ich meine ja nur, wie jetzt, wenn keiner sonst oben ist«, sagte er fast bittend.

»Du Dummer«, erwiderte sie und gab ihm schnell einen Kuß.

»Aber hat er je?« fragte er hartnäckig.

»Sieh mal«, sagte sie, »du hast deinen Albert, der dir alles mögliche abnimmt, ich aber nicht, muß alles allein machen.« Sie ging hinüber zu dem Bett. »Hier«, sagte sie, indem sie ein schwarzseidenes hauchdünnes Nachtgewand aus seiner mit Stickerei verzierten Umhüllung nahm. »Was sagst du dazu, Charley?«

Er linste, sichtlich verwirrt. Sie hielt es vor sich hin. Sie steckte eine Hand in den Halsausschnitt, so daß er ihre verschleierte Haut sehen konnte. Sein Atem ging schwer.

»Das ist sündhaft, jawohl«, sagte er endlich, während sie ihn beobachtete.

»Was?« konterte sie. »Gewiß nicht schlimmer als mit Mademoiselle, nehme ich an?«

»Wie meinst du das, Edie?«

»Mehr als einmal habe ich ihr ausgiebig guten Morgen gewünscht«, zitierte sie seine Worte.

»Niemals«, sagte er und machte einen Schritt auf sie zu.

»So seid ihr Männer, einer wie der andere«, fuhr sie fort.

»Die?« protestierte er. Er erblaßte. »Du bist ja verrückt. Diese billige französische Schlampe?«

»Jetzt wirst du aber wirklich geschmacklos, mein Lieber.«

»Ich versteh dich nicht«, sagte er und trat auf sie zu.

»Nein«, rief sie, »du bleibst, wo du bist. Ich werde dich bestrafen. Was würdest du zu diesem hier sagen, wenn wir erst verheiratet sind. Wie würde ich darin aussehen, Charley?« Und sie hielt das Nachtgewand vor ihr Gesicht.

»Strafe, wie?« – er lachte. Ihn zu verzaubern, schien jedenfalls gründlich mißlungen. »Das ist auch alles, an was ihr Mädchen denkt. Heiliger Moses«, er bemühte sich, heiter zu erscheinen, »dies Spinnweb-Fähnchen ist nichts für uns.«

»Meinst du nicht, ich würde hübsch darin aussehen?« Sie senkte das Nachtgespinst so, daß er ihren Schmollmund sehen konnte.

»Du würd'st darin wie so ein verdammtes Weibstück aussehen«, sagte er und setzte ein breites Grinsen auf. Sie stampfte mit dem Fuß auf.

»Fluch nicht mit mir, Charley.«

»Okay«, sagte er.

»Vor ein paar Minuten warst du noch so aufgeblasen wie ein Krampus«, sagte sie vorwurfsvoll.

»Was is 'n Krampus, Liebling?« fragte er etwas eingeschüchtert.

»Das möchtest du wohl gern wissen«, neckte sie ihn.

»Ich weiß gar nicht, was du mit diesem Verwirrspiel bezweckst«, sagte er. »Ich bin ohnehin schon verwirrt genug.«

»Und das solltest du auch, Charley, Liebster.«

»O Edie«, stöhnte er und kam näher. Im Zimmer war es plötzlich ganz dunkel von dem Sturm draußen. Ihre beiden Körper verflossen zu einem, als er die Arme um sie legte. Die Doppelgestalt, die sie so bildeten, war gekrönt von seinem Kopf über der weißen Kurve seines Nackens, hart und unerbittlich über dem dichten Schleier ihres Haars, durch den hindurch ihre Lippen sich heiß und ungestüm an ihm festsaugten.

»Edie«, stammelte er und zuckte etwas zurück, doch nur, um sich mit seinem Gesicht erneut auf sie zu stürzen. Dabei drückte er sie so fest an sich, daß sie sich weit zurückbiegen mußte.

»Edie«, rief er noch mal.

Mit einem heftigen Ruck entwand sie sich ihm und stieß ihn von sich. Während sie mit dem Handrücken über ihren Mund strich, bemerkte sie gleichsam verwundert: »So bist du aber nie zu mir frühmorgens, oder?«

Damit spielte sie offenbar auf die Tatsache an, daß er sie, wenn sie ihn morgens mit einer Tasse Tee weckte und er noch im Bett lag, nie geküßt hatte. Auch er mußte es so verstanden haben, denn er stand da, als hätte man ihm alles Blut abgezapft, und stöhnte tatsächlich.

»Nun ja«, sagte er, »es wäre nicht recht.«

»Also liebst du mich am frühen Morgen nicht?«

»Aber Liebling«, protestierte er.

»Mit meinem Dir-den-Tee-Bringen und so weiter?«

»Was das betrifft, so ist er meistens halb kalt«, sagte er und schien sich wieder zu fangen.

»Oho«, rief sie, indem sie ihr Haar mit Mrs. Jacks Kamm in Ordnung brachte. »Dann bring ich dir eben keinen mehr rauf.«

»Genau darüber wollte ich schon mit dir sprechen«, begann er sichtlich verlegen. »Ich weiß nicht, ob wir mit diesem Brauch weitermachen sollten. Es könnte darüber Gerede geben«, sagte er.

»Charley, du willst doch nicht sagen, ich sollte nicht mehr«, flehte sie und schien wirklich bekümmert. »Warum willst du denn nicht mehr, daß ich dir deinen Tee bringe?«

»Darum geht es nicht, Liebes.«

Sie sah ihn vorwurfsvoll mit großen Augen an.

»Ich habe mir eingebildet, du würdest lieber über mir als jeder anderen die Augen aufschlagen«, wiederholte sie immer noch verstimmt.

»Soweit kommt's noch«, stöhnte er.

»Nur weil ich mich dir für unsere Hochzeitsnacht aufbewahre, meinst du, die denken, du würdest dir Freiheiten mit mir erlauben?« fragte sie, als hätte er sie beleidigt.

»Genau das würde passieren, so wie die sind«, gab er zu bedenken.

»Oh, Charley«, sagte sie mit leisem Vorwurf, »so gemein ist das.«

»Du weißt doch, daß ich dich liebe«, bettelte er und faßte sie bei den Händen.

»Ja.«

»Nun also«, fuhr er fort, »darüber wollen wir doch keinen Klatsch und Tratsch, oder?«

»Du meinst, niemand sollte was erfahren, falls du deine Meinung über unsere Heirat änderst?« fragte sie mit einem verhaltenen Lachen in der Stimme.

»Was ist daran so komisch, daß du gerade eine Unwahrheit gesagt hast?« fragte er.

»Gut, dann werde ich dir eben deinen ollen Tee nicht mehr raufbringen, und damit basta.« Sie legte ihre Arme um seinen Hals und gab ihm einen dicken Kuß. Er stemmte die Hände gegen ihre Schultern und stieß sie zurück.

»Du hast selbst gesagt, wir hätten's hier gut und wollten die Stellung nicht verlieren«, erklärte er.

»Ich hätte nie gedacht, du könntest leben, ohne daß ich die Vorhänge bei dir aufziehe, so daß dein Blick an jedem neuen Morgen als erstes auf mich fiele.«

»Weil ich dich liebhabe, mein Herz, deshalb«, sagte er.

»Okay«, sagte sie, »aber du mußt es Mütterchen Burch schonend beibringen, ja?«

»Bist 'n braves Mädchen. Heiliger Himmel«, rief er dann, »und mein Bursche hat natürlich vergessen, den

Tisch zu decken. Seh dich später«, sagte er noch und stolperte fast im Hinausgehen.

Einige Tage später kam Mrs. Jack unerwartet in den Blauen Salon und fand ihre Schwiegermutter in dem gewölbten Raum mit dem Deckengemälde eines besonnten Abendhimmels in Tränen. Um ihren Zustand zu verbergen, wandte Mrs. Tennant sogleich ihr Gesicht ab. Sie saß todunglücklich mitten in diesem Raum auf einer Art mittelalterlich stilisierten Hängematte, die zwischen vier schwarzen Marmorsäulen ausgespannt und kunstvoll aus Golddraht geknüpft war. Aber sie konnte ihre Tränen nicht rechtzeitig verbergen. Mrs. Jack sah es und stürzte sogleich zu ihr hin.

»Was denn, du Ärmste«, rief sie und strich ihr mit der Hand sanft über die Schulter.

»Tut mir leid, daß ich mich so aufführe, Violet«, sagte die ältere Mrs. Tennant mit zusammengebissenen Zähnen und holte ihr Taschentuch hervor.

»Ich finde, du hast dich fabelhaft benommen«, sagte Mrs. Jack begütigend.

»Im Ernst, ich weiß wirklich nicht, wie eure Generation damit fertig wird«, fuhr Mrs. Tennant fort. Sie schnaubte die Nase, während Mrs. Jack etwas ratlos dabeistand.

Indem sie weiter der Mutter ihres Gatten über die Schulter strich, stand sie inmitten von Melkschemeln, Eimern, Glocken, kurzum eines perfekten Kuhstall-Interieurs in Gold, das hier aufgebaut war, die berühmteste Rokoko-Narrheit in ganz Irland, die noch ihrer Zerstörung harrte.

»Und du warst einfach wundervoll«, fuhr Mrs. T. fort. »Da ist er nun schon drei Tage fort, Gott weiß wohin in den Krieg, wenn nicht gar schon eingeschifft. Und nicht ein Klagelaut von dir.«

»Sprich nicht so!« Mrs. Jack wurde böse und griff der Schwiegermutter so heftig an die Schulter, als wollte sie ihr wehtun.

»Du mußt mich schon lassen«, begann Mrs. Tennant wieder, aber ruhiger, als hätte dieser Schmerz ihr gut getan. »Es ist so schwer für meine Generation, mit euch über die Dinge zu reden, die man wirklich fühlt. Anscheinend habe ich nie die Gelegenheit, dir zu sagen, wie sehr ich dich bewundere, meine Liebe.«

»Das darfst du auch nicht.«

Ihre Schwiegermutter überhörte das, obwohl sie gemerkt haben mußte, daß es aus tiefer Herzensnot kam. »Ich verstehe ja«, fuhr sie vor sich niederblickend fort, »diese enorme Selbstbeherrschung eurer Generation. Nie sich etwas anmerken lassen, meine ich. Darum wollte ich es dir noch einmal sagen, wenn auch vielleicht nie wieder, Violet, meine Liebe, ich finde, du bist einfach wundervoll, und Jack muß der glücklichste Ehemann sein.«

Violet stand wie erstarrt. Mrs. Tennant nahm ihr Taschentuch.

»So«, sagte sie, »jetzt ist mir schon besser. Entschuldige, daß ich mich so idiotisch benommen habe. Oh, und Violet, könntest du mich loslassen, du tust mir fast weh.«

»Um Gottes willen«, rief die Schwiegertochter aus, mit entsetztem Blick auf die Nägelmale auf Mrs. Tennants Hemdbluse. Und ihre Lippen zitterten.

»Es ist alles meine Schuld, weil ich deine innersten Gefühle verletzt habe, Violet«, sagte Mrs. Tennant offensichtlich befriedigt. »Oh, mit eurer Generation hat man es schwer«, fügte sie noch hinzu.

»Er wird's schon schaffen, du wirst sehen«, begann Mrs. Jack, schien aber zu mehr nicht fähig, während sie die Seide glatt strich, auf der ihre Fingernägel Spuren hinterlassen hatten. »Er kommt bestimmt zurück«, sagte sie schließlich.

»Natürlich kommt er zurück«, stimmte Mrs. Tennant sogleich bei und war auf einmal ganz zuversichtlich. Aber die Jüngere in ihrer Seelenqual wiederholte stumm für sich: Ich werde Dermot schreiben und sagen, du Lieber, ich darf dich nie wiedersehen, nie mehr im Leben, mein Geliebter.

»Du mußt mir vergeben wegen vorhin, Violet«, sagte Mrs. Tennant, aber sie sagte es nicht im geringsten entschuldigend.

Mein Geliebter, mein Geliebter, betete die Schwiegertochter in ihrem Herzen zum Captain, nie mehr, nie wieder.

»Ich denke, irgendwie hat auch alles mit dem Dienstpersonal zu tun«, erklärte Mrs. Tennant, als wäre das eine logische Folgerung.

»Das Dienstpersonal?« wiederholte Mr. Jack wie aus weiter Ferne.

»Nun ja, man kommt nie zur Ruhe. Es beschäftigt einen ständig, Violet.« Mit angefeuchtetem Finger suchte sie überall nach einem Stäubchen und führte den Finger an die Nase, als wäre da etwas zu riechen. »Zuletzt diese Aufregung mit meinem Saphirring. Ich habe noch mal mit Raunce gesprochen, aber es war ganz unbefriedigend!«

»Das hättest du nicht tun sollen«, murmelte Mrs. Jack, jetzt etwas lauter werdend.

»Ich weiß, Violet, aber du siehst doch, man kann solche Sachen nicht über sich hängen lassen. Jetzt dieser peinliche

Wirbel um den Pantry Boy. Da gibt's nicht zweierlei Weg. Entweder du kannst den Leuten vertrauen oder nicht, und falls nicht, ist das Leben mit ihnen einfach widerwärtig.«

»Ja«, pflichtete Mrs. Jack gedankenlos bei, schien sich dann aber auf einmal zu besinnen. »Worauf hast du eigentlich angespielt?« fragte sie, unwillkürlich scharf.

»Nun, daß er gesagt hat, er hätte es. So hat er zu Raunce gesagt.«

»Hätte was?« fragte Mrs. Jack plötzlich wie von Sinnen.

Mrs. Tennant schwang sich herum, um ihrer Schwiegertochter ins Gesicht zu sehen, die jedoch ihre blauen Augen gesenkt hielt. In dem anderen Augenpaar unter den blaugetönten Locken blitzte der starre Altersblick jäh auf, hart und bedrohlich. Dann wandte Mrs. Tennant wieder den Rücken.

»Natürlich meinen Saphirring, Violet«, sagte sie. Dann ging sie hinüber zu einem imitieren Maßkrug aus Holz mit Goldauflage, in welchem Pfauenfedern kunstvoll arrangiert waren. Sie hob den Krug von dem weiß marmornen Kaminsims, einem Meisterwerk der Reliefkunst, wo auf kachelähnlichen Platten die unwahrscheinlichsten Tiere abgebildet waren, unter anderem sogar eine Schlange, die an einem prallen Euter saugte. Vorsichtig, mit gespitzten Lippen blies Mrs. Tennant hier und da etwas Staub weg.

»Und dann ist da noch etwas anderes«, fuhr Mrs. Tennant fort, während sie sich weiter in dem historischen Interieur dieses fabulösen Melkstalls von Wohnzimmer umherbewegte.

»Die Pfauen«, sagte sie. »Gestern war es absolut trocken, ohne einen Tropfen Regen und doch ist mir den ganzen Morgen keines dieser Vogeltiere vor Augen gekommen.«

»Vielleicht haben die gedacht, es würde Regen geben«, schlug Mrs. Jack vor, indem sie hinüber zu den Fenstern ging. »Sie mögen nämlich keine Nässe.«

»Meine liebe Violet, sag mir bitte, wann es in diesem Klima nicht zu regnen droht? Nein, ich habe nachgeforscht. Wie bei allem in diesem Haus verhält es sich ganz anders. Keine Rede von einer natürlichen Erklärung. Genau wie ich befürchtet habe. Ich habe nämlich Raunce kommen lassen und ihn gefragt. Natürlich gab er vor, nichts zu wissen, wie alle diese Hausangestellten«, worauf Mrs. Jack zusammenzuckte, »aber ich kann Lügen nicht ausstehen. Weißt du, was ich ihm glauben sollte?«

»Du sagtest, er hat gelogen?« fragte Mrs. Jack zaghaft über die Schulter.

»Das muß er wohl, meine Liebe. Nun sieh dir bloß diese Stimmgabel oder Lampenständer oder wie immer es heißen mag an.« Mrs. Tennant machte vor einem goldenen Instrument halt, das so zurechtgebogen war, als wäre es gegen die Wand gelehnt und obendrein imstand, ein Petroleumlämpchen zwischen seinen beiden Zinken zu halten. »Die Feuchtigkeit hat sich auf dem Metall niedergeschlagen, das überall abblättert. Und das, obwohl ich wegen der alten Holländer hier weiter heizen lasse. Ist das nicht unerhört? Ausgerechnet bei einem Museumsstück, wie immer gesagt wird, wenn Besucher kommen. Die schreien vor Entzücken, wenn sie diesen Raum sehen.« Aber ihre Schwiegertochter hatte keinen Blick dafür. »Alles echt französisch, weißt du«, fuhr Mrs. Tennant fort, »aus Frankreich hierhergebracht, heißt es, und deshalb versuche ich dem Personal einzuimpfen, daß sie vorsichtig damit umgehen müssen. Hier wird so wenig übrig sein, wenn der Krieg mal vorbei ist. Aber das mit Raunce ist hoffnungslos. Weißt du, was er mir gesagt hat?«

»Nein.«

»Also, Violet, ich hatte ihn gebeten, ein Wort mit O'Conor zu reden. Du weißt, wie entsetzlich schwierig der Mann ist. Und dann kam's raus« – Mrs. Jack hielt den Atem an – »oder nicht alles, vielleicht nur ein bißchen. Also er sagte, O'Conor habe die Pfauen in ihrem Quartier, so drückte er sich aus, eingeschlossen. Das ist für mich natürlich höchst unbefriedigend. Schließlich gehören die Pfauen mir, wie ich auch Raunce erklärt habe. Sie zu sehen ist hoffentlich noch mein gutes Recht. Sie sind das Schmuckstück dieses Besitztums. Aber er äußerte die Vermutung, daß O'Conor aus diesem oder jenem Grund Befürchtungen hätte.«

»Ist doch lächerlich«, rief Mrs. Jack. Sie wandte sich, um ihre Schwiegermutter voll anzusehen, aber mit einem Blick voll böser Vorahnungen. Doch Mrs. Tennant nahm davon anscheinend keine Notiz.

»Genau«, sagte sie. »Was befürchtet er, möchte ich wissen? Ich hab's Raunce gesagt, aber er konnte oder wollte nichts sagen.«

»Das ist typisch für den Mann«, unterbrach sie die Jüngere. »Immer nur Andeutungen.«

»Aber das war nicht die Lüge«, sagte Mrs. Tennant leise. »Die kam später und dann sehr direkt. Ich bat ihn, wie ich schon sagte, mit O'Conor zu reden. Und weißt du, was er geantwortet hat? Pure Unverschämtheit. Er hatte die Stirn, mir zu sagen, es habe keinen Zweck, den Lampenmann zu befragen, weil er den überhaupt nicht verstehen könne.«

»Ich seh nicht recht«, warf Mrs. Jack etwas lebhafter ein, »ich selbst verstehe auch nicht, was er sagt.«

»Und ich ebensowenig. Eben deshalb wollte ich jemand andern schicken. Es ist nicht unsere Sache, zu verstehen, was O'Conor sagt«, erklärte Mrs. Tennant, während sie einen Fliegenwedel aus Sandelholz mit rötlich silbern emailliertem Handgriff wieder an seinen Platz stellte. »Wir müssen ja nicht mit den Dienstboten leben. Noch nicht. Heutzutage sind sie es, die sich dazu herablassen, mit uns zu leben. Und du wirst mir doch nicht sagen wollen, daß sie ihre gewaltigen Mahlzeiten in völligem Schweigen zu sich nehmen. Und O'Conor ißt doch mit ihnen, nicht wahr. Natürlich hat Raunce gelogen. Er versteht genau, was O'Conor sagt. Hinter all dem steckt irgendwas, Violet. Es ist abscheulich.«

»Raunce hat dir gesagt, daß O'Conor die Pfauen einschließt? Aber das geht doch zu weit«, bemerkte Mrs. Jack mit Entschiedenheit. Dabei malte sie mit ihrem purpurnen Fingernagel kleine Muster auf die Fensterscheibe.

»Ich werde der Sache auf den Grund gehen«, verkündete Mrs. Tennant. Sie schickte ein grimmiges Lächeln zu der mit dem Rücken zu ihr stehenden Schwiegertochter hinüber. »Aber ich werde den richtigen Moment abwarten«, sagte sie noch.

Dann verließ sie still den Raum mit der blauseidenen Wandverkleidung. Mrs. Jack drehte sich rasch um, aber das Zimmer war leer.

An diesem Abend saßen alle vom Dienstpersonal zum Essen beisammen. Mrs. Welch hatte einen Tag Urlaub beantragt und genehmigt bekommen, um in Dublin zum Arzt zu gehen. Ihr Albertchen hatte man ins Bett geschickt. Wahrscheinlich lief er nackt oben auf den steilen Dächern umher. Mrs. Jack kümmerte sich jetzt um ihre Kinder, die mit ihr und der Großmutter speisen durften, während Miss Swift im Schlafzimmer des Kinder-Reviers langsam dahindämmerte. Und weil Miss Burch noch kränkelte, hatte Edith, als gehöre sich das so, deren Platz eingenommen.

»Nun, worauf warten wir noch?« fragte sie ganz selbstverständlich in Agathas Tonfall.

»Bert wird gleich den kalten Braten bringen«, antwortete Mary. »Jane hilft ihm dabei. Wie schön«, fuhr sie fort, »daß wir Mädchen mal Gesellschaft haben. Die Idee, uns zum Essen mit euch einzuladen, verdanken wir Mr. Raunce.«

»Seid willkommen«, sagte der, während er das Tranchiermesser an einer Gabel schärfte. Aber er war mit seinen Gedanken woanders.

»Los, Bert, komm schon«, ermunterte Edith den Burschen, als er, gefolgt von Jane, die mehrerlei Gemüse in Worcesterschüsseln trug, unter dem Gewicht eines mächtigen Rinderbratens hereinwankte. Er blickte vorwurfsvoll zu ihr hin, erwiderte aber nichts.

»Wenn wir von O'Conor absehen, der nicht hier ist, könnte man fast von einem geselligen Treffen reden«, begann Raunce etwas schwülstig. »Mit Miss Swift und Miss Burch, die beide wegen Krankheit auf ihren Zimmern bleiben müssen, brauchen wir nicht zu rechnen. Ebensowenig mit Mrs. Welch, dank ihrem Nierenleiden.«

»Charley«, protestierte Edith.

»Oh, entschuldige«, sagte er und sandte ihr einen Blick tiefer Verzweiflung.

»Ich bin sicher, daß wir uns freuen, euch dabei zu haben«, sagte Edith mit dem Blick auf Jane. Kate beobachtete, und ihr bohrender Blick verengte sich.

»Wenn nämlich Paddy auftauchen sollte, habe ich den Auftrag, mit ihm zu reden«, brachte Raunce mühsam hervor, während er sich daranmachte, das Fleisch zu tranchieren.

»Nun, Sie wissen ja genau, wo dieses schwarze Schaf zu finden ist«, erwiderte Kate. »Seit zehn Tagen mit diesen

Vögeln eingesperrt und bekommt nur, was ich beiseite schaffen kann. Nicht, als ob ich das großartig fände«, schloß sie.

»Er ist durchaus entschuldbar für uns. Ich wäre der letzte, seine Beweggründe in Frage zu stellen«, erwiderte Raunce, der offenbar seine Gründe hatte, Paddy unbehelligt zu lassen, wenn auch nur, weil er befürchten mußte, Edith in die Sache mit den Pfaueneiern hineinzuziehen. »Tatsache«, fuhr er fort, »Mrs. Tennant verlangt eine Menge von mir, was ich ihm sagen soll, und nicht nur ihm. O nein«, sagte er, »denn sie hat sich immer noch mit ihrem Ring.«

»Wie kann das sein, Mr. Raunce, wo sie ihn doch zurückbekommen hat?« fragte Mary.

»Genau das«, antwortete er und nahm es als guten Grund, auch dieses Thema nicht weiter zu verfolgen. »Es ist so, wie du gesagt hast«, wiederholte er ziemlich lahm.

»Es war nur, weil das Erscheinen jenes Mannes sie beunruhigt hat«, erklärte Edith, während Albert sie scharf beobachtete, »und das ist ja auch kein Wunder. Jeden einzelnen hier um seinen Verstand zu bringen, wie er es gemacht hat. Doch Ende gut, alles gut«, schloß sie ihre Rede.

»Wenn es nur das Ende ist«, bemerkte Raunce. »So einer Kanalratte sollte niemals erlaubt sein, ehrliche Leute zu schikanieren. Habe ich recht oder etwa nicht? Wa*th* *th*agt ihr da*th*u. Und li*th*pelt wie *th*on*th*wa*th*«, fügte er plötzlich, von einer übermütigen Laune gepackt, hinzu.

»Charley«, rief Edith. Sie begann zu erröten.

»Du hättest dein Gesicht sehen sollen«, sagte er selbstgefällig, »wie du aussahst, als der die Frechheit hatte, dich zu fragen, ob du ein gewi*theth* Etwa*th* gesehen hättest. Erinnerst du dich?«

»Ich denke nicht daran«, sagte Edith und verzog den Mund.

Aber Kate griff das auf. »Du will*th*t blo*th* nich *th*agen, wie er gesprochen hat?« fragte sie und quietschte vor Vergnügen, worauf alle in Lachen oder Kichern ausbrachen, aber Edith und der Bursche Albert nicht.

»Wie in 'ner Irrenanstalt«, sagte Edith vorwurfsvoll.

»Irrenan*th*alt, mag *th*ein«, spöttelte Raunce weiter. »Aber du hast vollkommen recht. Wie auch immer es gewesen sein mag, es gehörte sich einfach nicht.«

»Aber, Charley«, fuhr Edith fort, »du willst doch nicht wieder hungern wollen und dein Abendessen stehenlassen?«

»Nein, Mädchen«, antwortete er, aber mit einem zärtlichen Blick. »Wirklich, mir ist nicht danach.«

»Die Kartoffeln sind sehr appetitlich. Ich hab sie selbst gekocht«, erklärte Jane, und die Mädchen bedauerten ihn wortreich. Nur Kate fuhr mit dem Lispeln fort.

»Wenn er *th*u mir geli*th*pelt hätte, hätt ich ihm wa*th* *th*urückgeli*th*pelt, *th*oviel i*th*t *th*icher.« Mary lachte kichernd. »Oh, Kate, du darf*th*t nicht *th*o reden«, schrie sie.

»Heiliger *Th*troh*th*ack, jet*th*t habt ihr mich wieder in Fahrt gebracht«, lachte Raunce. Alle fingen von neuem an zu kichern, sogar Edith. Aber Albert grinste nur einfältig.

»Die gan*th*e *Th*ache i*th*t *th*u scheu*th*lich«, deklamierte Raunce. »Meine *Th*unge schafft'*th* nicht. Scheu*th*lich«, er versuchte es noch mal, und im nächsten Moment taten alle es ihm nach.

»Scheu*th*lich«, brüllte er in das Tohuwabohu und bog sich vor Lachen.

»Pst, Lieber, sie könnten dich hören«, mahnte Edith.

»Was kümmert's mich?« fragte er. »Wenn du P*th*t gesagt hätt'st, dann vielleicht. Aber scheu*th*lich, das ist's.

Scheußlich und abscheulich, das durchmachen zu müssen, was wir erlebt haben, als wären wir Verbrecher«, sagte er.

»Was meinen Sie damit, Mr. Raunce?« fragte Mary.

»Nun die Sache mit dem Ring, den sie verlegt hatte. Läßt einen Prüfer kommen und was nicht alles«, erklärte er. »Und der knöpfte sich meinen Jungen vor und brachte ihn mit seinen raffinierten Fragen halb um den Verstand, bis Bert sagte, was ihm gerade in den Sinn kam. Er hat dich doch richtig verwirrt, nicht wahr?« sagte Raunce zu dem Jungen, der weiter schwieg. »Glattes Unrecht ist das«, sagte Raunce zu den anderen, »das sollte nicht erlaubt sein. Schließlich kam es so weit, daß er sich drüben stellen und in den Tod gehen wollte. So sieht's aus. Da könnte man fast meinen, für uns alle würde es drüben besser sein.«

»Charley«, rief Edith, als fühlte sie sich von ihm im Stich gelassen.

»Und auch mich hat er ganz durcheinandergebracht, dieser Kleinkrämer. Seitdem stimmt etwas nicht mit meinem Innenleben. Ich habe nicht mal mehr richtige Verdauung.«

»Sie müssen sich mehr in acht nehmen«, meinte Jane besorgt. »Wie wär's mit einer hübschen Tasse Fleischbrühe«, schlug sie vor.

»Vielen Dank«, erwiderte Raunce vornehm, »danke dir, aber ich werde lieber meinem Organismus einen halben Tag Ruhe gönnen. Es ist meine Dyspepsie«, erläuterte er. »Dy*th*pep*th*ie«, wiederholte er belustigt.

»Werde nicht geschmacklos«, wies ihn Edith zurecht. »Außerdem ist die Pflege, die du brauchst, meine Sache«, sagte sie mit einem eifersüchtigen Blick auf Jane.

Kate wurde über und über rot.

»Heiliger Mo*theth*«, krähte Raunce, »nun sieh, was du angerichtet hast, Edie. Vertreibst uns unsere Kate.«

»Es geht einem eben langsam über die Hutschnur, wenn du's wissen willst«, bemerkte Edith. Sie sah richtig verzweifelt aus. Draufhin stand Kate, puterrot im Gesicht, auf und verließ wortlos den Raum.

»Nein, was ist nur mit ihr los?« fragte Mary, aber Charley, der schon antworten wollte, kam nicht dazu, weil er von einem heftigen Hustenanfall gepackt wurde. Edith war sogleich an seiner Seite. Es hagelte gut gemeinte Ratschläge. Nur Albert saß unbeteiligt. »Ich erstickte fast«, entschuldigte sich Raunce, als er wieder etwas Luft bekam. »Ich fühl mich eben nicht besonders. Aber sagt selbst, so geht's doch nicht. Glattes Unrecht, so ein Verhör. Da kommen Leute ohne Erlaubnis ins Haus und stellen kreuz und quer die unmöglichsten Fragen. Schön, sie hat ein Schmuckstück verloren«, fuhr er fort, »aber so wertvoll war es nicht, kann es nicht gewesen sein, sonst wäre sie nicht rüber nach England gefahren.« Dann korrigierte er sich. »Nun ja«, sagte er, »tatsächlich hatte Jack seine Woche Urlaub, stimmt schon, aber das heißt doch nicht, daß sie diesem Subjekt erlauben durfte, hier seine Nase reinzustecken. Die Lage ist ohnehin schlimm genug, mit all den Gerüchten über die Invasion, ganz zu schweigen von dem Geschwafel über die IRA. Wir sind hier nun mal jedem hergelaufenen Schurken, ob Deutscher oder Ire, auf Gnade und Ungnade ausgeliefert. Und wenn Mrs. Tennant weg ist, können wir überhaupt nichts machen.« Er mußte wieder husten, aber nicht so heftig. »Für'n Pappenstiel würde ich hier alles hinschmeißen. Und einer der Gründe ist, daß ich hier nicht nach Gebühr geschätzt werde. Meine Arbeit, meine ich.«

»Ich nehme an, in ihrer Lage konnte sie gar nichts anderes tun«, wandte Edith vernunftgemäß ein. »Nachdem sie den Verlust gemeldet hatte, war es für die Versicherungsgesellschaft in Dublin ein ganz normaler Vorgang, jemand herzuschicken und der Sache nachzugehen.«

»Das bestreite ich auch gar nicht«, erwiderte Raunce, »ich sage ja nur, Mrs. T. hätte hierbleiben müssen, um ihn in Empfang zu nehmen. Wir sind einfache, ehrliche Menschen, jawohl. Dies hier ist nicht die erste Vertrauensstellung, die wir innehaben. Wir sind von anderen Häusern hergekommen, in jedem Fall mit einem guten Zeugnis, oder sie würde uns gar nicht engagiert haben. Nein«, beharrte er mit Entschiedenheit, »es gibt einen rechten und einen unrechten Weg in solchen Angelegenheiten. So sieht's aus, einfach tro*th*tlo*th*«, schloß er, als wollte er auf Ediths Reaktion hin die ganze Sache noch mal ins Lächerliche wenden. Wenn er das beabsichtigt hatte, so jedenfalls mit durchschlagendem Erfolg. Wie eine Schulklasse auf das Pausenzeichen hin begannen sie alle wieder um die Wette zu lispeln. Nur Raunces Albert machte nicht mit. Im Handumdrehen schwoll die allgemeine Heiterkeit dermaßen an, daß jeder neue Versuch mit lautem Kreischen aufgenommen wurde. Und diesmal war Edith mit am lautesten.

Charley lachte so hemmungslos, daß er sich unter Schmerzen die Seiten halten mußte. Aber er machte weiter.

»Jet*th*t ha*th*t du auch deinen *Th*pa*th*«, rief er durch das Getöse zu Edith und rezitierte dann ihre Beschreibung von Mike Mathewsons erstem Auftreten.

»*Th*ei bedankt, mein *Th*ohn«, rief sie zurück, und er krümmte sich vor Lachen.

»Die*th*er Abend i*th*t mal gan*th* ander*th,* mu*th* ich schon *th*agen«, kreischte Jane zu Mary. »Nicht, wa*th* wir son*th*t vorge*th*et*th*t bekommen«, gellte Mary zurück. Daraufhin mußte Kate, die zurückgekommen war, so lachen, daß sie sich naß machte. »Mi*th* Burch«, kreischte sie, und: »Mi*thith* Welch«, kam es zurück. »Oh, Burche*th*, oh, Welche*th*«, fiel Raunce mit ein, und das Pandämonium war perfekt. Aber unter seinen Lachkrämpfen wurde Raunce merklich blasser. Schon seit vierzehn Tagen sah er richtig krank aus. »Um Gotte*th* willen, Mi*th Th*wift«, heulte Edith. Außer Albert heulten und schrien jetzt alle durcheinander. Sie hatten alle einen irren Blick, als wären sie im letzten Stadium eines Hundertmeterlaufs. »Je*th*u*th*«, stöhnte Raunce.

»Kusch«, wies Edith ihn sogleich zurecht. »Das ist jetzt nicht mehr komisch«, und alle ernüchterten sich nach und nach.

»Moses«, verbesserte sich Raunce.

»Herrje«, stöhnte Jane, nach Atem ringend, »ich komm mir vor wie ausgeleert.«

»Wovon denn, mein Scha*tth*?« fragte Kate, und das Gekicher flackerte wieder auf. »O mei«, kam es schwach von der einen und »Mir tut alles weh«, von der anderen. Dann trat langsam Ruhe ein.

»Soll mal einer sagen, daß wir nicht manchmal unsern Spaß haben«, resümierte Edith, während sie sich ihre großen Augen betupfte.

»Hätte nichts dagegen, wenn wir jeden Abend so wären«, murmelte Jane.

»Alles in allem ist's doch nicht so schlimm.«

»Ich weiß nicht, Edith«, erwiderte Mary, »ihr habt's nicht mit Mrs. Welch zu tun, obwohl ich keinen Namen nennen sollte.«

»Aber mit ihrem Albertchen«, warf Raunce ein.

»An ihm liegt's nicht«, erklärte Jane. »Der wird kurzgehalten in der Küche«, sagte sie. »Es geht um Mrs. Welch. Ich sollt's nicht sagen, aber sie trinkt. Unentwegt trinkt sie. Sie ist nur nach Dublin, um eine neue Kiste zu ergattern. Das ist bei ihr wie mit einem Brunnen. Sie trocknet aus. Das wär's. Hab ich recht, Mary, oder nicht?«

»Ist die reine Wahrheit«, sagte Mary.

»Aber weiter«, wandte Raunce ein, »wie bekommt sie denn das Zeug geliefert, wenn ihr mir das sagen wollt? Denn aus meinem Keller kriegt sie keinen Tropfen, das versteht sich. Von diesem Schmumachen, wie es in manchen Haushaltungen üblich ist, halte ich nichts.«

»Nun«, enthüllte Jane, leiser werdend, »es sind die Händler. Ihr wißt doch, daß wir ihnen tagsüber nicht mal begegnen dürfen. Ihr kommt nie drauf, was dahintersteckt. Mit jeder Fleischlieferung stellen sie eine Kiste hin und noch eine bei dem Grünzeug. Und der Gesamtpreis taucht dann in den monatlichen Abrechnungen auf, stimmt's nicht, Mary?«

»Stimmt genau«, sagte die.

»Die raffinierte alte Kuh«, rief Raunce aus.

»Charley«, sagte Edith streng.

»Entschuldige bitte«, sagte er förmlich, »aber hat man so was oder ähnliches je gehört? Mogelt bei ihren monatlichen Abrechnungen. Nein, da wird's ernst.« Er wurde ganz feierlich.

»Müssen Sie mir sagen«, murmelte Kate.

»Was?« fragte er auf einmal scharf. »Weiß der Himmel, Mädchen, aber mir scheint, du wirst von Tag zu Tag immer galliger. Was ist denn los mit dir?«

»Nichts, Mr. Raunce.«

»Laß sie in Ruhe, Charley«, ermahnte ihn Edith. »Sie hat dir doch nur zugestimmt.«

»Es war nicht böse gemeint«, versicherte er ihr. »Aber was Mrs. Welch da treibt? Ist das zu glauben?« Im Ton der Verwunderung richtete er die Frage an alle.

»Die Schlechtigkeit, die's in der Welt gibt«, sagte Mary.

»Die Schlechtigkeit?« fragte er freundlich, blickte aber mißtrauisch.

»Weil's nämlich Stehlen ist, jawohl«, sagte Jane abschließend, wie ein kleines Mädchen, das seinen Katechismus gelernt hat.

»Du sagst es«, stimmte Raunce zu und entspannte sich. »Das ist das einzig richtige Wort dafür.« Dann zitierte er in feierlichem Ton den berühmten Ausspruch von Miss Burch: »Und die Sünder werden üppig gedeihen wie der grüne Lorbeer«, psalmodierte er, und alle schienen einverstanden.

Ein paar Tage später kam Edith auf ihrem Weg vom Nachmittagstee in Charleys Zimmer.

»Komm mit hinaus, die Pfauen füttern«, schlug sie vor, denn Paddy hatte sich endlich dazu bereitgefunden, die Pfauen wieder frei laufen zu lassen. Sie schwenkte eine Tüte, die sie mit Küchenabfällen vollgestopft hatte.

»Immer langsam«, erwiderte er. »Das macht sich nicht so leicht.«

»Was ist denn, Charley?«

»Nichts ist«, antwortete er.

»Aber ich seh's doch«, sagte sie.

»Ich bin nicht in Ordnung«, fuhr er fort. »Hab mich heute morgen noch mal übergeben.«

»Oh, mein Lieber, schlimm, schlimm«, sagte sie etwas obenhin.

»Kein Wunder, daß du dich wie schon früher darüber lustig machst, aber ich liebe dich so sehr, daß mein Magen davon ganz durcheinander ist. Da hast du's.«

»So sollte es auch sein«, erwiderte sie, gleichsam entschlossen, sich nicht zu sorgen.

»Ja, aber wo führt das hin?« fragte er leise. »Ich kann so nicht weitermachen, ich fühle mich so schlecht, ehrlich, Liebes.«

»Wart nur, bis wir verheiratet sind. Dann werde ich dich umsorgen, daß du nie wieder krank wirst.«

»Es ist ein Kreuz mit allem«, brach er aus.

»Jetzt kommst du erst einmal mit mir«, sagte sie. »Eine Weile draußen an der frischen Luft ist besser für dich als alles andere.«

»Ich habe keine Zeit.«

»Keine Zeit, Charley? Wie das?«

»Ich muß den Tisch fürs Dinner decken. Jetzt, wo mein Albert weg ist, fällt alles auf mich zurück.«

»Bestimmt hast du vergessen, daß sie rüber nach Clancarty sind, zum Dinner mit dem Captain. Du hast einen freien Abend.«

»Da haben wir's wieder«, sagte er verwirrt. »Das war mir doch glatt entfallen. Nun, dann sollte ich vielleicht.«

»So ist's recht, Charley«, schmeichelte sie, indem sie seinen Arm nahm. Sie lehnte sich mit ihrem Körper an seine Schulter. »Wir setzen uns bei dem alten Taubenschlag hin, da kannst du dich ausruhen. Ich will dir ja soviel Gutes tun, du wirst es sehen.«

Als sie an Ort und Stelle waren, nachdem sie ihn wie einen alten Mann geführt und er sich schwerfällig niedergesetzt hatte, bemerkte er:

»Das war 'n schwerer Schock für mich, die Art, wie mein Albert sich davongemacht hat.«

»Aber du wußtest doch, daß er kündigen wollte, Lieber«, entgegnete sie.

»Natürlich wußte ich das«, quengelte er, »aber hab nie gedacht, daß er ernstlich weg wollte, ebensowenig wie Mrs. Tennant, als es soweit war. Hat sie mir selbst gesagt.«

»Ich kann auch nicht behaupten, ich hätte es für mehr als leeres Gerede gehalten«, gab sie zu.

»So einfach hinzugehen, wie er's getan hat, und zu sagen: bitte meinen Monatslohn, ich muß weg. Ich hätte diesem bleichsüchtigen Siebenmonatskerlchen niemals soviel Mumm zugetraut«, sagte Raunce, in seinen alten Ton zurückfallend.

»Damit kannst du dich wohl nie abfinden, oder?« bemerkte sie. »Du hast ihn überhaupt nicht ausstehen können, oder?«

»Seine ganze verflixte Art hat mich in Rage gebracht«, erklärte Raunce. »Sein hochtrabendes Liebesgetue, das er sich erlaubt hat, seine Duldermiene, seine wehleidige Rotznäsigkeit.«

Edith lachte einmal laut auf.

»Ja, lach du nur«, sagte Raunce.

»Du selbst hast den Jungen falsch angefaßt.«

»Das mag sein, wie es will«, erwiderte er etwas kleinlaut. »Dennoch ist das die einzige Art, ihnen was Ordentliches beizubringen. Sie zu küssen, wie du es getan hast, hilft da auch nicht.«

»Ich?« rief sie, »ich? Niemals.«

»Doch, das hast du, und obendrein in Gegenwart dieses Laffen von Inspektor.«

»Ach so«, sagte sie.

»Das magst du halten, wie du willst«, sagte er und verfiel wieder in Schweigen.

»Was ist denn, Lieber?« fragte sie.

»Ich sorge mich«, antwortete er.

»Worum denn?«

»Um nichts.«

»Es ist doch nicht immer noch wegen dem alten Ring?«

»Ja, Alberts Weggang hat sie wieder drauf gebracht. Anscheinend hat sie ihm gesagt, sie könnte seine Kündigung nicht annehmen, solange er unter Verdacht stünde, so ungefähr hat sie's mir erklärt. Ich dachte, besser Schluß mit diesem Thema. Sehen Sie, Madam, hab ich zu ihr gesagt, ist doch klar. Sie haben ihren Ring wieder, also was sollen da noch Beweise, hab ich gesagt. Und sie sagt zu mir: ›Aber der Verdacht, das ist's, wo mich der Schuh zwickt‹, oder so irgendwie geschwollen hat sie sich ausgedrückt. Ich kann mich nicht dafür verbürgen, daß so was nicht noch mal vorkommt, Madam, hab ich gesagt, aber wenn doch, dann wenden Sie sich gleich an mich, und ich sorge dafür, daß Sie keinen Ärger damit haben. Es gibt Dinge, die ich damals nicht gleich erkannte, aber jetzt weiß ich sie, hab ich gesagt. ›Schon recht, Raunce‹, sagte sie, ›Sie wollen mir so etwas nicht noch mal wünschen, also kann ich ruhig schlafen?‹ Das kannst du, alte Kuh, hab ich gesagt, aber hab's mir natürlich verkniffen.«

»Nicht sehr nett von dir«, bemerkte Edith.

»Aber hat es uns denn nicht gelangt? Heutzutage geht mehr in der Welt vor, als daß der Neffe der Köchin, dieser mickrige Bastard, uns auslachen darf. Genau hier hatte er 'n versteckt, nicht wahr? Kein Wunder, wenn ich den Anblick dieser weißen Täubchen nicht mehr ausstehen kann«, schloß er.

»Nein«, sagte sie, »deine Schmerzen machen dir so zu schaffen.«

»Genau das ist's, da hast du recht«, erwiderte er.

»Und deine Nachtruhe hilft dir auch nicht«, sagte sie noch. Diese Beschreibung seines Leidens tat ihm offensichtlich wohl. »So ist's«, bestätigte er. »Manchmal wälz ich mich nur von einer Seite auf die andere.«

»Und denkst immer an mich?« fragte sie und drückte seinen Arm, in den sie sich eingehängt hatte, fester.

»Das tu ich, verlaß dich drauf«, antwortete er, »und mehr, als du dir vorstellen kannst.«

»So ist's richtig«, sagte sie, »das hilft dir über alles Schlimme hinweg.«

»Ich liebe dich so sehr, Edie.«

»Wirklich?«

»Weißt du, manchmal frage ich mich, ob nicht die Luft hier viel mit meinen Magenbeschwerden zu tun hat«, fing er wieder an. »Nicht, daß sie zu weich wäre oder zu hart, aber die ewige Meerbrise könnte für eine schwache Konstitution schädlich sein. Was meinst du denn?« Er war ganz ernst.

»Nein, sie tut dir nur gut.«

»Was meinst du dann, was mit mir los sein könnte, Edie?«

Offenbar bekümmerte sie das nicht sehr. »Glaubst du, Mrs. Welch tut dir vielleicht eine Prise von irgendwas in dein Essen?« fragte sie maliziös und ganz beiläufig.

»Das würde ich ihr nicht anhängen«, erwiderte er. »Es liegt ihr zuviel dran, Klein-Albert hierbehalten zu dürfen, als daß sie so etwas anzetteln würde. Ja, wenn ich einen Beweis dafür hätte, würde ich sie umbringen und ihr einen Pfau in ihr großes Maul stopfen.« Edith lachte. »Auf der Stelle täte ich das«, ereiferte er sich. »Und so ein Tod wäre noch zu gut für das Weib, diese hinterhältige Freimaurerin.«

»Frauen können nicht Freimaurer sein. Sie werden nicht aufgenommen.«

»Also nicht«, versetzte er, »und das ist deine ganze Weisheit.«

»Die Welt braucht alle Sorten von Menschen, um zu bestehen«, bemerkte sie.

»Mußt du mir sagen«, erwiderte er. Eine Hand von ihr in seiner haltend, verlangte er offenbar nach Ruhe. »Ich würde ihr glatt das Herz rausreißen«, sagte er noch, etwas schwächer.

»Ich habe mir das kleine Haus angesehen, Charley«, sagte sie leise nach einer Weile.

»Was hast du?«

»Wo wir wohnen wollten, wenn wir verheiratet sind«, erklärte sie.

»Also das hast du?« sagte er und wurde unruhig auf seinem Sitz.

»Was ist denn nun wieder nicht recht?« fragte sie, »du wolltest es doch.«

»Ich frage mich nur, ob meine Vorstellungen sich nicht geändert haben«, sagte er vorsichtig. »Ich meine darüber, wo wir ein Heim für uns finden wollen«, fügte er hinzu.

»Was ist über dich gekommen, Charley«, bedrängte sie ihn. Sie war jetzt wirklich beunruhigt.

»Meine Erfahrungen in letzter Zeit, und solche gab es, haben mir gezeigt, daß es für uns nicht taugt, an einer Stellung festzuhalten, wo man nicht nach Verdienst geachtet wird«, sagte er.

»Aber es gibt doch die kleinen Extras«, rief sie, »die zwei oder drei Pfündchen pro Woche, von denen du gesprochen hast.«

»Ach die«, antwortete er, »das ist nicht mehr, als ein Butler überall aufpicken kann, wenn er sich auskennt. Nein, mich beunruhigt viel mehr, was sich drüben in England tut. Wie sich da die Dinge entwickeln, wäre ich nicht überrascht, wenn ein Besitz wie dieser hier sozusagen eines natürlichen Todes sterben würde.«

»Komm mir nicht damit«, erwiderte sie. »Wenn Mrs. Tennant ihren ganzen Zaster verliert, dann gibt's immer noch die, die ihn ihr genommen haben. Du willst mir doch nicht erzählen, in so einer Stellung wäre nicht auch dann noch gutes Geld zu machen, wenn unsere Kinder längst für irgendeinen unverdienten Rüffel ihr erstes Thank-you-Madam gesagt haben.« Sie sprach jetzt schon fast wie er.

»Das mag sein, Mädchen«, entgegnete er, »aber nach allem, was man hört, ist in Munitionsfabriken noch gutes Geld zu verdienen.«

»Ja, und wenn dann der olle Krieg vorbei ist, bekommst du in deinem Alter keine Arbeit mehr.«

»Aber eben hast du noch gesagt, daß es in Häusern immer Stellen für Dienstpersonal gibt, auf die wir zurückgreifen können«, beklagte er sich.

»Ja, weil ich immer sag: Schuster, bleib bei deinem Leisten«, erklärte Edith, obwohl sie dazu früher noch nie eine eigene Meinung geäußert hatte.

»Da magst du recht haben, aber dieses Land hier macht mich einfach fertig.«

»Nur wegen dei'm Magen hast du es satt, Charley.«

»Ist so verdammt neutral, dieses Land.«

»Zu neutral?« wiederholte sie.

»Ja, es ist gefährlich, in diesem Krieg neutral zu sein«, sagte er, »um das zu wissen, brauchst du nur die Zeitungen zu lesen.«

»Ich dachte, auf die gäbst du gar nichts«, beklagte sie sich.

»Und dann dieser Junge, der rübergeht, um sich freiwillig zu melden.«

»Was hat denn das mit dir und mir zu tun?« grollte sie.

»Ich bin aus dem Gleichgewicht. Das ist's. Durch diese Sache, Edie.«

»Aber, Charley, was ist denn? Sag's mir. Doch nichts Ernstes, Lieber?«

»Ich hab heute morgen 'nen Brief bekommen.«

»Mit schlechten Nachrichten?«

»Nicht unbedingt«, räumte er ein.

»Von wem war er denn?« fragte sie.

»Meine Mum hat mir geschrieben.«

»Deine alte Mutter? Was schreibt sie denn?«

»Sie kommt nicht her, mein Liebchen, das ist's.«

»Kommt nicht her?« wiederholte sie etwas zu laut. »Dann können wir ja das Häuschen ganz für uns haben, Liebster.«

»Wenn wir dann überhaupt noch da wohnen wollen«, sagte er.

»Was soll denn das heißen?« rief sie jetzt wirklich erregt.

»Also, ich hab ihr geschrieben«, begann Raunce etwas verlegen, »und hab gesagt, ich würde sie lieber hier haben und raus aus dieser gräßlichen Sache mit den Luftangriffen. Ich weiß, die Jerries sind noch nie über Peterboro' gewesen, aber so, wie's jetzt steht, kann das jede Minute passieren. Ich schrieb, es gäbe nichts Besseres für sie als hierher zu kommen, und wie wir beide uns das vorgestellt hätten. Mir wäre eine Zentnerlast vom Herzen genommen, schrieb ich, und wie gut du für sie sorgen würdest, besser als meine Schwester Bell.«

»Nun, und was hat sie gesagt?«

»Ich hab den Brief hier«, sagte er. »Sie schreibt, sie hielte das für Feigheit oder so ähnlich.«

»Darf ich den Brief sehen?« bat sie ganz ernst.

»Nein, ich möchte ihn dir nicht zeigen«, antwortete er.

»Dann steht also etwas Unfreundliches über mich drin«, rief sie.

»Um die Wahrheit zu sagen, von dir ist überhaupt nicht die Rede.«

»Das ist ja unerhört«, empörte sich Edith.

»Ich versteh es auch nicht«, fuhr er fort. »Ich habe klipp und klar gesagt, wir dächten daran zu heiraten, aber es sieht so aus, als hätte sie sich nicht die Mühe gemacht, den Brief bis zu Ende zu lesen.«

»Nein, so was«, sagte Edith vorsichtig.

»Ist doch nur ihre Befürchtung, die mich stutzig macht«, stammelte er.

»Befürchtung, du könntest mich heiraten?«

»Aber nein, niemals. Ich hab dir doch gesagt, sie erwähnt dich mit keinem Wort. Nein, sie meint, wir wollten nur untertauchen in einem neutralen Land.«

»Also jetzt laß mich selbst lesen.«

»Nein, Liebes, ich möchte nicht, daß du einen falschen Eindruck von der alten Dame bekommst, wo wir doch Mann und Frau werden wollen.«

»Deine Schwester hat sie aufgeputscht«, sagte sie.

»Meine Schwester Bell?« Er lachte. »Wart, bis du sie kennenlernst.«

»Du liebst mich nicht«, jammerte sie.

»Ach, mein Liebes«, seufzte er. »Du weißt gar nicht, wie sehr.« Aber er kam ihr nicht weiter entgegen. Sie war ganz blaß geworden. Sie wagte einen raschen Blick auf ihn und sah, wie erschöpft er war.

»Aber, Liebster«, rief sie, »ist dir auch nichts?«

»Sind doch nur unsere Pläne«, sagte er. »Gerade hatten wir alles so schön geklärt, und nun muß das passieren.«

»Wir könnten doch hier auch ohne deine Mutter wohnen«, flehte sie. »Du weißt ja gar nicht, wie ich dich umsorgen würde«, fuhr sie fort, »und auf diese Weise hätte ich doppelt soviel Zeit für dich. Denn ich hab nie vorgehabt, die Arbeit im Schloß aufzugeben. Mrs. Tennant kriegt keine andere Hilfe. Sie wird froh sein, mich an sechs Tagen die Woche zu haben. Den siebten brauch ich für unsere Wäsche.« Er lehnte sich herüber, um sie zu küssen. Sie ließ es zu. Dann unterbrach sie ihn wieder.

»Nein, Charley«, sagte sie, »wir müssen das gründlich besprechen.«

»Darin ist sie irgendwie komisch«, sagte er, als wäre er in einem Traum.

»Was meinst du damit?« fragte sie scharf.

»Sie ist halsstarrig, Mutter, meine ich. War sie immer schon. Ich weiß noch, wie der alte Mann seinen Job bei der Bahn hinschmeißen wollte, weil er von anderer Seite ein gutes Angebot bekommen hatte, ich weiß nicht mehr woher, aber jedenfalls mit einem größeren Verdienst. Doch sie wollte davon nichts hören, es durfte überhaupt nicht mehr davon gesprochen werden, damals lagen sie sich wirklich in den Haaren. Ich war nur ein Kind, aber ich höre sie heute noch. Und sie bekam ihren Willen. Er blieb in seiner Stellung. Und ich könnte nicht sagen, daß er schlecht dabei gefahren ist.«

»Und dennoch will sie, daß wir das hier aufgeben.«

»Ja, Edie. Aber diesmal ist es was anderes.«

»Ich finde überhaupt nicht mehr durch«, sagte sie.

»Aber, Liebes«, sagte er schwach vor Erschöpfung, »du brauchst dich nicht zu sorgen.«

»Wir hatten doch alles so schön geplant«, sagte sie und mußte mit den Tränen kämpfen. Dann konnte sie nicht mehr. »Oh, unser kleines Haus«, schluchzte sie, hing sich an ihn wie ein Kind und streckte die Arme nach ihm aus. Mit einer raschen Bewegung schwang sie sich auf seine Knie. Sie schmiegte sich an ihn und weinte bitterlich.

»Aber, aber, Herzchen«, versuchte er sie zu trösten. Sie weinte laut. Er rang nach Worten. »Nimm es nicht so, Liebling«, sagte er. Er bewegte die Beine, weil sie ihm allmählich zu schwer wurde. »Ausgerechnet jetzt, wo ich nicht ganz auf dem Posten bin«, rief er. Sie schien das nicht gehört zu haben. »Es gibt noch andere Möglichkeiten«, versuchte er sie zu beruhigen. »Wir finden schon für dich ein trauliches Heim«, schloß er und fiel in Schweigen.

»Sprich weiter«, schluchzte sie an seinem Ohr.

»Ich liebe dich mehr, als ich je für möglich gehalten hätte«, sagte er. »Ich wundre mich über mich selbst, wahrhaftig. Wenn meine alte Mutter jetzt ihren Charley sehen könnte, sie würde ihn nicht wiedererkennen«, sagte er murmelnd.

Mit eins war sie runter von seinen Knien. Sie schnaubte die Nase und putzte sie. Er beugte sich vor, blickte verlegen in ihr Gesicht. »So was wie deine Augen ist mir noch nie vorgekommen«, sagte er zärtlich, »sie sind so groß. Und doch hab ich sie anderthalb Jahr lang nicht richtig bemerkt. Kannst du mir das erklären?«

Dann, vielleicht um sie abzulenken, machte er sie auf das aufmerksam, was vor ihren Augen war, die Pfauen, die neugierig näher gekommen waren. Diese gefräßigsten aller Vögel hatten sich paarweise vor und zwischen den Fliederbüschen versammelt und gierten nach den Leckerbissen.

»Ach die«, sagte Edith, »unverschämt, wie sie dich beäugen.«

»Die sind in einer guten Schule aufgewachsen«, bemerkte er.

»So«, sagte sie und betupfte ein letztes Mal ihr Gesicht. Dabei sah sie ihn nicht an. »Tut mir leid wegen vorhin. Also, Charley, was nun?«

»Du darfst das meiner alten Dame nicht ankreiden, Schätzchen«, erwiderte er. »Sie setzt manchmal ihren Dickkopf auf, wie alle alten Menschen. Damit will ich nicht sagen, sie hätte mich nicht verletzt, denn das hat sie, und zwar gerade da, wo es einen Mann am meisten schmerzt, in meinem Selbstgefühl«, erklärte er. »Sie weiß, ich bin kaum noch 'n Jahrgang für diesen Krieg, jedenfalls bald nicht mehr, und doch meint sie anscheinend, ich wär nicht so ganz dabei, wie es sich gehörte, verstehst du mich?«

Edith blieb stumm.

»Oh, diese Schmerzen«, stöhnte er plötzlich auf, »die können einen schaffen.«

»Ich hab drinnen etwas Natron, das wird dir helfen«, sagte sie.

»Hab mich schon gefragt, ob du schnell rüberspringen könntest und es holen«, meinte er, ganz grün im Gesicht.

»Wir sind aber noch nicht fertig«, erwiderte sie ungerührt. »Da ist noch vieles, was wir erst klären müssen.«

»Was meinst du damit, Liebste?« fragte er.

»Also, was sollen wir nun machen?« fuhr sie nach dieser Unterbrechung fort. Sie sprach jetzt ganz ruhig.

Raunce beugte sich vor. Bei der Anstrengung, sich aufzurichten, schielte er fürchterlich.

»Wir müssen sehen, daß wir hier wegkommen«, sagte er.

»Unsre Stellung aufgeben?« fragte sie.

»Es gibt keine andere Möglichkeit«, erwiderte er.

»Und uns bei der Agentur in Dublin was Neues suchen, Charley?«

»Nein, Liebling. Das kennen wir schon zur Genüge. Am besten, wir hauen hier gleich ab.«

»Was, nach Amerika oder sonstwohin, Charley?«

»Nie im Leben«, antwortete er. »Jetzt heißt's für uns: zurück in unser altes Land, meine Liebe.«

»Und ich soll mich vom Schiff weg, das uns rübergebracht hat, von dieser Weiberpolizei, die schon bei den

Docks wartet, hopsnehmen und ins Weibliche Hilfskorps stecken lassen? Hast du den Verstand verloren?«

»Mach 'n Punkt, Edie, wo hast du denn das her? So springen sie nicht mit uns um, jedenfalls noch nicht.«

»Aus deinem Mund hab ich's, und erst vor kurzem. Du warst beim Essen und hast meiner Kate solche Angst gemacht, damit sie nur nicht wegginge.«

»Ach, das hab ich nur so gesagt«, verteidigte er sich.

»Was gilt denn nun? Du hast es jedenfalls gesagt, Charley.«

»Das war rein diplomatisch, meine Liebe, aber davon verstehst du nichts. Ich wollte nur nicht, daß du auf all ihrer Arbeit sitzenbleibst oder daß irgendeine irische Schlampe als Hilfskraft geholt wird, der du die ganze Zeit auf die Finger sehen mußt. Ja, ich hab ihr was aufgebunden. Aber glaub mir, es wird noch dahin kommen, ehe dieser Krieg vorbei ist, wenn es immer mehr Gefallene gibt und die Arbeitskräfte wirklich knapp werden. Dann werden alle in Uniform gesteckt. Doch vorläufig kann davon noch keine Rede sein.«

»Und bist du sicher, daß du nicht im stillen denkst, mich auf diese Art loszuwerden?« fragte sie wieder unter Tränen.

Er legte den Arm um ihre Schulter.

»Aber«, sagte er, »was ist denn auf einmal in dich gefahren? Paßt doch gar nicht zu dir, Alpträume zu haben oder Gespenster zu sehen, die dich verfolgen.«

»Ich bin so verwirrt«, wiederholte sie und lehnte ihre Wange an seine.

»Nun reg dich mal nicht auf«, tröstete er sie. »Laß deinen alten Mann für dich denken. Genannt Glücks-Charley«, sagte er und versuchte es etwas mühsam auf die alte Tour. »Wir wollen raus aus diesem Land, und, da wir uns einmal entschlossen haben, so schnell wie möglich.«

»Weglaufen?« rief sie plötzlich entzückt.

»Ja, weglaufen«, bestätigte er ganz ernst.

Sie gab ihm einen dicken Kuß. »Nein, Charley, das ist ja romantisch!« Sie war geradezu begeistert.

»Das werden wir tun. Magst es nennen, wie du willst«, erwiderte er.

»Aber siehst du nicht, wie wunderbar das ist«, fuhr sie fort.

»Mag sein«, sagte er ihr ins Ohr. »Aber genau das werden wir tun.«

»Oh, jetzt kann ich dich richtig lieben«, murmelte sie. »Nun hab ich's gesagt, oder? Du hast mir immer zugesetzt, ich sollte es sagen. Aber nun weiter!«

»Das ist alles«, sagte er. »Wenn ich Michael noch erwische, gehen wir am besten morgen früh.«

»Moment«, rief sie einigermaßen entsetzt. »Und unsere monatliche Kündigung?«

»Die reichen wir erst gar nicht ein. Wir machen uns einfach davon.«

»Oh, Charley, das wäre unrecht«, sagte sie mit leiser Stimme.

»Recht oder Unrecht, wir tun's. Könnten ja Kate mitnehmen, wenn's dir unbehaglich ist.«

»Unbehaglich?« fragte sie. »Wie meinst du das?«

»Nun ja«, erwiderte er schüchtern, »wir können drüben nicht heiraten ohne die drei Wochen Aufgebot. Ich hab mich schon gefragt, ob es recht wäre, wenn wir zusammen rüberführen, ohne Mann und Frau zu sein.«

Sie lachte nur. »Glaubst du, ich kann mich nach all dieser Zeit nicht vor dir bewahren?« fragte sie sittsam.

»Das weiß ich zur Genüge«, erwiderte er, »aber ich wußte nicht, wie du darüber denkst.«

Sie antwortete nichts darauf, sagte nur: »Kate würde niemals mit uns kommen, jetzt nicht.«

»Wieso nicht, Edie?«

»Es ist wegen ihrem Paddy.«

»Erzähl mir nicht so was.«

»Ich dachte, du hättest es gewußt, mein Lieber«, sagte sie.

»Ja, gewußt, wie man so sagt, aber ohne es irgendwie ernst zu nehmen.«

»Es ist aber wahr. Sie sagt, er braucht sie.«

»Dann kann ich nur sagen, das ist geschmacklos, einfach widerlich.«

»Ent*th*et*th*lich, schmer*th*lich?« fragte sie.

»Nein, meine Liebe, da hört der Spaß auf. Ein großes, erwachsenes Mädchen und dieser Zoo-Schimpanse!«

»So ist's nun mal, Charley.«

»Aber wie ist's denn dazu gekommen?«

»Sie war einsam«, erklärte Edith, »und sie hatte nur uns vor Augen.«

»Du wirst mir doch nicht schuld wegen Paddy geben wollen. Nein, es ist einfach unnatürlich.«

»Sie hat sich nun mal so gebettet und damit basta.«

»Ein Grund mehr für uns, schnell hier wegzukommen«, war sein Kommentar.

»Und keiner Seele auf Wiedersehen zu sagen?« fragte sie jetzt in erregtem Ton.

»Keinem von allen«, erwiderte er. Dabei sah er sie durchdringend an.

»Ich könnt's nicht«, rief sie und schien auf einmal völlig verzweifelt. »Ich muß es Miss Evelyn und Miss Moira sagen.«

»Die haben uns zum Teil die ganze Sache hier eingebrockt. Wenn die erst einmal etwas spitzkriegen, dann ist kein Halten mehr.«

»Aber es wäre nicht recht. Sie sind doch unschuldig.«

»Unschuldig, wie meinst du das?« fragte er. »Denen könnten wir 'ne ganze Menge ankreiden.«

»Sie sind noch nicht erwachsen«, erklärte sie. »Die haben noch ihr Leben vor sich. Sie würden es nicht begreifen, wenn ich ohne ein Wort wegginge.«

»Die vergessen das schnell genug, Liebste«, sagte er.

»Nein, Charley«, beharrte sie, tief bekümmert, »du weißt nichts. Es wäre gemein, das ist's. Du meinst, wir müßten keinem auch nur ein Wort sagen?«

»Das meine ich.«

»Aber was ist mit Miss Burch? Wie wird sie's aufnehmen? Kannst du mir das sagen? Oder Miss Swift, die mir die kleinen Ladies anvertraut hat?«

Er legte die Arme um sie. Er hielt sie eng umschlungen.

»Sieh mal, Allerliebste«, sagte er, »die Sache ist so. Wenn wir's erst mal rausließen, daß wir gehen wollen, dann würde das allgemeine Gerede losgehen. Mrs. Tennant besucht Mrs. Welch, und die läßt die alte Agatha aus dem Bett holen. Miss Swift bekommt hysterische Anfälle, und der Captain kriegt einen Anruf von Mrs. Jack, daß er dich und mich nicht aufs Schiff lassen soll. Und Michael wird mit Entlassung gedroht. Sie werden sogar die Garage in Kinalty anweisen, uns keinen Wagen zu schicken.«

Er konnte spüren, wie sie zitterte.

»Aber Charley, Liebster«, protestierte sie, »das hier ist bei Gott ein freies Land?«

»Hier regieren die Pfaffen, Liebste«, erwiderte er.

»Mrs. Tennant hat kein Recht, irgend jemand festzuhalten, schon gar nicht, wenn wir ihr einen Monatslohn schenken.«

»Einen Monatslohn, du lieber Gott! Das wär 'n schöner Anfang für 'ne Ehe, gutes Geld einfach schießenzulassen.«

»Hast recht, Charley. Du kennst dich am besten aus, ich weiß.«

»Nein«, fuhr er fort, »es ist doch nur wegen diesem elenden Ring. Sie hat nun mal ihren Verdacht, weißt du. Albert hat sie gehen lassen, aber mit uns, da würde sie Alarm schlagen und behaupten, ich wollte dich entführen.«

»Aber das tust du doch, Lieber«, erklärte sie und schmiegte sich enger an ihn.

»Nein, eher bist du's, die mich, Leib und Seele, hier wegschleppt«, erwiderte er. Er saugte sich an ihrem Mund fest. Sein Gesicht war sehr bleich und grün und grau.

Als er seine Lippen von ihren löste, fragte er: »Also, du willst es, morgen, ohne ein Wort zu irgendwem?«

»Ich denke, schon«, war ihre Antwort.

»Das klingt nicht sehr überzeugt«, bemerkte er.

»Oh, ich will es, will es«, schrie sie fast und küßte ihn wie wild.

»Du könntest es Kate sagen, wenn du unbedingt willst«, sagte er, als er den Mund wieder frei hatte.

»Ich werde kein Wort sagen, zu niemand«, versprach sie ihm.

Er begann jetzt wirklich zu erröten. Die Röte breitete sich aus, bis sein Gesicht fast beängstigend ganz in Purpur getaucht schien.

»Nein, wahrhaftig, du errötest«, rief sie voller Entzücken. »Du, der sonst niemals rot wird.« Als er sich dann zurücklehnte, sichtlich angespannt und angegriffen von all dem, was in ihm vorging, sagte sie aufs neue besorgt:

»Was ist dir? Du wirst mir doch nicht krank werden?«

»Ich komme schon in Ordnung«, sagte er kaum hörbar.

»Gerade jetzt, wo wir diese große Reise vorhaben?« fügte sie hinzu.

»Es war ja nur, weil ich fürchtete, du würdest niemals mitmachen«, erklärte er immer noch mit schwacher Stimme. Er hatte die Augen geschlossen. »Eins ist sicher: sie werden uns auf die eine oder andere Art hier festhalten, wenn wir auch nur ein Wort verlauten lassen. Ach, Herzallerliebste, ich hab kaum zu denken gewagt, daß du mit mir einer Meinung sein würdest.« Wieder schloß er die Augen. »Wir fahren direkt nach Peterboro', wo meine Mum ein Bett für dich hat. Arthur Sanders, der Polizist, mit dem ich zur Schule gegangen bin, wird mich bei sich aufnehmen, bis die Trauung stattfinden kann. Und dann müssen wir uns für den Anfang ein Zimmer suchen.«

»Ja«, sagte sie und küßte die Innenseite seiner Hand.

»Sieh mal, wer da kommt«, rief sie aus. Er machte die Augen auf und erblickte Badger, der so heftig mit dem Schwanz wedelte, daß er sich zu einem Halbmond krümmte. Der Hund schien sich wegen irgendwas gewaltig zu schämen.

»Du machst, daß du hier wegkommst«, befahl Raunce. »Dies ist kein Platz für dich, wenn du nur hinter einer dieser Tauben her bist, um sie mit einem Schlag umzubringen.« Der Hund verdrückte sich und sah sich im Weggehen noch zweimal um. Und plötzlich wandte er sich und verhielt mit aufgestellten Ohren und einem leidvollen, sehnsüchtigen Blick.

»Der Hund macht mehr Wirbel, als er wert ist«, brummte Raunce. Er ließ die Lider über die Augen sinken. »Der würde nicht mal 'ne Maus fangen, die keine Beine mehr hat, jedenfalls nicht in seinem jetzigen Zustand«, fügte er tief befriedigt hinzu.

»Das ist mir 'ne schöne Entführung«, bemerkte sie belustigt. »Da hätt ich nicht drauf gewettet, daß du mir hier glatt einschläfst, muß ich schon sagen.«

»Ist doch nur meine Dyspepsie«, entschuldigte er sich, hielt aber die Augen geschlossen. »Das ist ein Zustand, der einem, wo auch immer, keine Ruhe gönnt.«

»Ruh dich aus, Liebster«, sagte sie. Und dann stellte sie beglückt fest, daß sie schon fast vergessen hatte, weshalb sie eigentlich hergekommen waren.

Daraufhin holte sie den Sack mit den Essensresten hervor und begann damit, die Pfauen zu füttern. Die kamen immer näher, bis sie ganz von ihnen eingekreist war. Ein ganzer Taubenschwarm kam herunter, um auch etwas abzukriegen. Sie ließen sich überall auf ihr nieder. Bei ihrem Geflatter schlug Raunce verwirrt die Augen auf. Nach dem, was er sah und dann fasziniert beobachtete, konnte man schließen, daß er unter Schmerzen ein tiefes Entzücken verspürte. Denn die Pfauen, die sich vor ihrem purpurroten Rock verneigten, und die nickenden weißen Tauben auf ihrer Schulter nahe an ihrer Wange und ihre großen Augen, in denen Tränen des Glücks blinkten, das war wie ein Bild.

»Edie«, flehte er sanft und wagte nicht, sich zu bewegen oder laut zu sprechen, aus Angst, er könnte diese Harmonie zerstören. Doch genau im Ton von Mr. Eldon, der in seinen letzten Stunden nach seiner Ellen rief, murmelte er: »Edie«.

Am folgenden Tag machten sich Raunce und Edith ohne ein Wort davon. Drüben in England wurden sie getraut, und sie lebten glücklich bis ans Ende ihrer Tage.

Kunst und Musik
in den suhrkamp taschenbüchern

Barthes, Roland: Die helle Kammer. Bemerkungen zur Photographie. Übersetzt von Dietrich Leube. st 1642

Brassens, Georges: Ich bitte nicht nach deiner Hand. Chansons. Herausgegeben und aus dem Französischen übersetzt von Peter Blaikner. st 1632

Christo: Der Reichstag. st 960

Franke, Herbert W.: Leonardo 2000. Kunst im Zeitalter des Computers. st 1351

Franke, Herbert W. / Michael Weisser: DEA ALBA. Eine phantastisch klingende Geschichte mit Computermusik von SOFTWARE. Buch und Kassette. PhB 207. st 1509

Grassi, Ernesto: Kunst und Mythos. st 1385

Hart Nibbrig, Christiaan L.: Spiegelschrift. Spekulationen über Malerei und Literatur. Mit Abbildungen. st 1464

Hesse, Hermann: Musik. Betrachtungen, Gedichte, Rezensionen und Briefe. Mit einem Essay von Hermann Kasack. Herausgegeben von Volker Michels. st 1217

Johnen, Kurt / Carlferdinand Zech: Allgemeine Musiklehre. Mit 233 Notenbeispielen. st 1218

Lindlar, Heinrich: Wörterbuch der Musik. st 1452

Mayer, Hans: Richard Wagner in Bayreuth. 1876-1978. st 480

Piper, Ernst: Nationalsozialistische Kunstpolitik. Ernst Barlach und die ›entartete Kunst‹. Eine Dokumentation. st 1458

Platschek, Hans: Engel bringt das Gewünschte. Kunst, Neukunst, Kunstmarktkunst. Mit Abbildungen. st 1399

– Über die Dummheit in der Malerei. st 1139

– Von Dada zu SmartArt. Aufsätze zum Kunstgeschehen. Mit Abbildungen. st 1657

Stuckenschmidt, H. H.: Neue Musik. Mit einem Vorwort von Carl Dahlhaus. st 657

261/1/8.90